Colin Hadler

Hinterm Hasen lauert er

Roman

Für alle Menschen, die noch Bücher lesen.

Prolog

20:37
Von: Bianca123
An: Crazy_Bunny

Du hast dir dein Leben auch anders vorgestellt, stimmt's? Jetzt, da dein kleines Geheimnis draußen ist, wird es nicht mehr lange dauern, bis du in den kompletten Wahnsinn getrieben wirst. Was wird dich wohl eher umbringen? Die Morddrohungen oder deine engsten Freunde? Im Internet hilft dir keine andere Identität, hier bist du auf dich allein gestellt. Allein und hilflos.

21:42
Von: Crazy_Bunny
An: Bianca123

Bianca Cooper. 17 Jahre. Eine kleine Schwester und wohnt in der Blumenstraße 22. Woher ich das weiß? Tja, ich bin nur ein unwichtiges Mobbingopfer, das den ganzen Tag nichts Besseres zu tun hat als rauszufinden, wo du wohnst. Du kannst nicht immer jeden wie Dreck behandeln, Bianca. Nein, so läuft das nicht. Jeder bekommt das, was er verdient. Kleines Beispiel: Schau aus dem Fenster. Ich winke dir gerade. Bald bin ich nicht mehr so allein, ob du willst oder nicht.

1 Eintagsfliege

Ich kratze mich an der Nase.

Ein perfekter Satz, um etwas Spannendes einzuleiten.

Erlebnisse, die mein Leben an Kuriosität übertreffen wollen, wurden entweder noch nicht erlebt oder gibt es nicht.

Selbst Gott sitzt mit Popcorn bewaffnet vor seinem riesigen Bildschirm, um alles mitzubekommen. Und der hat sich den Scheiß nun schließlich ausgedacht. Deswegen bin ich der festen Überzeugung, auf irgendeine Art *muss* mein Leben atemberaubend sein, oder wenigstens atemraubend, wenn Gott vor Lachen fast an einem Popcorn erstickt.

Es kann aber auch sein, dass der werte Herr im Himmel einfach nur selbstverliebt ist und seiner Kreation Mensch dabei zusieht, wie sie sich alle gegenseitig umbringen, wilden Sex auf Schaukeln haben (ich rede nicht von mir) und Geräte bauen, die andere Geräte zerstören. Klingt doch sinnvoll, oder?

Ich meine, eigentlich will ich ja eine ganz normale Geschichte erzählen. Es ist mir ein Rätsel, wie sich andere darüber beschweren können, dass sie ein zu langweiliges Leben haben.

Ich, zum Beispiel, könnte einer Fliege etliche Stunden dabei zusehen, wie sie einen Haufen Exkremente umkreist. Das ist doch schon spannend genug! Wer sonst würde denn so interessiert Kreise um einen Kackhaufen ziehen?

Vor ein paar Jahren habe ich es sogar probiert, doch als mir nach ein paar Minuten so schwindelig wurde, dass ich in die Mitte kippte, ohne schnell genug zu reagieren, bekam ich eine braune Überraschung. Und dabei hatte ich nicht einmal Geburtstag …

Wo war ich stehen geblieben? Ach ja, ich vermute bei dem Satz: Eigentlich will ich eine ganz normale Geschichte erzählen.

Aber nein, da muss mir das Motto »Familie kann man sich nicht aussuchen« einen Strich durch die Rechnung gemacht haben. Das Allerschlimmste ist auch noch, dass ich ohne diesen täglichen Wahnsinn gar nicht mehr auskommen würde.

Sagen wir einfach, meine Verwandtschaft mit der Neigung dazu, sich aufzuführen, als wäre unser Haus eine Irrenanstalt, hat mich in ihren Bann gezogen. Ja, manchmal finde ich sie sogar attraktiver als die Scheiße umkreisende Fliege.

»Finn! Komm runter, dein Smoothie ist fertig, aber beeil dich, sonst komme ich in dein Zimmer und flöße ihn dir ein!«

Diese charmante Dame mit dem leichten Kratzen in der Stimme darf ich seit meiner Geburt Mutter nennen. Als sie vor ein paar Wochen den Artikel »Smoothies verbessern deinen IQ« in der seriösen Zeitschrift »Joke« gelesen hat, sitzt in ihr der Gedanke fest, der ganzen Familie dieses Zeug einflößen zu müssen.

Wenn man versucht, ihr klarzumachen, dass dieser Artikel aus reinem Sarkasmus besteht und selbst, wenn er wahr wäre, er unseren IQ sowieso nicht mehr retten könnte, ignoriert sie einen.

Ich bin ja der festen Überzeugung, dass meine Mutter, die übrigens den Namen Olivia trägt, zu neunzig Prozent nicht weiß, was sie in den Mixer schüttet. Auch ihr Motto »Schmeckt scheiße, aber ist gesund« rettet mich nicht vor der Annahme, schon mehr als ein Dutzend giftige Pflanzen gegessen zu haben. Vielleicht bin ich aber auch einfach nur froh, dass sie keine lebendigen Tiere in die Klingen wirft.

Aber was noch nicht ist, kann noch werden.

»Finn! Dein Smoothie wird kalt!«

»Mom, Smoothies sind immer kalt, außer du bist auf den Gedanken gekommen, etwas anderes als normale Kräuter in dein komisches Mix-Gerät zu geben.« Ein bisschen genervt gehe ich die lange Wendeltreppe zu unserer Küche hinunter.

Unser Haus ist ziemlich groß, das liegt aber wahrscheinlich auch daran, dass mein Vater Luis als Volksschullehrer angestellt ist und den kleinen Hosenscheißern wortwörtlich das Geld aus den Taschen zieht. Was kann er denn dafür, wenn diese jämmerlichen Kinder, die so tun, als wären sie schon erwachsen, ständig ihre Geldtasche offen liegen lassen.

Ich meine, könnte Geld reden, dann würde es meinem Dad ja förmlich zurufen: »Nimm uns mit, bevor uns diese Kinder wieder für irgendwelche höchst unnötigen Sachen verschwenden.«

Da die meisten dieser niedlichen Kids auch aussehen, als würden sie statt Wasser pures Fett trinken, macht sich mein Vater auch kaum Gedanken darüber, wenn ihr Pausenbrot einmal mehr ausfällt. Das kaufen sie im Übrigen bei der überfreundlichen Bäckerin neben der Schule. Aber Pausenbrot kann man das ein Meter lange Sandwich, dessen Inhalt aus einer Packung Butter, Schmalz, einer geschlachteten Kuh und abgekauten Fingernägeln der Kassiererin besteht, eigentlich nicht nennen.

Meiner Meinung nach sollte mein Dad dafür einen Nobelpreis bekommen, mit dem Titel: »Ich versuche dicke Kinder schlank zu machen, damit ich mir selbst Essen kaufen kann.«

Wie gesagt, dieses nicht ganz so legale Geschäft verhilft uns zu einer Riesenvilla, mit einem Swimmingpool und einem großen Garten. Auf den Pool bin ich weniger stolz, da er statt Wasser eher aus der Pisse meiner kleinen Schwester Mia besteht. Ich wage sogar zu behaupten, dass sie nicht nur deswegen in unseren Swimmingpool uriniert, weil ich ihr einmal als Spaß sagte, dass wir dieses Becken als unser Klo verwenden, sondern auch, weil sie mit ihren fünf Jahren schon so vom Teufel besessen ist und es ihr deswegen Freude macht zu sehen, wie wir in ihrer Pisse schwimmen.

Dass wir das mal klarstellen: Ich wollte keine kleine Schwester. Daran ist allein mein älterer Bruder schuld. Und insgeheim weiß ich, dass er sich eine Schwester auch anders vorgestellt hat. Vielleicht ein bisschen weniger Monster und dafür mehr Mädchen.

Im Prinzip habe ich jetzt meine ganze Familie in diesem Haus vorgestellt. Eine alles mixende Hexe, verheiratet mit einem Volksschulgangster, deren Kinder aus einem kleinen Mädchen, das sich verhält, als wäre sie Satan höchstpersönlich, einem dummen Typen, oder besser gesagt meinem Bruder, und mir bestehen.

Willkommen in meinem Leben!

Ich heiße Finn, was meine Mutter ohnehin schon laut und deutlich sagte, habe blaue Augen und dunkelblondes Haar. Viele Leute würden das als hübsch bezeichnen, aber in meiner Familie heißt das eher Barbie mit Downsyndrom. Vielleicht auch, weil ich der Einzige mit blonden Haaren in meiner Verwandtschaft bin. Alle bewegen sich in Braun- bis Schwarztönen, außer meine Mutter, die sich ihre Haare rot färben musste. Ich persönlich finde ja, dass dies ihr Hexenimage nur noch mehr unterstreicht.

Ich bin einszweiundachtzig und mein Hobby ist es, Freunde zu treffen.

Also, wenn ich welche hätte.

Sagen wir einfach, mein Hobby ist es, mir vorzustellen, dass ich mich mit Freunden treffe, die ich im Moment noch nicht besitze. Das ändert aber nichts daran, dass ich versuche, meinen Ruf in der Schule deutlich zu verbessern. Immerhin habe ich es noch angenehmer als mein großer Bruder Noah.

Über mich lästern alle wenigstens hinter meinem Rücken und ich komme nicht mit einem Gesicht nach Hause, bei dem man meistens kaum mehr identifizieren kann, welche Hautstücke nicht von Kaugummis, Müllresten und Bildern von Schwänzen überdeckt sind. Deswegen glaube ich, irgendwann werde ich auch noch ein Hobby finden, das andere Personen mit einschließt.

Ich mit meinen sechzehn Jahren bin ja noch jung, zumindest redet mir das meine achtzigjährige Oma Alicia ein. Die muss es ja wissen.

Obwohl man ihren Worten auch nicht wirklich trauen kann, denn sie redet von früh bis spät über nichts anderes als über ihre Ehemänner und Lover, die sie in ihrer Jugend verführt hat. Würde mein Opa noch leben und dies mitbekommen, würde er sie höchstpersönlich mit ins Grab nehmen. Ich meine, ich sage ihr auch ständig: »Oma, könntest du bitte wie jede normale Frau in deinem Alter über Krieg, Angst oder Hass reden und nicht über deine höchst eigenartigen Bettgeschichten?«

Ihre Standardantwort ist meistens: »Natürlich, mein Kleiner, ich will dich ja nicht verstören. Ach, apropos klein, dein Opa hatte einen …« Das sind die Momente, wo ich halb kotzend ihr Gerede unterbreche und das Haus verlasse.

Sie ist aber auch einsam, vielleicht redet sie deswegen so viel nutzloses Zeug. Ich habe ihr deshalb zu ihrem letzten Geburtstag eine kleine Katze gekauft, aber als ich das Miezekätzchen nach einer Woche tot im Mülleimer fand, war ich der Idee sehr abgeneigt, ihr ein weiteres Tier zu kaufen.

Meine Oma argumentierte mit: »Ach, die hat sich sicher nur verlaufen« und »Die wollte mir nur beim Müllentfernen helfen«. Ganz ehrlich? Ich glaube ihr kein Wort, aber ich bin froh, dass sie die Katze nicht gleich aufgefressen hat.

Eigentlich sollte mich das Ganze nicht einmal mehr interessieren, da meine Oma jetzt im Altersheim untergebracht ist. Da geht sie nur den Pflegern auf die Nerven, aber die haben das ja studiert und ihnen müsste das nichts ausmachen.

Wenn doch, gibt es immer noch die Kündigung oder Suizid.

Ich merke, dass ich vom eigentlichen Thema abschweife. Dem, der die höchst wichtige Pointe am Anfang meines Familiendramas überhört hat, gebe ich einen kleinen Gedankenschub: Smoothie, Mama, Hilfe.

Als ich unsere Küche betrete, schraubt meine Mutter gerade an ihrem Mixer. Neben ihr stehen fünf Gläser, die mit ihrer grünen Kräuterpampe gefüllt sind.

»Irgendwie spinnt dieser verdammte Mixer, vielleicht habe ich etwas Falsches in den Smoothie gegeben.«

»Was hast du denn reingegeben, Mom?«

»Willst du nicht wissen«, ist ihre durchaus beunruhigende Antwort auf meine Frage. Noch schlimmer ist der Gedanke, dass ich dieses Zeug auch noch trinken muss. Gott sei Dank fällt mir in dieser scheinbar aussichtslosen Situation eine Lösung ein. Ich warte, bis meine kleine Schwester kommt, die natürlich auch einen Smoothie trinken muss, und schaue, ob sie nach dem Trinken tot umfällt. Mancher würde dies als grausame Tat abstempeln, aber ich bezeichne es lieber als wissenschaftliches Experiment.

Als sie jedoch das Glas, ohne mit der Wimper zu zucken, austrinkt und danach kräftig rülpst, werden mir zwei Dinge klar. Erstens, ich kann den Smoothie wohl austrinken, ohne dabei einen qualvollen Tod zu sterben, und zweitens, ich finde es höchst unpassend, meiner Schwester beim Rülpsen zuzusehen. Ich meine, können Fünfjährige überhaupt schon rülpsen beziehungsweise so abstoßend sein? Sollten Kinder in diesem Alter nicht ein wenig süßer und anziehender wirken?

Ich lasse den Gedanken mal wieder aus meinem Kopf verschwinden und nehme das Glas, das ich im nächsten Moment auch völlig leer trinke. Was für ein Wunder, ich lebe.

Als ich beiläufig nach meiner Mutter sehe, gibt es einen fürchterlichen Knall. Auch wenn ich selbst nicht sehr von Emotionen geprägt bin, wird mein Herz zu Feuer und Flamme, denn so einen schönen Anblick gibt es sonst nur im Märchen.

Der Mixer liegt, in allen Einzelteilen verstreut, in unserer Küche. Meine Mutter schaut mit einem entsetzten Blick, als hätte sie ein Esel in den Arsch gebissen, auf den Boden.

Wegen meinem natürlichen Hang zu Sarkasmus kann ich in dem Moment gar nichts anderes sagen als: »O NEIN! Das tut mir ja so leid, jetzt bekommen wir gar keine Geschmacksorgasmen von deinen guten Smoothies mehr.«

Meine Mutter geht mit geballter Faust an mir vorbei.

»Ich hoffe, du bist zufrieden.«

Ich will ihr noch »Ja, bin ich« zurufen, doch ich schüttle nur den Kopf. Danach hole ich unseren Besen aus der Abstellkammer, um wenigstens ein bisschen Ordnung zu schaffen.

Als ich das zu meiner Zufriedenheit nach ein paar Minuten geschafft habe und unser Haus verlasse, bläst mir eine kühle Brise ins Gesicht. Eigentlich sollte ich den letzten Nachmittag noch genießen, bevor es wieder in den Schulalltag geht.

Schule.

Man muss sich nur vorstellen, dass man alle Kinder, die kurz davor sind, als geistig behindert eingestuft zu werden, einsammelt und in ein kleines Zimmer steckt, in dem es nach nicht gewaschenen Socken riecht. Da ich diesem Trend auf keinen Fall nachlaufen will, trage ich gar keine mehr. Trotzdem kommt in mir langsam der Verdacht auf, dass dies meinem Eigengeruch nicht sonderlich zum Besseren verhilft …

Überraschenderweise stört mein neuer Nachbar meine Gedanken.

»Na, Kleiner, was treibst du denn hier?«, fragt der etwa fünfundvierzigjährige Mann und krault dabei seinen durchaus schlecht rasierten Schnurrbart. Etwas verwirrt schaue ich ihn an und bekomme kein Wort aus meinem Mund.

»Tja, da habe ich dir wohl die Sprache verschlagen«, grunzt er, ohne auf meine Antwort zu warten. »Mein Name ist Lenny. Lenny Förster. Und du bist?«

Ich schnappe nach Luft, öffne meinen Mund und bekomme nicht mehr heraus als: »Eh, ich bin der Finn.«

»Na also, kannst ja doch reden. Ich bin hier neu hergezogen und wollte mich mal vorstellen.«

Langsam entspanne ich mich und bringe selbst ein Schmunzeln zustande. Dieser Lenny ist wohl einer, der die Gesellschaft von anderen genießt.

»So ist das also, Lenny, na dann, viel Spaß hier am Arsch der Welt. Falls du was brauchst, kannst du gerne zu mir kommen«, sage ich und reiche ihm meine Hand. Als er mir seine gibt und wir uns lächelnd die Hände schütteln, stelle ich fest, dass alte Männer dazu neigen, behaarte und vollgeschwitzte Hände zu besitzen.

»Na dann, wir sehen uns, Finn.«

Nach seinen Worten verschwindet er genauso schnell, wie er gekommen ist. Ich schaue ihm noch zu, wie er auf sein Grundstück gegenüber trottet. Komischer Typ.

Lenny ist etwas kleiner als ich, deswegen muss ich zu ihm hinunterschauen, wenn ich mit ihm rede. Er trägt einen Strohhut und, wie schon erwähnt, einen Schnurrbart. Auch wenn er auf den ersten Blick etwas skurril wirkt, spiele ich mit dem Gedanken, mich mit ihm anzufreunden. Natürlich soll es nur eine Nachbarschaftsfreundschaft sein, denn es wäre wohl eher merkwürdig, einen fünfundvierzigjährigen Mann als normalen Freund zu bezeichnen, noch dazu als einzigen.

Bevor ich wieder in meine Gedanken verfalle, die, nebenbei gesagt, höchst uninteressant sind, fährt ein Auto vor unseren Garten. Es gehört keinem anderen als meinem Dad, und da mein Bruder Noah gerade mit seinem Training fertig sein sollte, vermute ich, dass sich beide in diesem Wagen befinden.

Ich möchte jetzt auf keinen Fall, dass irgendjemand denkt, mein großer Bruder sei stark, nur weil er ins Fitnessstudio geht. Meine Vermutung ist ja, dass er dort nur hingeht, weil der Snackautomat billiger ist als in unserer Schule. Letztens habe ich ihn sogar darauf angesprochen und mit provokanter Stimme angedeutet: »Wie kommt es, dass du nach zwei Monaten Fitness noch immer gleich armselig aussiehst wie vorher?«

Solchen Bloßstellungen geht er meistens mit Kommentaren wie »In der Ruhe liegt die Kraft« oder »Du hast noch viel zu lernen!« aus dem Weg. Ich weiß aber nicht, ob seine geistige Verfassung so weit ausreicht, selbst zu wissen, dass das keine weisen Sprüche, sondern lediglich Yoda-Zitate sind.

»Hey, Finn, na, wie war dein Tag?«, fragt mich Dad, als er aus dem Auto steigt, wie erwartet, dicht gefolgt von meinem Bruder.

»Wie immer« gebe ich als emotionslose Antwort und will gerade wieder ins Haus verschwinden, als er mir räuspernd auf die Schulter tippt und einen Fünfzig-Euro-Schein aus der Hosentasche zieht.

»Ich habe mir gedacht, du könntest morgen Nachmittag etwas mit deinem Bruder unternehmen, vielleicht schaut ihr mal zum Rummelplatz.«

Ich schaue ihn ungläubig an und verbiete mir den Kommentar: »Du machst das doch nur, weil du sonst keine anderen Freunde für deinen Erstgeborenen findest und deswegen auf die nicht vorhandene Brüderliebe zurückgreifst.« Ich lache nur leicht und sage stattdessen: »Na, welches Kind musste heute auf sein Mittagessen verzichten?«, nehme das Geld, drehe mich um und verschwinde ins Haus.

Super, jetzt muss ich morgen nach der Schule auch noch mit meinem Bruder abhängen.

Der Apfel fällt nicht weit vom Stamm, aber mein Bruder ist eher eine Birne und hat auf einem Apfelbaum nichts zu suchen.

Er ist eigentlich das genaue Gegenteil von mir. Dunkelbraunes Haar, braune Augen und zu allem Überfluss trägt er meistens auch noch ein schwarzes oder braunes T-Shirt. Ich wage sogar zu behaupten, dass, wenn er sich auf die Parkwiese in unserer Stadt legt, ihn jeder mit einem Penner verwechseln würde.

Eines muss man der lebenden Kastanie aber lassen, mit seinen siebzehn Jahren achtet er sehr auf seine Hygiene. Er besetzt die Dusche manchmal den ganzen Abend und wenn Ferien sind, läuft er meistens nackt im Haus herum. Seit das so ist, schätze ich das Spiel »Blinde Kuh« erst wirklich. Vor ein paar Tagen hat bei uns eine kleine Gruppe von Kindern an der Tür geläutet, um Kekse zu verkaufen. Doch als mein Bruder, der sich in seiner nackten Phase befand, die Tür öffnete, sind sie schreiend weggelaufen. Das Traurige an der Geschichte ist ja: Noah wollte wirklich Kekse kaufen.

Ich stecke mir das Geld in meine Hosentasche und gehe wieder die Stufen zu meinem Zimmer hinauf. Hastig ziehe ich mir meinen Schlafanzug an, der aus einer Jogginghose und einem zu großen T-Shirt besteht, und lege mich ins Bett. Danach schnappe ich mir mein Tagebuch, das neben mir auf dem Nachttisch liegt, um einen neuen Eintrag zu beginnen.

Liebes Tagebuch,
in meinem chaotischen Umfeld geht es gerade drunter und drüber. Sagen wir, trotz meiner Bezeichnung als Barbie mit Downsyndrom ist mein Leben nicht aus Plastik. Statt einer bezaubernden Frau bekomme ich meinen nackten Bruder, und mein Traumschloss besteht aus einem vollgepissten Pool. Weil ich weiß, dass dies hier niemand lesen wird, schreibe ich jetzt mein schlimmstes und intimstes Geheimnis auf.
Haha! Glaubst du wirklich, ich würde irgendwas in dieses verdammte Tagebuch schreiben? Nein. Natürlich nicht! Wer ist denn auch so bescheuert?
Finn

Ich werfe das Buch gegen die Wand und mache das Licht aus. Mit offenen Augen liege ich im Bett und starre gegen die Zimmerdecke. Eigentlich ist es noch relativ früh, um schlafen zu gehen, doch ein paar Augenblicke später falle ich dennoch in einen unruhigen Schlaf.

Ich werde von einem Rumpeln im unteren Stockwerk unschön geweckt.

Muss ich schon zur Schule?

Müde greife ich zu meinem Handy und schaue auf die Uhr.

3:27 erstrahlt auf dem Bildschirm. Ich reibe mir die Augen.

Was um alles in der Welt machen meine Eltern so spät?

Ich schlucke. Sind es meine Eltern?

Sofort bin ich hellwach und halte den Atem an. Schon wieder das Kratzen unter mir. Es hört sich so an, als würde jemand Schubladen durchsuchen. Ich schleppe mich aus meinem Bett und schlüpfe in meine Hausschuhe. Wahrscheinlich mache ich mir ohne Grund Sorgen. Ich öffne meine Zimmertür und gehe leise zum Schlafzimmer meiner Eltern. Behutsam drücke ich die Klinke runter und spähe auf das Bett. Der Mond scheint durch das Fenster. Ich sehe sie. Meine Mom und meinen Dad.

Scheiße.

Panik steigt in mir auf. Irgendjemand befindet sich unerwünscht in unserem Haus. Ein Einbrecher? Ein Obdachloser? Ein …

Meine Hand beginnt zu zittern. Ein Mörder?

Das Geräusch wiederholt sich.

Schritte.

Eine Schweißperle tropft von meiner Stirn, aber ich schließe die Tür meiner Eltern wieder und drehe mich um.

Ich werde in die Küche gehen. Genau dorthin, von wo das Geräusch kommt.

Vorsichtig gehe ich die Stiege hinunter und versuche mich in der Dunkelheit zu orientieren. Diesmal muss ich den Helden spielen. Diesmal muss ich mich beweisen.

Was, wenn der Eindringling eine Waffe hat?

Ich bleibe stehen.

Stille.

Hat er mich gehört?

Mein Atmen wird unregelmäßig, doch ich gehe weiter. Ich kann nicht zurück. Nicht mehr.

Die letzte Stufe.

Umrisse sind zu erkennen und langsam gewöhne ich mich an das Licht.

Hier steht er also.

In der rechten Hand eine Flasche Wodka und in der linken ein Messer. Ich erstarre und flüstere in Richtung des Unbekannten: »Du Trottel.«

2 Nicht erwünschte Heldentaten

»Warum hast du ein verdammtes Messer in der Hand?!«

Ich bemerke das verweinte Gesicht meines Bruders, nehme ihm das Messer aus der Hand und lege es behutsam wieder in das Besteckfach. Mein Blick ist weiterhin auf ihn gerichtet.

Ich reiße mich zusammen und setze eine möglichst freundliche Miene auf. »Na, was ist denn los?«

Noah schaut mich gedankenverloren an und gibt keinen Mucks von sich. Er öffnet nur seine Flasche Wodka und will gerade einen Schluck trinken, als ich sie ihm aus der Hand reiße.

»Du bist siebzehn und Wodka ist ab achtzehn, du Möchtegern-Gangster.« Ich mit meinen sechzehn Jahren öffne fassungslos die Flasche und trinke einen Schluck, um mich nach diesem Schock zu beruhigen.

»Das ist ja wirklich Wodka«, erkenne ich völlig entsetzt und nehme einen zweiten Schluck.

Noah reibt sich die Augen, die von den Tränen noch ganz feucht sind. Er setzt sich auf die Couch hinter ihm und deutet mit seinem rechten Arm an, dass ich mich setzen soll. Ich befolge seine Anweisungen und geselle mich zu ihm. In einem leicht beschwipsten Zustand lächle ich in sein trauriges Gesicht, und als er fast wieder anfangen muss zu weinen, verkneife ich mir ein Lachen.

»Finn, ich muss dir was erzählen.«

Als mein Bruder diesen ernsten Ton anschlägt, drücke ich ihm die Wodkaflasche wieder in die Hand. »Erst trinken, dann weinen.«

Noah findet das wohl nicht so witzig und redet weiter.

»Egal was du jetzt von mir hören wirst, ich bitte dich einfach, dass du mich nach diesem Gespräch so behandelst wie immer.«

»Also scheiße?«

»Du weißt, was ich meine, Finn. Ich werde immer dein Bruder bleiben.«

Ich schaue ihn verdutzt an: »War das schon die schlechte Nachricht?«

»Ich habe ja noch gar nichts gesagt.«

»Doch! Du sagtest, dass du für immer mein Bruder bleiben wirst.«

Noah schaut mich böse an und verliert die Geduld.

»Ich bin schwul, Finn.«

Als diese Worte seinen Mund verlassen, starre ich ihn fassungslos an.

»Wow … ich … ehm … du stehst aber nicht zufällig auf deinen jüngeren Bruder, der neben dir sitzt?!«

Noah beginnt wieder leicht zu wimmern und kauert sich auf der Couch zusammen.

»Nein, aber unsere Eltern werden es schlimm finden … sie wollen doch sicher Enkelkinder …«

Ich mustere meinen großen Bruder nachdenklich und sage nichts. Vielleicht bin ich zu fies zu ihm gewesen, und er wünscht sich einfach nur jemanden, der zu ihm steht. Es hat ihn sicher viel Überwindung gekostet, mir das zu sagen. Ich begreife den Ernst der Lage und nehme Noah in den Arm.

Mit mitfühlender Stimme heitere ich meinen großen Bruder wieder auf:

»Ach Noah … das mit den Enkelkindern ist doch egal, so wie du aussiehst, will sowieso niemand ein Kind von dir, und überhaupt hättest du eh keine Frau gefunden …«

Als er noch mehr zu weinen anfängt, zweifle ich an meiner Methode, Leute zu trösten.

Finn, hör endlich auf, dich wie ein Arschloch zu verhalten.

»Es … es tut mir leid, so war das nicht gemeint. Gegen Bezahlung würde sicher jede Frau mit dir schlafen.«

Verweint und trotzdem etwas wütend blickt er mir ins Gesicht. »Hörst du mir überhaupt zu, Finn? Ich bin schwul!«

Ich lächle: »Stimmt, hätte ich fast vergessen. Männer würden gegen Bezahlung auch mit dir schlafen. Mich ausgeschlossen, dass du es schon mal weißt!«

Noah nimmt sich ein Taschentuch aus der Hosentasche und putzt sich die Nase. Danach steht er abrupt auf: »Danke für deine Hilfe«, sagt er sarkastisch und dreht sich beleidigt um.

»Bis zum Rummelplatz, großer Bruder«, flüstere ich mit einem großen Grinsen.

Ich habe versucht, ihn aufzuheitern, doch leider muss ich feststellen, dass ich trotz des Alkohols kein Stück witziger bin als zuvor. Hoffentlich hat er meine Bemerkungen nicht zu ernst genommen. Ich will eigentlich nur alles richtig machen.

Die Situation hat selbst mich überfordert. »Morgen sieht die Welt wieder anders aus«, denke ich und gehe wieder ins Bett. Zufrieden rolle ich mich in die Decke, als wäre ich ein menschlicher Hotdog, und falle nach wenigen Sekunden in einen tiefen Schlaf.

Sonnenstrahlen wecken mich aus meinem Traum und Vögel beginnen vor meinem Fenster zu zwitschern. Elegant erhebe ich mich aus meiner Schlafposition und gehe zum Fenster, um ein altes Paar Socken nach der Amsel zu werfen. Danach ziehe ich meine Vorhänge zu und reibe mir die Augen. »Kack Schultag!«

Verschlafen hole ich mir meine Klamotten aus dem Schrank und ziehe sie im dunklen Raum an. Als ich die Zimmertür öffne, steht meine Mutter im Gang. Ich lächle und erwarte ein »Guten Morgen« oder ein »Gut geschlafen?« von ihr, doch sie schaut mich nur emotionslos an und gibt ein »Scheiße siehst du aus, musst dringend ins Bad« von sich.

Genervt befolge ich den Rat meiner Mutter. Eigentlich hasse ich es, ihr recht zu geben, aber als ich mich im Spiegel betrachte, kommt mir fast der Alkohol von letzter Nacht wieder hoch. Meine Haare stehen zerzaust in alle Richtungen weg und zwei Augenringe verstärken dieses Mülltonnen-Aussehen nur noch. Schnell richte ich mich her und begebe mich zum Frühstückstisch. Mein Vater sitzt schon dort, ausgestattet mit einer Tasse Kaffee und einer Zeitung.

Neben ihm meine Mutter am Herd und meine kleine Schwester, die an irgendeinem nicht definierbaren Lebensmittel rumkaut.

»Wo ist Noah?«

»Der ist heute früher zur Schule gegangen«, murmelt mein Dad vor sich hin. »Ach, und übrigens, hast du das schöne Vogelgezwitscher auch gehört?«, fragt er mich mit einem leicht fröhlichen Unterton.

Ich schaue ihn müde an und nuschle: »Ja, bevor ich Socken nach ihnen geworfen habe.«

Fassungslos mischt sich meine Mutter in das Gespräch ein: »Also wirklich! Heute fehlen dir sämtliche Manieren. Luis, sag etwas dazu.«

Mein Vater runzelt die Stirn: »Deine Mutter hat recht, du hättest wenigstens ein Gewehr nehmen können, dann wären sie gleich tot. So hast du eine sechzigprozentige Chance, danebenzutreffen.«

Olivias Gesichtsausdruck wird noch entsetzter, doch bevor sie etwas sagen kann, wechsle ich das Thema.

»Was gibt es denn zum Frühstück?«

»Gebratene Vögel, wenn du so etwas nochmal machst«, gibt sie als patzige Antwort.

»Was sind Vögel, Mama?«, fragt meine Schwester nachdenklich.

Ich beginne zu lachen und fühle mich bestätigt: Meine kleine Schwester ist dumm!

Meine Mutter wirft mir einen wütenden Blick zu und streichelt Mia übers Haar: »Ach Schätzchen, stell dir vor, Murmeltiere hätten Flügel und würden Regenwürmer essen, das sieht dann aus wie ein Vogel.«

Wow! Besser hättest du es nicht beschreiben können, Mom.

Meine Schwester bohrt interessiert in der Nase: »Was sind Murmeltiere?«

Ich erhebe mich von meinem Platz, schnappe meine Schultasche und gehe in Richtung Tür, um diesem Wahnsinn zu entgehen.

Als ich die Straße runterschlendere, sehe ich Lenny, der in seinem Garten sitzt und mir zuwinkt.

»Schönen Schultag!«

Zurückwinkend gehe ich die Gasse bis zur Bushaltestelle entlang und entferne mich immer weiter vom Haus. Bei meinem Lieblingsplatz im Bus angekommen, verfalle ich wieder in Gedanken.

»Was sind Vögel?« Diese drei Worte gehen mir durch den Kopf.

Vielleicht ist meine Schwester gar nicht dumm, sondern genial. Sie ist sich sicher bewusst, dass Vögel Tiere sind, aber weiter kommt unser Verstand auch nicht. Sind es Fleischbällchen, die am Himmel fliegen und Sour Cream Sauce kacken, oder doch behaarte Ratten, die in einem Atomkraftwerk geschlafen haben und deswegen fliegen können? Ich schüttle den Kopf.

Klar, dass ich mit solchen Gedanken keine Freunde habe.

Noch immer leicht betrübt über die Tatsache, dass ich meine Frage nicht beantworten kann, steige ich aus dem Bus und befinde mich vor meiner Schule. Hunderte Jugendliche stürmen in das hässlich-graue Gebäude und reden wie wild durcheinander. Inmitten des Ansturms bin ich.

Die Tür meiner Klasse steht offen und beweist mir erfreulicherweise, dass ich nicht zu spät dran bin. Mit schnellen Schritten betrete ich das Tor zur Hölle und finde mich auf einem Schlachtfeld wieder. Überall liegen Papierflieger und Bleistiftstummeln am Boden. Ich habe die Hoffnung schon längst aufgegeben, in einer Klasse mit vernünftigen Jugendlichen zu sein, denn wäre das so, würden statt Papierfliegern wenigstens Zigaretten herumliegen.

Ohne ein Wort mit meinen Mitschülern zu wechseln, begebe ich mich auf meinen Platz. Die anderen sitzen in Gruppen zusammen und erzählen sich, was sie an ihren freien Tagen gemacht haben, oder starren so vernarrt auf ihr Handy, als wäre es erst gestern erfunden worden.

Würde mich nicht wundern, wenn sie sich selbst bald in lebensgroße Emojis verwandeln würden.

Das Läuten der Schulglocke verleitet alle dazu, sich auf ihre Plätze zu begeben. Nach ein paar Minuten herrscht absolute Stille.

Nicht weil es geläutet hat oder wir uns in der Schule befinden – es ist nur Ruhe, weil uns Frau Professor Klingenbach unterrichtet. Pünktlich betritt sie den Raum und spuckt ihren Kaugummi in das Gesicht eines Schülers in der ersten Reihe. Ohne einen Mucks erheben wir uns von den Plätzen. Frau Klingenbach schaut wütend in die Runde.

»Habe ich gesagt, dass ihr aufstehen sollt?«

Meine Klassenkameraden schütteln den Kopf und setzen sich wieder.

»Aufstehen!«, raunt die Professorin und geht zu ihrem Lehrerpult. Sie setzt sich, schlägt die Beine übereinander und schaut zur Tür.

»Na, kommst du endlich?!«, giftet sie und tippt ungeduldig mit ihren Fingern auf den Tisch.

Nach ihren Worten öffnet sich die Klassentüre erneut und ein Mädchen betritt den Raum.

»Das ist eure neue Schülerin!«

Keine Antwort.

»Worauf wartest du? Stell dich vor.«

Das Mädchen knetet nervös ihr T-Shirt und schaut hilflos in die Gesichter meiner Klassenkameraden.

»Ich … ich heiße Claire, bin sechzehn und gerade neu hierhergezogen.«

Sie setzt ein künstliches Lächeln auf.

Frau Klingenbach beißt auf ihre Unterlippe und schaut sie weiterhin an.

»Gut so, Mädchen, sag der Klasse doch, warum du umgezogen bist.«

Claire schaut die Professorin verwirrt an und flüstert: »Ich sagte Ihnen doch, das will ich nicht.«

Unbeeindruckt schmunzelt Frau Klingenbach: »Deswegen sollst du es ja sagen.«

Für einen kurzen Moment herrscht Totenstille im Raum. Anscheinend hat Claire die Lehrerin schon vorher darum gebeten, dieses Thema nicht anzusprechen.

Verfluchte Professorin Klingenbach.

»Na, also? Ich habe nicht ewig Zeit!«

Ich versuche ruhig zu bleiben, doch es hilft nichts. Ich springe von meinem Platz auf und schlage gegen meinen Tisch: »Sie können sie doch nicht zwingen, etwas zu sagen, was sie nicht will!«

Überrascht drehen sich meine Mitschüler zu mir um.

Schweigen.

Toll, Finn! Du bist ja fast schon ein Magnet für Probleme.

Bis jetzt hat sich das noch niemand getraut. Aus gutem Grund.

»Das hättest du nicht sagen sollen, Finn«, fährt mich Frau Klingenbach an. »Sofort ins Lehrerzimmer!«

Ich gehe ohne ein weiteres Wort an den Reihen vorbei Richtung Tür. Für einen kurzen Moment treffen sich die Blicke von mir und Claire. Sie hat wunderschöne blaue Augen und langes, hellbraunes Haar. Nicht nur ihre Sommersprossen ziehen mich in den Bann, sondern auch ihr Lächeln. Ich weiß nicht warum, aber auf irgendeine Art verzaubert sie mich. Irgendetwas an ihr hat mich dazu gebracht, etwas zu machen, was ich sonst nie wagen würde.

Die Stühle im Lehrerzimmer sind hart und unbequem. Im Raum stinkt es nach Hamsterscheiße, aber nur, weil Professor Summerspring auf die verrückte Idee gekommen ist, diese Viecher zu züchten. Eigentlich würde mir das ja nichts ausmachen, wäre er kein Biologielehrer und würde die armen Hamster nicht fürs Sezieren verwenden. Sein Motto, »Die Forschung geht halt nur durch Mord, deswegen wird das Tier durchbohrt«, war der Grund, mich vom Bio-Unterricht abzumelden. Die meisten Geheimnisse, die meine Schule hütet, sind wahrscheinlich ohnehin höchst illegal, aber niemand hat den Mut, etwas dagegen zu sagen. Entweder sind hier nur Weicheier oder die meisten haben wirklich einen Gefallen daran gefunden, Hamster zu töten.

Auf mich trifft das Erste zu, obwohl ich durch die Tat von vorhin eigentlich das Gegenteil bewiesen habe.

Fast alle Lehrer unterrichten gerade, deswegen bin ich allein im Zimmer. Nur Frau Saschek leistet mir Gesellschaft. »Bei wem hast du denn was verbrochen?«, fragt die etwas klein geratene Lehrerin und schaut mich freundlich an.

»Bei Professorin Klingenbach«, gebe ich zur Antwort.

Frau Saschek wirft mir einen mitleidenden Blick zu und verschwindet mit schnellem Schritt aus dem Lehrerzimmer. Kopfschüttelnd mustere ich den Raum. Es ist schon das zweite Mal, dass ich hierhergeschickt werde. Das erste Mal, weil ich mich beim Schularzt geweigert habe, in einen Becher zu pissen, damit er feststellen kann, welche Farbe mein Urin hat. Ich meine, welche Krankheiten wollen sie denn damit feststellen? Gibt es da eine Tabelle mit: Urin gelb, normal. Urin grün, Frosch im Bauch. Urin rot, stirbt jede Sekunde an inneren Blutungen. Urin pink, schwul.

Ich versuche die Information zu verdauen. Heißt das, mein Bruder hat pinke Pisse?

Angeekelt schüttle ich den Kopf. Um mich auf andere Gedanken zu bringen, betrachte ich das Aquarium an der Wand. Ein toter Fisch schwimmt auf der Wasseroberfläche, aber keine Sorge, der war schon tot, als sie ihn reingegeben haben. Unser Direktor meinte zu den Lehrern, sie dürften nur ein Aquarium aufstellen, wenn sie den Fisch regelmäßig füttern und gut behandeln, damit er nicht stirbt. Nach dieser Aussage haben sie sich gleich einen toten besorgt. Ihn auch noch Titanic zu nennen, finde ich persönlich sehr makaber. Ich meine, wenn sie das schon machen, sollten sie ihm wenigstens einen kleinen Eisberg als Zierde dazugeben.

So in meine Gedanken vertieft, bemerke ich gar nicht, dass sich Frau Klingenbach in den Raum begeben hat und direkt vor mir steht.

»Was hast du dir dabei gedacht?«

Ich lächle: »Wow, Sie reden sogar mit mir, bevor Sie mich schlagen.«

Ihr Gesichtsausdruck wird noch ernster: »Darf ich leider nicht. Ich kann dich nur so runtermachen, dass du dir wünscht, geschlagen zu werden.«

Ich bleibe weiterhin optimistisch und wische mir über die Stirn.

»Klingt doch nach einer guten Devise. Sie sollten sich wie Professor Summerspring ein Motto zulegen. Vielleicht sowas wie ›Nicht verzagen, Kinder schlagen‹ oder ›Jede Strafe wird getoppt, denn hier wirst du hart gemobbt‹.«

Frau Klingenbach unterdrückt ein Lachen und setzt sich.

»Sehr mutig, Kleiner«, faselt sie. »Ich lasse das noch einmal durchgehen, aber nur, weil ich gesehen habe, wie du Claire angestarrt hast.«

Ich schaue sie verwirrt an: »Wie meinen Sie das?«

»Auch ich habe in meiner Kindheit geliebt. Weißt du, früher war ich nicht so eine strenge Frau wie heute.«

Verdutzt über ihre Aussage wird mir Professorin Klingenbach etwas sympathischer.

»Das ändert aber nichts daran, dass du mich bloßgestellt hast und ich dich bestrafen muss.«

»Sagten Sie vor zehn Sekunden nicht, Sie würden das durchgehen lassen?«, frage ich verwundert.

»Da sah die Welt noch anders aus. Alle zehn Sekunden erweitert sich das Universum um hundertfünfzig Kilometer, einhundertsechzig Millionen Tonnen Wasser verdampfen von der Oberfläche, achtzehn Menschen sterben und über sechsundzwanzig Millionen E-Mails werden versendet. Warum kann ich mich dann nicht verändern?«

Ohne mich zu Wort kommen zu lassen, redet Frau Klingenbach weiter: »Du hast dich für sie geopfert, jetzt weiß sie wenigstens, dass du existierst, aber selbst wenn du irgendetwas für diese Claire empfindest, schlag es dir aus dem Kopf. Sie hat genug Verstand, der sie dazu bewegen sollte, sich von dir fernzuhalten. Damit du verstehen lernst, dich nie mehr mit mir anzulegen, kommen wir jetzt endlich zu deiner Strafe.«

Ich erstarre.

Frau Klingenbach lächelt und zeigt zum Aquarium.

»Iss Titanic!«

Erschöpft komme ich nach Hause und lasse mich aufs Bett fallen. Für einen kurzen Moment kann ich die Situation genießen, doch als meine Mutter in das Zimmer stürmt, zerstört sie meine innere Ruhe.

»Du brauchst dich gar nicht hinzulegen, es gibt Essen«, meckert sie.

»Was gibt es denn?«, frage ich leise und richte mich langsam auf.

»Fisch.«

Ich beginne leicht zu lachen, aber nicht, weil meine Mutter ansatzweise etwas Lustiges gesagt hat, sondern nur aus dem Grund, dass sie nicht sehen soll, wie ich heulend zusammenbreche.

»Ich hatte heute genug Fisch, danke«, vermerke ich halb kotzend und will mich gerade wieder hinlegen, als meine Mutter protestiert.

»Du kommst trotzdem runter!«

Mühselig klettere ich aus meinem Bett und gehe mit meiner Mutter ins Wohnzimmer.

»Wo ist Noah?«, frage ich, verwundert, ihn abermals nicht am Esstisch zu sehen.

»Ist er nicht in seinem Zimmer?«, räuspert sich Dad und schaut mich mit hochgezogenen Augenbrauen an.

»Noah, Essen ist fertig!«, schreit meine Mutter ins obere Stockwerk. Als keine Reaktion kommt, geht sie kurzentschlossen nachschauen. Nach ein paar Minuten kehrt sie jedoch ebenfalls verwundert wieder zurück.

»Er ist nicht hier.«

»Ist er denn nach Hause gekommen?«, frage ich meine Mutter etwas verdutzt. Sie reibt sich den Hinterkopf und antwortet: »Nein, nicht dass ich wüsste.«

Mein Vater lächelt: »Ach, der ist sicher wieder bei seinen Kumpels für ein oder zwei Nächte.«

Als würde ihn jemand freiwillig bei sich schlafen lassen.

»Er hätte aber wenigstens vorher Bescheid geben können«, raunzt meine Mutter. »Gerade heute haben wir Besuch und er kommt nicht.«

»Besuch?«

»Ja, unser neuer Nachbar, Lenny. Er sagte, ihr habt euch eh schon kennengelernt.«

Ich will gerade antworten, als es an der Tür klingelt.

»Ach, das muss er sein! Finn, machst du die Tür auf?«

Ich nicke.

Als ich die Tür öffne, steht tatsächlich Lenny vor mir. In seiner rechten Hand eine Flasche Wein.

»Hallo, Finn, schön dich zu sehen.« Er betritt das Haus und setzt den Strohhut ab.

»Hm, ich wusste gar nicht, dass du kommst.«

»Überraschung«, sagt er und hält mir die Weinflasche entgegen.

Meine Mutter winkt uns zu sich: »Beeilt euch, das Essen wird kalt.«

Am Tisch herrscht eine komische Stimmung, ich betrachte das schwarze Etwas vor mir.

»Was ist das, Mom?«

»Das Essen!«, bekomme ich als wütende Antwort.

»Und diese gelben Dinger daneben?«, hake ich nach.

»Das sind Kartoffeln, du Schlaumeier. Jetzt benimm dich aber, wir haben schließlich Besuch.«

Lenny lächelt: »Ach, das macht doch nichts.«

Ich beachte seinen Kommentar nicht, stecke mir eine Kartoffel, die definitiv nicht aussieht wie eine, in den Mund und spucke sie gleich wieder aus.

»Die ist ja total versalzen.« Ich trinke einen Schluck Wasser.

Meine Mutter schaut mich genervt an: »Das sind ja auch Salzkartoffeln.«

Ich erwidere den Blick und nehme mir vor, nichts mehr zu essen.

»Dir schmeckt es aber, Lenny, oder?«, fragt sie hoffnungsvoll.

Lenny schaut sie freundlich an und nickt: »Ja, ist sehr gut, besonders der Schimmelkäse.«

Meine Mutter schluckt: »Das … das ist der Fisch.«

Ich verkneife mir ein Lachen und schließe mit mir selbst eine Wette ab, in wie vielen Sekunden Lenny das Essen auskotzt.

»Themawechsel«, schlägt meine Mom peinlich berührt vor. »Erzähl doch etwas aus deinem Leben, Lenny.«

»Ich war vor ein paar Jahren in Afghanistan im Krieg.«

Meine Mutter schaut ihn beeindruckt an: »Meinen größten Respekt.«

Ich verdrehe die Augen.

Lenny hat wohl zu viele Filme gesehen.

Ich glaube kaum, dass ein solch zierlicher Mann für die Armee gearbeitet hat.

»Was war denn deine Aufgabe dort?«, hake ich nach.

»Na … ich … ehm … war Küchenhilfe.«

»Mitten im Einsatzgebiet?«

Er lächelt verlegen. »Nein, ich bin doch nicht lebensmüde. In einem netten Dorf an der Grenze.«

Ich wusste es!

Lenny räuspert sich und wischt sich nebenbei die Schimmelfischreste vom Gesicht.

»Dürfte ich kurz eure Toilette verwenden?«

Meine Mutter nickt. »Natürlich! Einfach die Stiege rauf, dann geradeaus und links.«

»Vielen Dank.«

Ich warte einen Moment, bis Lenny nach oben verschwunden ist, und schaue meine Mom belustigt an.

»Ich geh in mein Zimmer, bevor ich weiterhin so einem tollen Gespräch über ›Kriegshelden‹ beiwohnen muss.«

Als ich nach oben gehe, merke ich, dass das Zimmer von Noah offensteht. Ich halte an.

Hat meine Mutter nicht gesagt, er sei nicht in seinem Zimmer?

Zielstrebig gehe ich zur Tür und mache sie mit einem Ruck auf.

Lenny.

Er sitzt vor dem Computer meines Bruders und starrt auf den Bildschirm. Als er mich sieht, steht er hastig auf und lächelt.

»Ich … habe das Klo nicht gefunden, deswegen … habe ich mich wohl verirrt.«

Ich schaue ihn prüfend an und zeige auf die Tür hinter mir, auf der fett »WC« geschrieben steht.

»Oh, ich Idiot«, gibt Lenny von sich und verschwindet.

Verdutzt gehe ich in mein Zimmer und lege mich aufs Bett. Dieses Mal völlig ungestört.

Fast einschlafend verfalle ich mal wieder in meine Gedanken.

Noah ist verschwunden.

Mein komischer Nachbar schnüffelt an seinem Computer herum.

Ein Mädchen kommt in unsere Klasse und will nicht sagen, warum sie hergezogen ist.

Ergibt das einen Sinn?

Ich meine, selbst wenn es einen gäbe, würde ich ihn höchstwahrscheinlich nicht verstehen, aber so … stehe ich wohl komplett unwissend da.

Gefühle für ein geheimnisvolles Mädchen machen das alles auch nicht besser. Ich werde sie ansprechen. Mir wird sie wohl verraten, warum sie umgezogen ist; ich meine, was kann denn schon passiert sein?

Ich bekomme Gänsehaut.

Hier wird alles zu gruselig.

Lächelnd schaue ich meinen Bauch an und beginne ihn zu streicheln.

»Egal was ist, Titanic, wir stehen das gemeinsam durch.«

3 Nur vier Worte

Der erste Morgen nach dem Verschwinden von Noah und noch immer keine Spur von ihm. Da die beste Therapie angeblich Essen sein soll, gibt es zum Frühstück Eier mit Speck, nebenbei das Leibgericht meiner kleinen Schwester Mia.

»Dir ist schon bewusst, dass du gerade tote Tiere isst, oder?«, gebe ich als provokante Bemerkung von mir und schiebe mir eine weitere Speckscheibe in den Mund. Mia schaut mich nur unbeeindruckt an und beginnt kleine Essensreste, die sie gerade matschig gekaut hat, zusammenzukneten und auf einen Haufen zu legen. Jedes Mal, wenn mein Vater gähnt, versucht sie eine solche Kugel, die zu fünfzig Prozent aus Spucke, vierzig Prozent aus Essen und zehn Prozent aus etlichen Krankheiten besteht, in den Mund meines Dad zu werfen. Immer wenn ihr Vorhaben gelingt und Luis anfängt zu husten, womöglich fast daran erstickt, beginnt sie zu lachen.

»Lenny hat gestern seinen Strohhut hier vergessen, sei doch so lieb und bring ihn nach der Schule zurück«, ruft mir meine Mutter zu und hält währenddessen den Hut in die Höhe.

»Ja, Mom, ich komme heute aber erst später nach Hause, wegen diesem unnötigen Klassenausflug«, antworte ich und esse weiter.

»Wohin geht es denn?«, mischt sich mein Vater in das Gespräch ein.

»Es ist irgendein Wanderausflug in die Berge«, sage ich unmotiviert. Innerlich hecke ich aber schon einen Plan aus. Dort oben finde ich sicherlich die Gelegenheit, Claire auf ihren Umzug anzusprechen und damit eine meiner Fragen aufzuklären.

»Na dann, viel Spaß.«

»Danke, Dad«, sage ich noch, bevor ich unsere Haustür öffne und das Tageslicht erblicke. Heute muss ich gar nicht bis zur Schule fahren, da mich der Reisebus gleich bei der Busstation abholt.

»Das kann was werden«, flüstere ich mir zu und gehe los.

Klassenausflüge sind immer eine Qual, zumindest für mich. Besonders die Busfahrt ist ein regelrechter Trip durch die Hölle. Das liegt aber nicht nur an den Leuten, die sich darin befinden, sondern auch am Bus selbst. Wenn wir einen Ausflug machen, reicht das Geld der Schule nicht, um einen halbwegs normalen fahrbaren Untersatz zu bezahlen. Unser Bus sieht aus, als hätte eine Gruppe Hippies sich einen Spaß daraus gemacht, ihn anzupissen und ihn danach zu zerkratzen. Die Sitze bezeichne ich netterweise als Klo-Stein, um die grauenhafte Kombi zu vollenden. Vor einem Jahr hat eine Schülerin aus der Unterstufe ein benutztes Kondom unter ihrem Sitz gefunden. Wegen der mangelnden Aufklärung in ihrem Alter dachte sie natürlich, dass das so eine Art Tüte wäre. Es wundert mich sowieso, wie man eine solche glitschige Angelegenheit als Aufbewahrungsbehälter sehen kann. Der Grund, warum sie so dringend nach einem Behälter gesucht hat, war der, dass ihr Gummibärchen-Sackerl geplatzt war. Infolgedessen musste sie ihre Bonbons irgendwo verstauen. Hätte diese Geschichte einen Titel, würde sie sicher »Kleines Mädchen und die neue Geschmacksrichtung von Haribo« heißen.

»Guten Appetit«, denke ich, als ich an der Busstation ankomme.

Nach ein paar Minuten trifft auch schon meine Mitfahrgelegenheit ein, die ich zügig betrete und wo ich nach einem freien Platz Ausschau halte.

Ironischerweise ist auch nur mehr einer verfügbar. Direkt neben Claire. Eigentlich sollte ich mich freuen, da ich genau das habe, was ich will. Eine gute Gelegenheit, sie auf ihren Umzug anzusprechen. Als ich jedoch vor ihr stehe, wird mir ganz mulmig.

»Setzt du dich endlich oder bist du im Stehen eingeschlafen?«, höre ich Claire sagen und setze mich rasch.

»Ich wollte dir noch einmal danken, weil du mich in der Klasse so verteidigt hast.«

Ich werde rot und bekomme nicht mehr als ein »Bitte« heraus.

»Du heißt Finn, oder? Hab mir deinen Namen gemerkt.«

»Ja, ich heiße Finn. Und du heißt Claire, habe ich recht?«

Natürlich habe ich recht, wie könnte ich ihren Namen vergessen.

»Absolut richtig«, gibt sie mir als Antwort und lehnt sich in ihrem Sitz zurück.

»Du siehst mich so fragend an. Willst du irgendetwas wissen, Finn?«

Ich bleibe still.

»Frag, was du willst. Nun hab dich nicht so.«

Behutsam wische ich mir eine Schweißperle von der Stirn. Das ist meine Chance, sie zu fragen. Nur vier Worte. Die einfache Frage: Warum bist du umgezogen? Ich reiße mich zusammen, öffne meinen Mund, aber bekomme kein Wort heraus.

»Willst du mit deinem Mund Fliegen fangen oder was?«

Ich konzentriere mich und setze erneut an: »Ich … ich wollte dich nur fragen … warum … ich meine … magst du … Kinder auch so wie ich?«

Scheiße. Super, Finn! Du hast es versaut.

»Kinder?«, wiederholt sie fragend und schaut mich verwirrt an.

»Ja … äh … Kinder. Mit Kindern kann man ziemlich viel machen«, gebe ich als Antwort, ohne nur eine Sekunde darüber nachzudenken, was ich eigentlich gerade rede.

Sie lächelt leicht, als wäre ich schwer vom Begriff, öffnet ihren Mund und fragt mich prüfend: »Ach. Kann man das?«

Völlig überfordert mit ihrer Frage, beginne ich wieder zu stottern: »Ja … zum Beispiel … ehem … ihnen sagen, dass sie etwas falsch gemacht haben, oder sie zusammenschreien, wenn sie Gegenstände im Haus zerstören.«

Ab dieser charmanten Antwort entwickelt sich ihr Lächeln zu einem regelrechten Grinsen. »Stimmt, Finn. Klingt nach einer absolut nachvollziehbaren Begründung, Kinder zu bekommen.«

Wir schauen uns beide an und lachen los.

Es fehlt jetzt nur noch ein Radiosprecher, der wild herumschreit: »Und die dümmste Unterhaltung dieses Jahres geht an die Idioten, unter deren Sitz ein Haufen benutzter Kondome gelagert wird.«

»Du bist witzig. Ja, fast schon sympathisch«, gibt Claire als liebevollen Kommentar ab, lehnt sich weiter zurück und macht ihre Augen zu, um zu schlafen.

Ich drehe mich lächelnd nach vorne.

Ich habe es zwar nicht geschafft, sie auf das Thema anzusprechen, aber langsam baue ich eine Beziehung zu ihr auf. Keine echte, mit Küssen und so, aber wenigstens eine freundschaftliche … bis jetzt zumindest.

Ich sollte auch ein bisschen schlafen, doch weil es das Liebespaar einen Sitz vor mir anscheinend nicht lassen kann, wild rumzumachen, ist das ziemlich schwer. Entspannt lausche ich dem Schmatzen und schaue interessiert zu. Als der Junge anfängt, leidenschaftlich ihre Nase zu küssen, wird mir das alles aber zu ekelig und ich mache meine Augen zu. Auf der kurzen Fahrt in die Berge träume ich von Claire, Rotz und ausgesaugten Nasen.

Hier in der Wildnis haben wir keine Überlebenschance. Der Empfang ist weg und ich habe somit keine Möglichkeit, Hilfe zu rufen.

»Wir sind auf einem scheiß Parkplatz, du Volltrottel«, sagt Claire, als sie hinter mir aus dem Bus steigt.

»Habe ich laut gedacht?«, frage ich peinlich berührt und werde rot.

»Ja! Du hast mal eben verkündet, was für ein großer Held du bist.«

Ich kratze mich am Hinterkopf und kaue nervös an meiner Unterlippe.

»Kann ja sein, dass es hier wilde Tiere gibt«, flüstere ich leise.

»Das einzige gefährlich behaarte Tier, welches man auch mit einem Bären verwechseln könnte, steht dort drüben.«

Sie zeigt auf Professor Summerspring.

»Glaubst du das wirklich?«

»Na, stell ihn dir doch mal nackt vor.«

»Nein! Ich stelle mir meinen fünfzigjährigen Biologielehrer definitiv nicht nackt vor«, gebe ich angeekelt von mir und schaue in seine Richtung.

Wenn ich so drüber nachdenke, der dicke Lehrer mit dem Dreitagebart hat sicher keinen Traumkörper. Womöglich ist er sogar so behaart, wie Claire meint.

»Da! Du hast es dir jetzt gerade vorgestellt!«, sagt sie und klopft mir auf die Schulter.

Verdammt, dieses Mädchen benutzt umgekehrte Psychologie!

»Habe ich gar nicht!«, protestiere ich und werde wieder rot.

»Du wirst rot wie eine Tomate!«

»Es gibt auch gelbe Tomaten.«

Peinliche Stille.

Claire schaut mich mit offenem Mund an und giftet: »Klugscheißer.«

»Finn und Claire, kommt zur Gruppe«, ruft Professor Summerspring und winkt.

Als ich mit Claire seiner Anweisung folge, fällt mir auf, wie geborgen ich mich bei ihr fühle, obwohl ich sie erst seit gestern kenne.

Wir sind ja fast schon wie vertraute Bekannte.

Fast alle sind mies gelaunt, als wir auf die Forststraße biegen. Ab und zu hört man jemanden fluchen, weil er in nasse Erde einsinkt. Sonst ist alles ruhig. Der Professor fängt nach einiger Zeit an zu pfeifen, doch es sind keineswegs liebliche Klänge. Es erinnert eher an Durchfall. Immer wieder suche ich nach einem passenden Moment, um mit Claire zu reden, jedoch ist es schwerer als erwartet. Gerade als ich glaube, eine Gelegenheit gefunden zu haben, bleibt einer meiner Mitschüler entsetzt stehen und zeigt auf ein Tier, etwa fünf Meter entfernt. Ein Hase. Ein ganz gewöhnlicher Feldhase. Sein braunschwarzes Fell schimmert förmlich im Licht und alle bewundern diesen Anblick. Diese Ruhe hält nicht lange, denn fast alle Schüler nähern sich nach einem kurzen Augenblick des Staunens, um das Tier mit ihrer Handykamera festzuhalten. Seine rechte Pfote blutet und verhindert, dass er weghoppeln oder den Schülern entkommen kann. Ich bleibe als einer der wenigen an meinem Platz und balle meine Hand zu einer Faust.

»Herr Professor, sagen Sie doch was, bevor sie den armen Hasen tottrampeln.«

Mein Lehrer schaut mich schockiert an und geht zu der Menschenmasse, während er folgende Worte von sich gibt.

»Finn hat recht! Alle herhören: Passt auf das arme Tier auf! Ich will es lebendig, bevor wir es dann im Unterricht sezieren.«

Ich schaue ihn fassungslos an.

Das hat ja viel gebracht.

Hilflos schaue ich mich nach einer Lösung um. Im Augenwinkel erkenne ich, dass Claire auf mich zukommt. Unauffällig stellt sie sich neben mich und beginnt zu flüstern: »Ich habe einen Plan, schrei so laut du kannst und tu so, als würde dir etwas wehtun.«

Verwundert schaue ich sie an.

»Mir tut aber nichts weh.«

Claire verdreht ihre Augen und tritt mir in die Eier. Mit einem leicht weiblichen Schrei gehe ich zu Boden. Meine Klassenkameraden, inklusive meines Lehrers, lassen für einen kurzen Moment vom Hasen ab und schauen überrascht zu mir. Die perfekte Ablenkung, denn in der Zwischenzeit schafft es Claire, mit dem verängstigten Hasen im Wald zu verschwinden.

Die Schüler machen sich nicht einmal die Mühe, sie von ihrem Vorhaben abzuhalten. Alle sind damit beschäftigt, ihr eben aufgenommenes Bild zu posten.

Nach kurzer Zeit kommt Claire wieder, stolz und in der Gewissheit, alle Anwesenden erfolgreich überlistet zu haben.

»Das wird ein Nachspiel geben«, droht Professor Summerspring, doch sie schaut ihn nur zufrieden an.

Meine Klassenkameraden jedoch gehen enttäuscht und schnaufend im Gleichschritt weiter. Keiner verliert mehr einen Kommentar darüber. Nur ich und Claire stehen noch da. Ich wegen meiner unmenschlichen Schmerzen im Intimbereich und Claire … weil es ihr wahrscheinlich Freude macht, mich so zu sehen.

»Jetzt sei nicht so ein Weichei«, sagt sie mit prüfendem Blick. »Dein männliches Geschlecht war das erste Mal zu etwas gut und rettete einen Hasen.«

Ich nicke mit Tränen in den Augen und schmunzle gequält.

»Jetzt schuldest du mir was«, sage ich noch immer schmerzerfüllt und raffe mich auf.

»In Ordnung. Was willst du?«, fragt sie mich, während wir in den Wald gehen, um nach dem Hasen zu sehen.

»Ich will nur, dass du mir eine Frage beantwortest«, sage ich, entschlossener als im Bus.

Claire bleibt stehen und schaut in alle Himmelsrichtungen.

»Wo ist denn dieser blöde Hase?«

»Also, ich wollte dich fragen, warum …«

»Ach du Scheiße! Irgendjemand hat den Hasen gefressen.«

Claire schaut zu den fleischlichen Überresten, die ziemlich sicher von einem gerade erlegten Hasen stammen.

»Ich habe mir extra einen super Plan überlegt und jetzt wurde er von irgendeinem Tier gefressen.«

Es fühlt sich so an, als hätte ich einen Kloß im Hals. Ich weiß nicht, was mich mehr beunruhigt. Die Tatsache, was Claire unter einem super Plan versteht, oder die Andeutung, dass hier gefährliche Tiere wären.

Finn, reiß dich zusammen!

»Claire, warum bist du umgezogen?«

Endlich. Ich habe es geschafft. Nur die vier Worte, mehr nicht.

»Und?«, frage ich erneut. »Hast du mich verstanden?«

Claire schaut zu mir auf, direkt in meine Augen. Sämtliche Emotionen sind aus ihrem Gesicht gewichen, ich könnte fast behaupten, sie zittert leicht.

»Warum sollte ich dir das sagen, Finn?«

Ich halte ihrem Blick stand.

»Ich weiß es nicht. Vielleicht bereust du es, wenn du es mir sagst. Vielleicht aber wirst du danach jemanden haben, dem du vertrauen kannst. Mit dem du reden kannst und der versucht, dir zu helfen.«

Sie zögert.

»Und? Bist du so jemand?«

»Ich schätze, das musst du schon selbst rausfinden.«

Claire schmunzelt und anstatt mir eine Antwort zu geben, stellt sie mir flüsternd eine Gegenfrage.

»Hattest du schon einmal einen Stalker?«

Ich halte inne. Ohne auf meine Reaktion zu warten, fragt Claire weiter.

»Wurde eine deiner Freundinnen entführt? Musstest du immer Angst davor haben, der Nächste zu sein?«

Ich bleibe weiterhin sprachlos.

Claires Augen werden glasig. Ich merke, dass ich auf einen wunden Punkt gestoßen bin.

»Das … das tut mir leid«, sage ich, weil es das Einzige ist, was mir in der Sekunde einfällt.

»Sage es aber bitte niemandem, Finn. Mal sehen, ob ich dir vertrauen kann.«

»Natürlich kannst du das«, flüstere ich zurück.

Sie lächelt. »Danke.«

Plötzlich bekomme ich ein starkes Gefühl, ihr helfen zu müssen. Ich möchte mehr rausfinden und hake nach.

»Du hattest also einen Stalker? Erzähl mir mehr …«

Claire schaut mich wortlos an und dreht sich weg.

»Nicht jetzt und nicht hier«, sagt sie noch im Vorbeigehen.

»Lass uns die Gruppe einholen.«

Als der Bus mich vor meinem Haus rauslässt und wieder weiterfährt, winkt mir Claire zu, bis der Bus mit ihr in der Abendsonne verschwindet.

Hier stehe ich also. Am Straßenrand, oder wie meine Mutter sagen würde: »Dem Platz, an dem früher deine Oma arbeitete.«

Als ich klein war, wollte ich immer, dass sie mir zeigt, was sie bei der Arbeit gemacht hat. Heute bin ich ehrlich gesagt froh, dass meine Mutter Einspruch erhoben hat. Irgendetwas Positives hat dieser Ort aber schon; ich meine, hier hat meine Oma meinen Opa kennengelernt.

Romantische Geschichte. Zumindest, wenn man die Personen und den Ort weglässt. Und die schmutzigen Details, oder die … – ich schüttle meinen Kopf und betrete unser Haus.

Als ich den Strohhut auf dem Tisch liegen sehe, erinnere ich mich daran, was meine Mutter in der Früh sagte, und nehme ihn. Lustig, dass Lenny ihn bis jetzt nicht vermisst.

Lenny … denke ich. Dieser mysteriöse Typ von nebenan …

Lennys Garten ist übersät mit Gartenzwergen. Eine Armee aus Keramik und hässlichen Gesichtern, fast schon gruselig. Die Bank, auf die er sich jeden Morgen setzt, steht neben der Tür und ist ein etwas freundlicherer Anblick als die Zwerge. Außerdem ist die Farbe an der Wand leicht abgebröckelt. Ich nehme mir vor, ihn darauf anzusprechen, als ich die Klingel betätige.

Nichts.

Ich läute erneut.

Wieder nichts.

Keine Reaktion, niemand, der die Tür aufmacht. Vor allem kein Lenny Förster. Ich finde mich mit dem Gedanken ab, ihm den Hut morgen zu bringen, doch als ein leichter Windstoß die Gasse entlangweht, geht die Tür einen Spalt weit auf.

Hat Lenny vergessen, sie abzuschließen?

Ist er denn überhaupt zu Hause?

In Gedanken versunken betrachte ich die Tür. Ich werde einfach reingehen und ihm sagen, dass er sie offengelassen hat. Kurz kommen in mir Zweifel hoch. Wenn er nicht da ist, wäre das ja Hausfriedensbruch. Das wäre eine Straftat.

Nicht zu viel nachdenken, Finn, einfach machen, sagt mir meine Stimme aus dem Unterbewusstsein. *Schreiben wir das Motto »Gesagt, getan« einfach ein bisschen um und machen aus dem »gesagt« ein »gedacht«. Wird schon nichts passieren.*

Das Geräusch des knarrenden Holzes gibt mir in der Situation ein ungutes Gefühl. Dennoch gehe ich langsam weiter, bis ich mich in der Mitte des Hauses befinde. Ein Sofa und ein alter Fernseher verraten mir, dass ich wohl im Wohnzimmer stehe. An den Wänden hängen Gemälde von Menschen, die ich nicht zuordnen kann. Seine Familie? Freunde?

Das Ticken einer Wanduhr ruft mir ins Gedächtnis, was ich hier gerade mache. Ich werde nervös.

»Lenny? Bist du hier?«, rufe ich mit verhaltener Lautstärke in den Raum.

Wie erwartet keine Reaktion. Da mir das alles zu unheimlich wird, überlege ich mir eine bessere Vorgehensweise.

Am besten, du legst ihm seinen Hut einfach auf sein Bett und verschwindest.

Gute Idee, lobe ich mich selbst und gehe die Treppe ins obere Stockwerk hinauf.

Die Treppe ist ähnlich wie unsere, deswegen fühle ich mich <u>fast</u> wie zu Hause. (Das »fast« ist unterstrichen, da ich mich immerhin doch in einem fremden Haus befinde.)

In schnellem Tempo öffne ich eine Tür nach der anderen und suche verzweifelt das Schlafzimmer. Als ich es endlich gefunden habe, trete ich ein.

Sein Schlafzimmer ist in der Relation zu den anderen Räumen relativ groß, und noch dazu fällt mir der schwarze Koffer auf, der neben einem Nachttisch steht. Darüber hängen an einer Leiste Schlüssel, die jeweils mit einem kleinen Stück Papier beschriftet sind. Das Wort »Keller« wurde über einem der Schlüssel eigenartigerweise mehrmals mit einem roten Stift umkreist. Gedankenverloren betrachte ich den Koffer etwas genauer. Ein Logo, das ich nicht kenne, bedeckt die Vorderseite. Abgebildet ist ein Ring, dazu die Buchstaben »U.C.D.«.

Merkwürdig.

Ich meine, vielleicht steht das ja für: Unglaublich chaotische Damenbettwäsche.

Hoffe ich zumindest.

Als mir wieder bewusst wird, dass ich in fremden Sachen rumschnüffle, lasse ich schnell davon ab. Ich gehe zum Bett, lege den Strohhut darauf und verharre regungslos in meiner Bewegung.

Mein Plan hat einen kleinen Fehler. Wenn Lenny seinen Strohhut hier sieht, dann weiß er automatisch, dass jemand in seinem Haus war. Ich klopfe mir an die Stirn.

Fuck.

Eigentlich wollte ich ihm nur sagen, dass seine Tür offensteht. Ich habe doch nicht wissen können, dass Lenny nicht einmal zu Hause ist. Ich nehme mir vor, morgen wiederzukommen. Bevor ich jedoch aus dem Raum treten kann, höre ich etwas.

Reifenquietschen.

Lenny.

Blitzschnell schließe ich die Tür.

Sein Auto war weg, wie habe ich das nur übersehen können.

Ich werde mir meiner brenzligen Situation bewusst.

Verdammt.

Hier darf er mich jedenfalls nicht erwischen, sonst ruft er noch die Polizei.

Schritte im unteren Stockwerk.

Ich fühle mich gefangen, nein, besser gesagt, ich bin gefangen.

Die Schritte werden immer lauter. Er kommt die Treppe herauf. Will er ins Schlafzimmer?!

Hektisch suche ich nach einem Ausweg oder Versteck und tue das mir einzig richtig Erscheinende: Ich krieche unter Lennys Bett und bleibe regungslos liegen.

Rettung in letzter Sekunde, denn einen kurzen Moment später sehe ich auch schon, wie Lenny das Zimmer betritt. Er bleibt im Türrahmen stehen.

Hat er bemerkt, dass jemand in seinem Haus ist?

Ich traue mich nicht zu atmen. Ich darf nicht, sonst hört er mich. Nach einer kurzen Pause geht Lenny jedoch zu der Wand mit den Schlüsseln, nimmt einen und verschwindet wieder. Welchen er genommen hat, kann ich nicht erkennen.

Na klar!

Ich warte noch ein paar Sekunden, um sicherzugehen, dass keine Gefahr besteht. Dann fällt es mir auf. Irgendetwas berührt meinen Unterarm.

Langsam und auf alles gefasst schaue ich zu meinem Arm und fange fast an zu schreien.

Ich schaue in das Gesicht eines Hasen.

Keines echten Hasen, nur einer Maske!

»Immer diese verfluchten Hasen!«, flüstere ich mir zu und schaue mir die Maske genauer an.

Sie sieht ja fast schon gruselig aus, mit den zwei Zähnen, die sich nach vorne biegen. Auch die zwei Augen stehen leicht hervor.

»Du hast mich aber erschreckt.«

Seltsam.

Warum hat Lenny so etwas unter seinem Bett? Ist diese Maske so geheim, dass sie niemand sehen darf?

Schnell vergesse ich diesen Gedanken und krieche unter dem Bett hervor. Hauptsache, ich komme hier raus.

Ein kurzer Blick zur Schlüsselwand verrät mir, dass Lenny im Keller sein muss.

Meine Chance.

Behutsam schleiche ich über den Flur im oberen Stockwerk. Im Haus ist es komplett still. Lenny würde jedes Geräusch hören. Jeden falschen Schritt. Leise gehe ich die Stufen nach unten und als ich die Tür sehe, steigt mein Adrenalin.

Bald bin ich hier raus!

Ich werde schneller. Vergesse dabei, leise zu sein, doch das ist mir zu diesem Zeitpunkt egal. Ich renne förmlich über den alten Holzboden. Mich trennen nur noch ein paar Meter von der Tür.

Nichts kann mehr schiefgehen.

Einen Griff noch und ich bin draußen. Keine Fragen, keine vier Worte, nur ein Runterdrücken der Klinke.

Abgeschlossen.

NEIN, NEIN, NEIN! Ich fange an zu schwitzen. Warum hat Lenny seine Tür von innen zugeschlossen?

Weiß er etwa, dass ich hier bin? Hat er etwas vor?

Wieder höre ich Schritte. Er hat mich gehört.

Mit steigender Panik stehe ich vor der Tür und kann mich nicht bewegen. Weit und breit kein Ausweg …

Plötzlich steht Lenny direkt vor mir, er hat Latexhandschuhe an und trägt eine Kochschürze.

»Na, sieh mal einer an! Wer hat sich denn hier reinverirrt?!«, gibt er lachend von sich und zieht die Handschuhe aus.

»Entschuldige bitte meine Unordnung«, sagt er und verschwindet in der Küche.

»Willst du was trinken, Finn?«

Mein Hirn spielt verrückt und am liebsten hätte ich jetzt gesagt: »Es tut mir leid, dass ich hier so reingeplatzt bin, deine Sachen durchstöbert habe und dich verdächtige, irgendetwas im Schilde zu führen«, doch ich sage bloß:

»Ein Wasser würde reichen.«

Wieder in meinem eigenen Zimmer, lasse ich mich auf mein Bett fallen. Ich habe noch ein bisschen mit Lenny geredet, er sagte, er hätte die blöde Angewohnheit, immer zuzusperren, weil bei ihm einmal eingebrochen worden sei. Ich habe ihn, so lautete seine Begründung, beim

Kochen überrascht, deswegen die Bekleidung. Auf die Maske und seine Sachen im Zimmer habe ich ihn nicht angesprochen.

Warum sollte ich auch?

Ich meine, ich habe selbst genügend komische Dinge, wo sich jeder das Gleiche fragen würde. Eine Hasenmaske und ein schwarzer Koffer sind dagegen ja nichts. Ich sollte mich damit abfinden, dass in meinem Leben keine aufregenden Sachen passieren.

Gut so!

Außer natürlich einen Hasen mit meinen Kronjuwelen zu retten, um dann festzustellen, dass er aufgefressen wird.

Noah ist noch immer weg. Zwei Tage lang schon. Mehrmals ist in mir der Gedanke aufgekommen, ob er wegen mir weggegangen ist. Ich habe ihn vielleicht wegen seines Outings nicht wirklich ernstgenommen.

Mein Vater ist der Überzeugung, dass er bei seinen Kumpels ist, die er wahrscheinlich nicht einmal hat, und meine Mutter glaubt, er ist von einem Pädophilen entführt und vergewaltigt worden. Obwohl … das würde ihm eh noch gefallen …

Ich schüttle meinen Kopf.

Sei nicht so fies zu deinem verlorenen Bruder!

Als ich versuche, an etwas anderes zu denken, fällt mir als Erstes Claire ein. Ich weiß nicht, warum ich die ganze Zeit an sie denken muss.

Sie hatte einen Stalker. Das heißt wohl, dass dieses Mädchen schon mehr durchgemacht hat als viele andere.

Das gibt ihr aber nicht automatisch das Recht, mir in die Eier zu treten! Obwohl, ich sollte ihr eine Erlaubnis dafür geben. Eine schriftliche, mit meiner Unterschrift, denn anscheinend hat sie dadurch ja super Pläne, oder wie auch immer sie das nennt.

Mein Handy vibriert in meiner Hosentasche und ich schaue auf das Display.

Eine neue Nachricht von »Mama«.

<3 Hey Liebling.

Komme heute später nach Hause. Essen ist auf dem Herd. Spaß. Mach dir selbst was. :-) Ich habe dich aber wegen etwas anderem angeschrieben. :-((Deine Oma liegt im Sterben und sie würde dich sicher gerne noch einmal sehen. Morgen hole ich dich von der Schule ab und wir fahren zu ihr. Bussi, Mama. <3

Schockiert lege ich das Handy zur Seite.

Meine Oma stirbt.

Noah ist weg.

Lenny sperrt sein Haus am Tag zu.

Meine Mutter ist den ganzen Abend weg, und ich wundere mich, warum es keine schlechten Nachrichten gibt.

Sarkasmus off.

4 Der Schritt Richtung Zukunft

Was bedeutet Familie?

Bedeutet dieser Begriff so viel wie: Menschen, die ihr ganzes Leben lang aneinandergekettet sind und sich wünschten, Adam wäre schwul gewesen, damit ihnen weiterhin der Arsch im Himmel massiert wird?

Ich schweife mit meinen Gedanken zum Ursprung.

Es gibt eine Person, aus der man geboren wird, eigentlich ziemlich ekelig, wenn man es sich genau überlegt.

Man schwimmt die ersten neun Monate in einer nicht auswechselbaren Brühe. Das heißt, du bist eine sehr lange Zeit von der Außenwelt abgeschnitten. Du hast kein Handy, um dich mit »sinnvollen« Dingen zu beschäftigen, wie: der Wetter-App, deinem Online-Banking-Account oder Google Maps, damit du immer weißt, wohin dich deine Mutter gerade unfreiwillig verschleppt. Ganz unter uns, die WLAN-Verbindung wäre sowieso miserabel. – Spoiler!: Du wirst nicht dein ganzes Leben darauf verzichten müssen!

Nach diesem langweiligen Prozess kommst du durch eine Rutsche, die wohl mit zu viel Babypuder eingeschmiert wurde, in die Welt oder, besser gesagt, in ein Krankenhauszimmer voll mit Ärzten, die deinen Intimbereich betrachten können. Endlich bist du draußen.

Super! Und jetzt?

Na, jetzt wartet ein Leben voller Gefahren auf dich. Voller Bestrafungen, Verluste, Ängste und Spinnen.

Ich meine, schau dir diese Höllentiere doch mal an!

Und als Belohnung darfst du nach achtzig Jahren Frust sterben.

Die Frage ist also, warum machen wir das mit?

Ich schätze, um die Antwort rauszufinden, muss man zur Anfangsfrage zurück.

Was bedeutet Familie?

Was bedeutet Liebe?

Jemandem zu vertrauen? Ihn äußerlich wegen seiner Witze zu hassen, ihn aber innerlich wegen seiner Witze zu lieben.

Jemandem sein Leben zu schenken, obwohl man sein eigenes noch nicht fertiggelebt hat?

Nicht die Hülle einer Person zu sehen, sondern das Innere.

Ich meine damit nicht die Organe.

Vor einer schon etwas längeren Zeit hat das meine Oma für meine Mutter getan. Und jetzt meine Mutter für mich. Oma hat nicht nur für meine Mom gekämpft, sie hat für sie gelebt. Tja und jetzt habe ich erfahren, dass ihre persönliche Rutsche langsam dem Ende zugeht, sagen wir:

Meine Oma stirbt – und ich kann nichts tun.

Meine Oma stirbt – und ich esse gerade Pancakes zum Frühstück.

»Worüber denkst du denn nach, Finn?«, fragt mein Vater und stellt seinen Kaffee auf den Frühstückstisch.

Ich schaue ihm lange in die Augen, ohne ihn wirklich wahrzunehmen. »Über Rutschen, Dad, nur über Rutschen.«

Als ich bemerke, dass ich seit einer halben Ewigkeit meinen Tee umrühre, aber noch keinen Schluck davon getrunken habe, lege ich den Löffel beiseite. Hier sitzt meine Familie, noch dazu ist sie real, kein Trugbild wie die Hoffnung, dass man Liebe steuern könnte.

Noah fehlt. Meine Mutter wird heute Abend zur Polizei gehen und eine Vermisstenanzeige machen, weil sie langsam doch Panik bekommt. Eigentlich hätte sie es ja schon früher gemacht, aber mein Vater ist noch immer der Überzeugung, dass er bei Freunden ist.

Ich trinke meinen Tee schnell aus und gehe in Richtung Tür. Bevor ich sie öffne, drehe ich mich noch einmal um und lächle in die Runde.

Mein Vater, meine Mutter und meine kleine Schwester schauen mich fragend an.

»Ich wollte euch noch etwas Wichtiges sagen.«

»Was gibt es denn, Finn?«, fragt mich Mom mit einer sanften Stimme.

»Ich hab euch lieb. Auch wenn ihr meistens komplett bescheuert drauf seid.«

Das letzte Mal sagte ich das mit sieben, aber da hatte ich auch noch eine ganz andere Vorstellung vom Leben.

»Wir dich auch, Schatz, und das bleibt auch so! Vergiss nicht, ich komme dich nach der Schule holen.«

»Wir?«, fragt mein Vater verwundert. »Woher willst du wissen, dass ich diesen Jungen dort liebhabe?«

Meine Mutter wirft einen strengen Blick zu meinem Dad und er lacht.

»War nur ein kleiner Spaß. Bis später, Sohn.«

Schule, denke ich abermals beim Verlassen des Hauses. Überraschenderweise bemerke ich, dass ich keinen Brechreiz verspüre, wenn ich dieses Wort höre. Daran ist allein Claire schuld. Sie macht mir die Schule mit ihrer Anwesenheit ja fast schon sympathisch.

»Guten Morgen, Finn«, ruft Lenny von seiner Bank aus. »Ist Noah noch nicht aufgetaucht?«

Ich winke zurück und antworte mit einem trockenen »Nein, leider«.

Woher weiß Lenny denn überhaupt, dass Noah nicht hier ist?

Wieder eine offene Frage.

Ich fühle mich ja fast schon wie ein kleiner Spion, wenn ich an die merkwürdigen Ereignisse in letzter Zeit denke.

Die Glocke hat noch nicht geläutet. Ich renne zur Klasse und bremse kurz davor ab, als ich Claire sehe. Sie steht lächelnd vor der Tür und kommt auf mich zu, um mich zu begrüßen.

Ich hasse es, Leute zu begrüßen.

Nicht aus dem Grund, weil ich die Person nicht mag, sondern weil ich mich dabei immer so ungeschickt anstelle. Meistens weiß man dann nicht, ob man der anderen Person die Hand geben, sie umarmen oder sie gleich küssen soll.

Das Problem ist, dass Claire immer näher kommt und ich mich entscheiden muss.

Na gut! Küssen schließe ich aus, da ich ja noch nicht einmal weiß, ob wir Gefühle füreinander haben. Andererseits verstehen wir uns schon besser, als dass ich ihr nur einen Handschlag gebe.

Sie ist nicht mehr weit entfernt und ich entscheide mich für die Umarmung. Ich breite meine Arme aus und will sie leidenschaftlich an mich drücken, doch als sie ihre Finger ausstreckt, um mir einen Handschlag zu geben, rammt sie mir mit ihrer flachen Hand voll in den Bauch.

»Oh … das wollte ich nicht!«

Schockiert greift sie mir auf die getroffene Stelle.

Ich zucke zusammen.

»Claire! Du machst es nicht besser, wenn du genau dorthin greifst, wo du mich geschlagen hast.«

Sie lächelt und nimmt mich schließlich doch in die Arme.

Ein perfekter Moment, diese Chance auszunutzen und ihr als Unschuldiger ein Kompliment zu machen.

»Ist es wirklich so heiß hier oder bist bloß du das?«

Das habe ich jetzt nicht gesagt, oder?

Claire lässt schlagartig los.

»Wow …«, sagt sie überrascht.

Ich schaue sie fragend an.

»Meintest du: wow, das war ein super Kompliment?«

Sie zieht ihre Augenbrauen hoch.

»Nein, eher: wow, ich bereue es, dich umarmt zu haben.«

Ich schnaufe.

»Na, was hätte ich denn sonst sagen sollen? Sowas wie: Ich bin vom Bundesnachrichtendienst und muss eine Ganzkörperdurchsuchung bei dir machen!?«

»Das wäre wenigstens kreativ!«, gibt sie von sich und formt einen Kussmund. »Ich habe die Umarmung eh genossen, Trottel.«

Sie hat die Umarmung genossen! Eine Umarmung mit mir!

Ich habe am ganzen Körper Gänsehaut und schmunzle. Irgendetwas empfinde ich gerade, etwas ganz Komisches. Ein Gefühl, das ich nicht richtig einordnen kann, ja, so eines, das ich lange nicht mehr gefühlt habe. Ich muss die ganze Zeit daran denken, denn es fühlt sich so echt an. So real. Als ich mein Pausenbrot betrachte, weiß ich, was es sein muss.

Hunger!

»Mit vollem Magen lässt sich Claire besser ertragen«, reime ich leise, ohne dass es jemand mitbekommt.

Auch wenn ich manchmal Witze über sie mache oder sie über mich, hat sie etwas Besonderes. (Und ich spreche gerade nicht von ihrer Markenhose.) Ich muss einfach immer lächeln, wenn ich sie sehe. Vielleicht habe ich sogar Schmetterlinge im Bauch. Das würde zumindest erklären, warum ich in letzter Zeit so viel Hunger bekomme. Diese Mistviecher essen alles, was ich schlucke, wieder auf.

»Verpisst euch zu euren Blumen«, flüstere ich meinem Bauch zu.

»Was machst du da, Finn?«, fragt mich einer meiner Klassenkameraden.

Ich rede mit Schmetterlingen.

»Ehm … ich schaue nur auf meinen Körper.«

»Oh, okay«, sagt er und versucht dabei freundlich zu wirken.

Ich möchte die Situation wieder unter Kontrolle bringen.

»War nur ein kleiner Spaß! So selbstverliebt bin ich nun auch nicht«, sage ich lächelnd. »Ich rede nur mit den Schmetterlingen.«

Mein Klassenkamerad flüchtet.

Ich sollte etwas klarstellen: Ich bin nicht dumm!

Mir ist bewusst, dass man mich so sehen könnte, doch ich mache alles absichtlich. Nicht, weil ich ein bösartiger Typ bin und das Produkt Mensch hasse, sondern wegen meines Humors.

Und der ist genial!

Wo war ich stehengeblieben?

Stimmt! Natürlich macht es mir nichts aus, dass mein Bruder schwul, Titanic in meinem Bauch oder meine Schwester einfach nur nervig ist. Gegen meinen Humor könnte ich mich zwar wehren, aber wäre ich dann nicht ein anderer Mensch?

Ein kluger Mann sagte mir einmal – ich glaube, es war der Bettler vor dem großen Einkaufszentrum unserer Stadt –, dass es egal ist, was du aus dir machst, es ist nur wichtig, wie du dich siehst.

Und wenn ich nicht gerade vor einem Spiegel stehe, sehe ich mich vielleicht eines Tages selbst in den Armen einer Frau.

Der leichte, aber bewusste Blick zu Claire war nicht beabsichtigt. Oder doch?

Mit einem Kind, das sich dann genauso über seine Familie aufregen kann wie ich. Ja, mit einer Zukunft, in der man nicht die asphaltierten Straßen sieht, sondern den Löwenzahn, der dazwischen wächst, auch wenn er oft nur Einbildung ist.

Wie theatralisch!

Der Trip durchs Leben und wieder zurück.

Wäre doch ein schöner Buchtitel, geschrieben von einem Toten.

Das Blech mit vier Zeitbomben – oder wie meine Mutter sagen würde: Unser Auto – fährt auf die Hauptstraße zum Altersheim. Als meine Mutter dann auch noch unserer sprachgesteuerten »Ich-kann-alles«-Maschine (Ich glaube, man nennt diesen Blechhaufen Alexa.) befiehlt, das Lied »Abschied nehmen« abzuspielen, wird mir alles zu viel und ich schalte ab.

Der Trip durchs Leben und wieder zurück.

Wäre doch ein schöner Liedtitel, getextet von einem Toten.

Meine Oma Alicia war eigentlich eine wundervolle Frau, ja fast schon zu gut für diese Welt. Und das mit den Ehemännern war wohl einfach ein Versuch, meinen unschlagbaren Humor zu übertreffen, doch sie muss den zweiten Platz mit ins Grab nehmen.

Der Trip durchs Leben und wieder zurück.

Wäre doch ein schöner Wunsch, gestellt von einem Toten.

Was wohl meine Mutter gerade denkt? Da ich noch nicht an der Reihe bin, mir das vorzustellen, nehme ich es schweigend hin.

Der Trip durchs Leben und wieder zurück.

Wäre doch ein schöner Fehler, gemacht von einem Lebenden.

»Wir sind da. Komm, Finn.«

Ich verstehe ja tatsächlich nicht, was sich die Leute dabei gedacht haben, als sie alle Altersheime in unserer Gegend grau färbten. Sicher so etwas wie: grau, damit sich alle sterbenden Menschen an ihr Leben erinnern.

Mit diesem Gedanken betrete ich die Eingangshalle, um mit meiner Mutter zum Schalter zu gehen.

»Ja?«, fragt die Frau hinter dem Computer genervt.

»Wir würden gerne zu Alicia Mai«, antwortet meine Mom mit zittriger Stimme.

»Drittes Zimmer, zweiter Stock, und rufen Sie uns bitte, wenn sie schon tot ist. Wir können ja nicht immer kontrollieren.«

Ich atme tief durch, um das Gehörte zu verdauen. Irgendwo hört der Humor auf, wobei dieser Kommentar erschreckenderweise ernst gemeint war.

Meine Mutter wirft mir einen Blick zu, als würde sie mir sagen wollen: Die Situation bekommt auch nicht mehr Charme, wenn du versuchst, die Sekretärin umzubringen.

Ich verdrehe die Augen und folge ihr ins obere Stockwerk. Es ist ein Ort des Todes, des Kantinenessens und der schlecht bezahlten Jobs der Altenpfleger.

Doch irgendwie kommt er mir vertraut vor.

Und das liegt nicht daran, dass es hier nach längst überfälligen Inkontinenzprodukten riecht.

Tipp von mir: Nicht nachgoogeln!

Dieser Platz verbindet Menschen, Menschen mit Gemeinsamkeiten, und das jenseits des Alters.

Mich kitzelt der Drang, irgendjemandem von diesen Menschen Fragen zu stellen. Keine weltbewegenden, sondern einfach nur Sachen wie: »Haben Sie früher geglaubt, dass Sie sich eines Tages Ihren Arsch nicht mehr selbst abwischen können?« oder »Warum duschen Sie noch, wenn Sie sowieso stinken?«

Aber ich lasse es aus dem gleichen Grund, aus dem man keine Schwulen fragt, warum sie nicht hetero sind.

Es wäre eine dumme Frage, selbst für mich, und das heißt was.

Habe ich mich gerade beleidigt?

Zimmernummer 3.

Meine Mutter klopft und wartet auf eine Antwort.

Keine Reaktion, nicht einmal ein unfreundliches »Verpisst euch«, was mir lieber wäre, als nichts zu hören.

»Ist sie tot? Na, dann können wir ja wieder gehen«, sage ich hastig und will gerade wieder verschwinden, als mich meine Mom zurückhält.

Sie öffnet langsam die Tür und zieht mich mit. Das Zimmer ist spärlich beleuchtet. Verdorbene Rosen stehen neben dem Bett von Alicia.

Ich sehe sie. Meine Oma.

Sie hat die Augen zu und liegt einfach nur regungslos da. Ich komme näher an sie heran und halte inne. Hier ist sie also, die Frau, wegen der ich überhaupt erst geboren wurde.

Und ich wollte nicht einmal eintreten.

Aus meiner Perspektive sieht es fast so aus, als würde sie lächeln, sozusagen mit einem Lachen in den Tod gehen. Ich nehme ihre Hand und streichle sie mit meinem Finger.

»Danke«, flüstere ich ihr zu.

Eine kleine, aber berechtigte Träne tropft von meiner Wange direkt auf ihre Hand.

Plötzlich reißt meine Oma ihre Augen auf und zieht ihre Hand weg.

»Nicht einmal in Ruhe sterben kann man«, raunt sie und schaut meine Mutter an.

»Hey, ich bin so froh, dass wir es geschafft haben, dich zu besuchen«, sagt meine Mom und wischt sich ebenfalls eine Träne von der Wange.

»Meine Freude hält sich in Grenzen«, gibt meine Oma als Antwort und dreht sich zu mir. »Finn? Du also auch da? Olivia, lass mich doch kurz mit ihm alleine.«

Meine Mutter nickt und verlässt kommentarlos den Raum. Ich stehe weiterhin einfach nur da und blicke in die tiefblauen Augen meiner Oma.

»Warum musst du denn ausgerechnet in deinen letzten Stunden so ein Kotzbrocken sein?«, frage ich nach ein paar Minuten Schweigen.

Alicia fängt an zu lachen, doch das Lachen verwandelt sich schnell in ein Husten.

»Wehe, du stirbst jetzt«, sage ich hastig und nehme wieder ihre Hand.

»Warum? Weil wir unser großartiges Gespräch noch beenden müssen?«, fragt sie mich herausfordernd.

»Nein«, antworte ich. »Weil sonst alle denken, ich hätte dich umgebracht.«

Wir grinsen uns beide an.

»Hab dich vermisst, Grandma.«

»Ich dich auch, Finn. Lächerlicher Abschied, nicht wahr? In so einem hässlichen Gebäude. Hast du dich nicht auch schon gefragt, wie Leute auf die Idee gekommen sind, alle Altersheime in der Gegend grau zu färben?«

Ich kann mir ein Schmunzeln nicht verkneifen, geschweige denn die Träne.

»Weißt du, Finn, ich bin mit Absicht so fies zu deiner Mom. Irgendwann wirst du es verstehen. Ich helfe ihr, den Abschied von mir besser zu verkraften.«

»Ach, und bei mir ist das egal?«, frage ich mit hochgezogenen Augenbrauen.

»Du bist stark, Finn, ein so ein toller Junge … ganz nach deiner Mutter.«

Ich bin wie gelähmt.

»Wenn du noch weiterredest, dann weine ich dir mitten ins Gesicht«, warne ich sie und sehe Flammen in ihren Augen.

Eine Flamme der Hoffnung. Nicht der Hoffnung, dass sie nicht stirbt, sondern der Hoffnung, dass ihr Leben nicht ganz umsonst war.

»Hast du Angst vorm Tod?«, frage ich sie leise, ja fast schon flüsternd.

»Angst? Nein. Wir sterben alle, Finn. Du, ich und deine Mom. Das ist auch nicht schlimm oder traurig. Es ist nicht wichtig, was du aus dir machst, sondern wichtig, was du in dir siehst.«

»Hast du zufällig mit dem Bettler vor unserem Supermarkt geredet?«, frage ich lachend.

»Na, von wem, glaubst du, hat er den Spruch?«, gibt sie als überraschende Antwort und ich schüttle den Kopf. Dann sehe ich sie weiter an.

Mein Blick hält an ihr fest, ja so, als würde ich versuchen, sie so vom Sterben abzuhalten.

Meine Mutter kommt wieder in den Raum, sieht uns zwei, bricht in Tränen aus und umarmt uns.

Wir sind bloß Menschen.

Wir sind bloß drei Menschen, die sich in einem hässlich grauen Gebäude die letzte Ehre erweisen und wissen, dass es nie mehr so sein wird, wie es war.

»Wir vergessen dich nicht, Oma, weder dich noch deine Taten, noch deinen Namen.«

»Alicia.«

»Alicia Mai.«

Sie lächelt und lässt meine Hand los. Sie nickt und macht die Augen zu.

Sie atmet mit der Gewissheit aus, ihr Leben hinter sich zu lassen.

Die Sekretärin hält mich kurz auf, bevor ich das Haus wieder verlasse, und drückt mir einen Brief in die Hand.

»Deine Oma wollte, dass ich das jemandem von eurer Familie gebe«, sagt sie und lächelt.

Ich unterdrücke die Antwort: »Ach, Sie sind also nicht so herzlos, wie ich dachte, und können sogar lächeln«, doch ich schaue schweigend auf den Brief. Eine der Ecken ist abgeknickt worden. Auf der Vorderseite ist ein Ring zu sehen … und die Buchstaben: U.C.D.

Das kenne ich doch!

Es ist das gleiche Zeichen wie auf Lennys Koffer. Doch was hat das Sterben meiner Oma mit ihm zu tun?

Als ich das Gebäude hinter mir lasse, gehe ich der Nachmittagssonne entgegen. Trotz der Tatsache, dass meine Oma noch in einem kleinen Raum liegt.

Tot.

Ich sage meiner Mutter, dass sie nicht auf mich warten muss und schon ins Haus gehen soll. Die ganze Autofahrt lang beschäftigte mich der Brief. Ich werde den Verdacht nicht los, dass die darin enthaltene Information vielleicht eine meiner unzähligen Fragen beantwortet. Noch halte ich es zwar aus, den Brief ungeöffnet zu lassen, doch meine Neugierde wächst mit jeder Minute.

»Hey, Finn. Na? Wo wart ihr?«, fragt mich Lenny von der anderen Straßenseite.

Ich lächle und kaue auf meiner Unterlippe rum.

Was ist, wenn ich Lenny den Brief zeige?

Verrät er sich durch seine Reaktion oder sagt er mir freiwillig, was dieses Logo zu bedeuten hat?

Es gibt nur eine Möglichkeit, dies rauszukriegen.

»Wir waren bei meiner Oma«, rufe ich und lasse das kleine Detail von ihrem Zustand weg. »Sie hat mir diesen Brief mit den Buchstaben U.C.D. gegeben. Weißt du, was das bedeutet?«

Der sonst so reaktionsschnelle Herr mit Strohhut steht ohne etwas zu sagen auf und kommt näher.

»Was hast du gesagt, Finn?«, fragt Lenny, obwohl ich genau weiß, dass er mich verstanden hat.

»Na, ich habe einen Brief bekommen, auf dem ein Ring abgebildet ist und die Buchstaben U.C.D. Sagt dir das Logo etwas?«

Lenny nimmt den Brief, mustert ihn und gibt ihn wieder zurück.

»Nein, leider. Schade, dass ich dir nicht helfen kann. Schönen Abend noch.«

»Dir auch«, sage ich und runzle die Stirn. Er hat zwar nichts zugegeben, aber das muss nichts heißen. Unzufrieden mit meinem Ergebnis, gehe ich ins Haus und sehe meine Mutter auf der Couch liegen.

Als ich in ihrer Hand die Zeitschrift »Joke« sehe, verliere ich fast die Nerven.

»Wolltest du nicht zur Polizei, Mom?«, frage ich vorsichtig und halte Sicherheitsabstand.

»Doch! Aber vorher lese ich noch diesen hilfreichen Artikel: Drei Tipps, die du befolgen oder nicht befolgen solltest, wenn eine Person verschwindet.«

»Hauptsache, du liest es mir nicht …«, beginne ich meinen Satz, der in derselben Sekunde von meiner Mutter unterbrochen wird.

»Also, Tipp eins: Verfalle nicht in Panik, benutze keine Schimpfwörter oder schreie rum.«

»Mom! Dieser dumme Artikel besteht KOMPLETT aus SARKASMUS!!!«

»Aha, siehst du, die Zeitschrift hat deine Reaktion vorausgesehen. Die Tipps helfen ja wirklich«.

»Ernsthaft?! Was redest du denn für einen Schwach…«

»Tipp zwei: Schreit wie wild (ohne in Panik zu geraten) den Namen des Vermissten und hofft, dass er mit einer null-komma-eins-prozentigen Chance wiederkommt.«

»Mom!!! Hör auf!«

Meine Mutter nickt.

»Fast richtig, Finn, du musst nur statt ›Mom‹ ›Noah‹ schreien, aber guter Anfang.«

Ich schaue sie verzweifelt an.

Womit habe ich das verdient?

»Tipp drei: Haltet in eurer Familie zusammen und grenzt euch nicht aus oder verlasst die Gruppe.«

Wütend schlage ich hinter mir meine Zimmertür zu.

Anstrengend, der einzig Vernünftige in einer Familie zu sein.

Meine Mutter kommt noch einmal herein, gibt mir irgendwelche Schlaftabletten und verschwindet wieder. Sie sagt, die seien dafür, dass ich trotz der vielen Gedanken wegen meiner Oma gut schlafen kann.

Schwachsinn!

Eigentlich haben wir viel wichtigere Probleme!

Noah ist weg!

Ja, mein Bruder ist spurlos verschwunden!

Er ist Teil meines Lebens, denn hätte ich seine Hilfe früher nicht gehabt, hätte ich den Rest meiner Familie gar nicht erst ausgehalten.

Ich nehme eine dieser Schlaftabletten, aber nur, weil ich meinen Bruder vermisse. Und das noch dazu stärker als ich will.

Ich nehme zwei dieser Schlaftabletten, aber nur, weil ich nicht weiß, ob ich für Claire etwas empfinde, und wenn ja, ob sie auch etwas für mich empfindet?

Ich nehme drei dieser Schlaftabletten, aber nur, weil ich kurz vor einem Nervenzusammenbruch stehe.

Die Ereignisse seit dem Verschwinden meines Bruders erscheinen wie ein Geheimnis, das sich nicht lösen lässt, aber trotzdem immer größer wird.

Ich nehme vier dieser Schlaftabletten, aber nur, weil auf der Verpackung fett steht: NUR EINE ZU SICH NEHMEN, und weil es sowieso schon egal ist.

Behutsam lege ich mich ins Bett, ohne meinen Pyjama anzuziehen.

»Noah«, flüstere ich in meine Decke. »Noah, ich brauche dich …«

Als es ein paar Minuten später an meiner Tür klopft, stehe ich mit der festen Überzeugung auf, den Artikel von meiner Mutter sonstwohin zu schmeißen, wenn sie wieder damit ankommt.

»Mom! Du weißt …«

Ich bleibe mitten in meinem Satz stecken. Vor mir steht nicht meine Mutter.

Vor mir steht Noah.

5 Abendflammen

Eigentlich freue ich mich aufs Träumen, denn in seiner Fantasie zu verweilen, ist eine gute Devise, das Leben erträglicher zu machen. Doch in dieser leblosen Nacht habe ich einen Alptraum, einen, aus dem man nicht erwachen kann, ehe alles ein abruptes Ende findet.

Ich träume davon, dass ich einen verrückten neuen Nachbarn bekomme, noch dazu eine neue Klassenkameradin. In dieses Mädchen verliebe ich mich unfreiwillig und kurz danach verschwindet mein Bruder.

Im Traum fühlt es sich so an, als wüsste jeder mehr als ich, ja, als wäre ich unwissend und hilflos.

Als ich aufwache, erkenne ich müde, dass das kein Alptraum war, sondern bloß die Realität.

Sofort fällt mir der kalte Wind auf, der mir ohne Gnade über meinen Rücken weht. Ich bekomme Gänsehaut. Noch mit halbgeschlossenen Augen taumle ich durch den Raum, um das Fenster zu schließen. Ich muss es über Nacht wohl offengelassen haben, doch als ich halbblind nach dem Fensterknauf suche, streife ich etwas anderes. Etwas Spitzes. Schnell zucke ich zurück und verkneife mir einen Schrei.

Eine warme Flüssigkeit rinnt über meine Finger und meine ganze Hand pocht fürchterlich.

Blut.

Schlagartig bin ich hellwach und schaue auf den Platz, an dem normalerweise mein Fenster ist. Genau genommen ist es zwar noch immer dort, oder besser gesagt das, was von ihm übriggeblieben ist.

Irgendjemand hat heute Nacht mein Fenster eingeschlagen!

Angsterfüllt betrachte ich meine Wunde. Es ist zwar nur ein kleiner Schnitt, doch er reicht, um ein Blutrinnsal entlang meines Armes zu verursachen. Ich habe mich wohl am gebrochenen Glas geschnitten.

Verdammt.

Schnell greife ich nach dem nächstbesten Tuch und halte es auf die Wunde.

»Warum bin ich nicht aufgewacht«, flüstere ich und merke, dass ich zittere.

Die Schlaftabletten. Scheiße.

Nach längerem Untersuchen der Glassplitter am Boden fallen mir weitere rote Flecken auf, bei denen es sich ebenfalls nur um Blut handeln kann. Der penetrante Geruch von aufgeschnittenem Fleisch liegt in der Luft. Als ich mich bücke, um darüberzustreichen, halte ich jedoch inne.

Es ist zwar Blut, doch schon getrocknet. Es kann nicht von mir stammen.

Von wem dann?

Hastig schaue ich mich in meinem Zimmer um und suche nach Wertgegenständen, die der Übeltäter gestohlen haben könnte. Jedoch fällt mir bald auf, dass alles an seinem Platz steht. Welchen Grund gäbe es sonst, in ein fremdes Haus einzubrechen, grüble ich und setze mich aufs Bett. In diesem Moment fällt es mir ein.

Der Brief!

Eilig greife ich in meine Hosentasche und stelle wie erwartet fest, dass sich der Brief nicht mehr darin befindet.

Ich bereue es, ihn vorher nicht gelesen zu haben, und schnaufe. Spätestens jetzt ergibt gar nichts mehr einen Sinn.

Einen Hoffnungsstrahl habe ich aber. Ich öffne meine Zimmertür und schaue in den Raum, in dem mein Bruder Noah immer schläft. Tatsächlich!

Er war gestern keine Einbildung und liegt tief schlafend in seinem Bett.

Ich beschließe, ihn noch nicht zu wecken, und gehe ins Esszimmer, wo meine anderen Familienangehörigen schon auf mich warten.

»Habt ihr heute Nacht irgendwas gehört?«, frage ich vorsichtig und schmiere mir ein Brot für die Schule.

»Nein, tut mir leid, Finn, wir haben alle diese Schlaftabletten genommen«, antwortet meine Mutter. »Ach, und übrigens, dein Bruder ist wieder daheim. Er sagt, er wäre bei Freunden gewesen.«

»Ich weiß«, gebe ich kalt von mir und packe Schulproviant in meinen Rucksack.

Dass mein Bruder Freunde hat, ist für mich immer noch zweifelhaft, doch ich hinterfrage die Aussage nicht.

»Bevor ich es vergesse, irgendein Vogel ist gegen mein Fenster geflogen und es ist zerbrochen«, sage ich und versuche dabei möglichst glaubwürdig rüberzukommen.

»Ein Vogel?«

»Ja«, gebe ich nochmals von mir, ohne meine Ausrede selbst gut zu finden.

»Aber das geht doch nicht, das ist Kunststoffglas«, sagt meine Mutter prüfend.

»Na, da muss sich der Vogel bestimmt heftig ins Zeug gelegt haben.«

Mein Vater schaut mich verständnisvoll an und flüstert: »Ich habe es dir doch gleich gesagt, du hättest sie erschießen müssen!«

»Luis!«, regt sich meine Mutter auf und schaut meinen Dad ernst an.

Er schüttelt nur den Kopf und brummt beleidigt: »Na, dann nimm halt die Socken, wenn du unbedingt willst.«

»Luis!!!«

Eins zu null für Dad.

Ich verlasse schnell das Haus, bevor eine größere Diskussion ausbricht. Da ich meine Eltern in diese ganze Geschichte nicht hineinziehen will, habe ich ihnen nicht die ganze Wahrheit gesagt. Ich bleibe ruckartig stehen.

Was ist, wenn Mom mir absichtlich die Tabletten gegeben hat, weil sie diesen Brief haben wollte?

Ich vergesse diese Anschuldigung sofort wieder und denke weiter nach. Die einzige Person, die sonst noch davon wusste, war Lenny.

Lenny Förster, der überfreundliche Nachbar von nebenan.

Der Einbrecher muss sich laut den Blutspuren verletzt haben, das heißt: Sollte Lenny eine Wunde besitzen, die er vorher noch nicht hatte, weiß ich, wer es war.

Mein Plan geht schief, als ich erkenne, dass die Bank vor seinem Haus leer ist.

»Mist«, flüstere ich und werde schneller. Meine Stimmung verbessert sich erst, als mir Claire eine Umarmung gibt und lächelnd in die Klasse verschwindet.

Ich schätze, Claire hat sich schon ein bisschen eingelebt, auch wenn sie erst ein paar Tage hier ist. Hauptsache, sie wird nicht wie die anderen Idioten und macht Papierflieger.

»Finn!«, ruft Claire in derselben Sekunde. »Hast du gesehen, wie weit er geflogen ist?«

Ich schaue sie prüfend an.

»Wer?«

»Na, mein Papierflieger!«

Natürlich!!! Was denn sonst!!! Ahhhhh …

Wut steigt in mir auf und ich nehme mir vor, etwas zu unternehmen. Zielsicher schnappe ich mir ein Blatt Papier und überlege.

Wie schaffe ich es, Claire eins auszuwischen, mich aber gleichzeitig nicht auf das Niveau meiner Klassenkameraden zu begeben?

Fest entschlossen mache ich einen Papierflieger und schieße ihn doppelt so weit wie Claire.

»Und? Wie fühlt es sich an, von einem Loser in einer Sache geschlagen zu werden, die eigentlich nur Vollidioten machen?«, frage ich sie provokant mit einem Lächeln und zerreiße meinen Flieger wieder.

Sie lacht ebenfalls und kontert: »Die Frage ist eher, wie fühlt es sich an, von einem Mädchen überredet zu werden, etwas zu machen, das gegen deine Prinzipien verstößt?«

»Du wolltest nur schauen, ob ich so dämlich bin und das Gleiche mache wie du?«, frage ich sie und fahre mir verlegen durch die Haare.

Sie spiegelt meine Handlung übertrieben und lacht.

»Umgekehrte Psychologie, schon vergessen?«

Dieses Mädchen macht mich fertig.

Als Claire zu ihrem Platz geht und ich es ihr eigentlich gleichmachen will, sehe ich ihn. Elias.

Elias Barn, glaube ich, doch ich komme aus einem ganz anderen Grund ins Stocken.

In Elias Barns rechter Hosentasche steckt ein Brief, und wie der Zufall es will, ist er an der rechten Ecke geknickt.

Genau wie der, der mir gestohlen wurde.

Bis zu diesem Zeitpunkt ist mir Elias nie richtig aufgefallen. Das liegt aber wahrscheinlich auch daran, dass er ein sehr zurückhaltender Mensch ist. Ein Beobachter. Jemand, der mit seinen grünen Augen alles sieht, was in seiner Gegenwart passiert. Seine markanten Gesichtszüge und das kurze dunkelblonde Haar unterstützen dieses Auftreten auch noch.

Aber woher will er wissen, dass ich diesen Brief besitze, und welchen Nutzen würde er daraus ziehen, bei mir einzubrechen?

Ich gehe zügig zu ihm, nehme mit einem festen Griff seinen Arm und versuche so ruhig wie möglich mit ihm zu reden, ohne dass es ein anderer mitbekommt.

»Woher hast du diesen Brief?!«

Elias Barn schaut mich einfach nur mit seinen giftgrünen Augen an und schweigt.

»Elias! Bitte!«

»Keine Ahnung«, sagt er nach einer weiteren Schweigeminute. »Irgendein Typ gibt mir Geld dafür, dass ich ihn jemandem überbringe.«

»Und wem?«, hake ich nach ohne loszulassen.

»Das darf ich nicht sagen, Finn, also hör auf!«, sagt er und versucht sich aus meinem Handgriff zu befreien.

»Eli…«

Frau Professor Klingenbach steht hinter mir.

»Finn, Elias, sofort auf euren Platz!«

Die Stunde vergeht langsamer als gedacht, aber nur, weil ich die ganze Zeit an diesen geheimnisvollen Brief denken muss. Elias muss während der Stunde kurz aufs Klo, doch ich weiß genau, was er vorhat. Als er ohne den Brief zurückkommt, bestätigt sich meine Vermutung.

Verflucht.

Aufgebracht trete ich mit Claire meinen Heimweg an. Wir mussten für irgendein dummes Schulprojekt Zweiergruppen bilden und da sie die Einzige ist, die ich leiden kann, bin ich mit ihr zusammen. Unser Auftrag ist es, eine Präsentation zu erstellen, die wir in den nächsten Tagen vorstellen müssen.

Um motiviert zu sein, dürften mir nicht so viele Fragen durch den Kopf schwirren, doch mit dem Gedanken, dass sich all diese Geheimnisse am Schluss aufklären lassen, öffne ich Claire die Tür zu meinem Haus.

»Achtung! Geht jetzt nicht aufs Klo, außer ihr wollt einem fürchterlichen Gestank gegenübertreten«, ruft mein Vater durch das ganze Haus und schließt die WC-Tür. Als er Claire sieht, lächelt er und kommt näher.

»Dad!«, sage ich peinlich berührt. »Kannst du solche Sachen nicht anders ausdrücken?«

Mein Vater schaut mich verdutzt an. »Anders?«

»Ja! Wir haben schließlich Besuch.«

»Tut mir leid, ich meinte natürlich, jeder, der bereit ist, sich exotischen Düften zu stellen, sollte jetzt in die Toilette verschwinden.«

»Dad!!!«, rufe ich erneut und Claire fängt an zu lachen.

Peinlicher geht's nicht.

»Schau! Deine Freundin versteht meinen Humor«, gibt mein Vater zufrieden von sich.

Das Problem an der Sache ist, dass dies sicherlich kein Witz von ihm war.

Als meine Mutter sich auch noch dazustellt, rege ich mich auf.

»Mom, könntest du bitte über die Scheidung nachdenken?«, sage ich mit einem sarkastischen Unterton.

»Das mache ich auch, ohne dass du mich drum bittest.«

Mein Vater lächelt, nimmt meine Mutter in den Arm, um sie zu küssen.

»Naja, bevor ihr beginnt, euch im Flur auszuziehen, verschwinde ich mit Claire in mein Zimmer«, vermerke ich.

»Ausziehen? Schau besser zu, damit du von den Besten lernen kannst«, ruft mein Vater noch, bevor ich meine Tür zuknalle.

»Meine Familie«, sage ich und lasse mich aufs Bett fallen.

Claire lacht und behauptet nur: »Meine ist genauso schlimm«, obwohl ich ihr das definitiv nicht glauben kann.

Sie betrachtet mein zerstörtes Fenster und runzelt die Stirn.

»Bist du so ein Mädchenschwarm, dass die Girls dir dein Fenster einschlagen, um bei dir zu sein?«, fragt sie mich und setzt sich ebenfalls auf Bett.

Ich lache.

»Nein, die zerschlagen eher das Fenster, damit sie sich danach mit den Scherben ihre Pulsadern aufschneiden können, um *nicht* bei mir zu sein.«

»Du bist schon ein verrückter Typ, Finn Mai«, sagt Claire lächelnd und dreht sich zu mir.

Wir sehen uns innig in die Augen und unsere Hände berühren sich leicht.

»Du auch, Claire.«

Ich spüre ihren warmen Atem auf meinen Lippen und mein Herz schlägt immer schneller. Tief blicke ich in ihre blauen Augen und streichle ihr langsam die Haare übers Ohr.

Ich verliebe mich in ihr Lächeln und sie flüstert bloß: »Danke.«

Sie bekommt keine Antwort von mir, denn ich beuge mich vor und unsere Lippen berühren sich zärtlich. Ich fahre ihr durch die Haare, während Claire mich am Rücken krault.

Ein weiterer Kuss und ich fange leicht an zu zittern.

Ich öffne meine Augen. »Was willst du, Claire?«

Sie legt ihre Hand um meinen Nacken und flüstert: »Unendlichkeit, Finn. Unendlichkeit.«

Als mein Bruder ins Zimmer stürmt, sitzen wir beide am Schreibtisch und arbeiten an unserer Präsentation.

Noah setzt einen prüfenden Blick auf.

»Was macht ihr zwei?«

»Wir lernen etwas fürs Leben«, sage ich und schreibe die Überschrift.

Ich lege meinen Stift beiseite, drehe mich um und schaue Noah in die Augen. Sofort fällt mir der blaue Fleck in seinem Gesicht auf und mein Magen verkrampft sich.

Freunde also …

»Ich würde mich gerne später mit dir unterhalten«, sage ich und lasse mir nichts anmerken.

Noah nickt und schließt die Tür wieder.

Als ich bemerke, dass es schon ziemlich spät geworden ist, verabschiede ich mich von Claire. Am liebsten wäre ich ihr nachgelaufen, als sie zwischen den dunklen Häusern verschwindet. Ja, am liebsten wäre ich für immer bei ihr geblieben.

»Ich gebe dir Unendlichkeit«, flüstere ich, als die Schatten sie verschlingen. »Ich habe mich in dich verliebt.«

»Und? Wie fühlt es sich an, geliebt zu werden?«

Ich drehe mich ruckartig um. Mein Bruder. Er muss mein Geflüster wohl mitgehört haben.

»Ich glaube nicht, dass sie mich liebt. Ich meine, sie könnte jeden haben, warum also mich?«, gebe ich als Antwort und verschwinde nach oben.

Mein Bruder folgt mir und führt das Gespräch weiter. »Ich habe ja bemerkt, wie sie dich angesehen hat, Finn, verliebt und dumm.«

»Hat sie das wirklich?«, frage ich ihn ganz hoffnungsvoll und seufze.

»Ja, sie hat dumm ausgesehen.«

»Nein, ich meine das, was du davor gesagt hast.«

»Meinst du ›und‹?«

»Ich meine ›verliebt‹!«

Mein Bruder schnauft. »Ja, hat sie. Bist du jetzt zufrieden?«

Ich merke, wie sauer und traurig mein Bruder bei diesem Thema wird, und umarme ihn.

Ja, ich umarme ihn, trotz der Gewissheit, dass er schwul ist.

»Hat dich wer geschlagen? Wegen dem blauen Fleck neben deinem Auge«, frage ich und lasse ihn wieder los.

»Bin nur hingefallen«, antwortet Noah und greift sich an die Stelle.

»Du bist ein schlechter Lügner.«

»Ich bin eh überall schlecht«, gibt mein Bruder von sich und will gerade wieder verschwinden, als ich ihn zurückhalte.

»Stimmt … eh, ich meine, stimmt nicht!«

Ich atme tief ein und wieder aus, um weiterzureden: »Es tut mir leid, dass ich dich so diskriminiert habe, okay?«

»Passt schon.«

Ohne einen weiteren Kommentar von mir zu geben, lasse ich ihn verschwinden.

»Ach, und Finn, war jemand in meinem Zimmer, als ich weg war?«

Ich räuspere mich verlegen.

»Nein. Keine Sorge!«

Zurück in meinem Zimmer schau ich durch das zerstörte Fenster und sehe etwas Rotes in unserem Garten.

Ein Feuer!

Nach einer kurzen Schrecksekunde beruhige ich mich, als ich meinen Dad daneben sitzen sehe. Ich ziehe mir meine Jacke an und gehe zu ihm.

»Dad? Warum machst du denn jetzt ein Feuer?«

Als ich näherkomme, sehe ich, dass mein Vater seinen Arm um Mom gelegt hat und sie zusammen in die Flammen schauen.

Fast schon romantisch, wären es nicht meine Eltern.

»Hey, Finn, wir wollten unsere neue Feuerstelle einweihen, setz dich doch her«, sagt mein Vater und zeigt auf einen freien Platz neben ihm.

Ohne zu zögern setze ich mich. Und so schaue ich ebenfalls in die Flammen und lasse mich fallen. Es sieht fast so aus, als würde alles im Feuer tanzen. Für einen kurzen Moment denke ich an all die schönen Momente, die passiert sind, bevor ich mich an der Nase gekratzt habe.

Und jetzt?

Mein Bruder war erst verschwunden und behauptet dann, er wäre bei Freunden gewesen. Alles schön und gut, aber warum der blaue Fleck?

Unser Nachbar hat in der Zwischenzeit an seinem Computer rumgeschnüffelt und ich danach bei ihm. Ich habe seltsame Sachen gefunden, unter anderem eine Hasenmaske und einen schwarzen Koffer mit den Buchstaben U.C.D.

Andererseits ist Lenny total nett zu mir und ich traue ihm eigentlich nicht zu, etwas im Schilde zu führen.

Meine Oma ist gestorben und sie hinterlässt mir einen geheimnisvollen Brief, hinter dem anscheinend alle her sind.

Bei mir wurde eingebrochen und ich habe mich in ein Mädchen verliebt, von dem ich eigentlich nichts weiß.

Was war mit ihrem Stalker? Warum will sie mir nicht mehr erzählen?

Nichts ergibt Sinn und ich habe den Verdacht, dass Personen in Gefahr sind, wenn es so weitergeht. Irgendetwas ist hier faul. Irgendjemand von den Leuten, die ich kenne oder liebe, lügt mich von vorne bis hinten an.

Mom? Dad? Mia? Noah? Lenny? Claire? Frau Professor Klingenbach? Elias Barn oder doch eine Person, die sich im Moment noch im Schatten aufhält und mich vielleicht jetzt gerade beobachtet?

Aber was könnte diese Person im Schilde führen, und warum haben diese Geheimnisse etwas mit mir zu tun?

Warum ist mein Leben mittendrin?

Ja, warum erkenne ich keinen Ausweg, auch wenn ich danach suche?

Mein Vater legt nach, als das Feuer kleiner wird. Er hat einen kleinen Korb neben sich stehen, wo er Holz, Papier oder Briefe zusammengelegt hat, die wir nicht mehr brauchen.

Als er den nächsten Brief ins Feuer wirft, stockt mir der Atem.

Es ist der Brief mit den Buchstaben U.C.D.

Der Brief, den mir meine Oma gab, der mir geklaut wurde, den Elias weitergegeben hat und der jetzt wieder vor meinen Füßen im Feuer verbrennt.

Wie kam er zu meinem Dad?

Was hat *er* damit zu tun?

Ich reagiere schnell, stürze mich aufs Feuer und reiße den Brief aus der Glut.

»Finn! Was machst du da?«, schreit meine Mutter, als es zu spät ist.

Mein T-Shirt hat Flammen gefangen.

Ich schreie.

Es wird heiß und ich bekomme keine Luft mehr.

Alles geht wahnsinnig schnell, zu schnell, um zu reagieren.

Im Augenwinkel sehe ich meine Mutter. Verzweifelt am Boden. Auch sie schreit mir Dinge zu. Fuchtelt mit den Armen, doch ich verstehe kein Wort.

Mein Dad ist weg. Mein Dad ist weg und ich brenne.

»Mom«, flüstere ich, als ich zu Boden gehe.

»Mom«, flüstere ich, aber niemand gibt mir eine Antwort.

Niemand.

6 Todesurteil

Grelles Licht blendet mich unangenehm.

»Finn?«

Ich schaue nach rechts und halte mir meine Finger über die Augen, um etwas zu sehen.

»Finn? Hörst du mich?«

Meine Mutter sitzt neben mir und schaut besorgt.

»Verstehst du, was ich sage?«

»Mom! Ich bin direkt neben dir, natürlich höre ich, was du sagst.«

Sie nimmt mich in den Arm und setzt ein Lächeln auf.

»Gott sei Dank hast du nicht mehr als ein paar Brandwunden abbekommen, dein Vater hat schnell genug reagiert.«

Ich runzle die Stirn. »Dad war weg, als ich zu Boden gegangen bin.«

»Ja. Aber nur, weil er den Gartenschlauch aus unserer Garage geholt hat.«

Na toll! Diese Lebensretter-Aktion wird er mir sicher sein ganzes Leben lang vorhalten.

Finn, hol mir was zum Trinken, ich habe dein Leben gerettet.

Finn, mach den Abwasch, ich habe dich gelöscht.

Finn, pass auf deine Schwester auf, ohne mich wärst du tot.

Hätte ich nicht gleich sterben können?

»Und wo bin ich?«

»Du bist im Krankenhaus, aber keine Sorge, morgen kannst du wieder in die Schule.«

»Toller Trost, Mom!«

Ich blicke eine Minute lang still in ihr Gesicht, alle Erinnerungen von letzter Nacht kommen in mir hoch.

Der Brief.

»Der Brief.«

»Meinst du den Brief, wegen dem du fast gestorben bist?«

»Ja, Mom, genau den.«

»Verbrannt.«

Ich zucke zusammen. Mist. Meine einzige Chance, den Geheimnissen näherzukommen, ist weg.

Nach ein paar Minuten verabschiedet sich meine Mom und ich befinde mich alleine im Raum.

Alleine in einem Haus voller Spritzen, Ärzten und Nasenoperationen.

Als ich das Geschreie in meiner Schule höre und Claire mich umarmt und fragt, warum ich nicht auf ihre Nachrichten geantwortet habe, glaube ich, dass alles beim Alten ist.

Falsch gedacht.

Eine komische Stimmung liegt über dem heutigen Tag. Ein paar Lehrer nicken sich zu und Schüler sitzen vereinzelt auf den Gängen und weinen. Nur Frau Klingenbach kommt mit einer zufriedenen Miene ins Klassenzimmer und schlägt gegen ihren Tisch.

Alle zucken zusammen.

»Heute gibt es wirklich einen Grund, Angst zu haben!«, beginnt sie ihren Monolog.

»Eine Schülerin wurde diese Nacht entführt, ihr Zimmer soll wie ein Schlachtfeld ausgesehen haben.«

Ich schlucke. In dieser Nacht war ich noch im Krankenhaus. Frau Klingenbach fährt zwar fort, doch ich höre nicht mehr zu. Ich schaue stattdessen Claire an, die überraschend schockiert aussieht.

Kennt sie das Mädchen?

»Finn! Was schaust du denn so geistesabwesend«, fährt mich meine Professorin an und geht genau bis vor meinen Tisch.

»Es ist nichts, tut mir leid, Miss.«

»Ich würde lieber aufpassen. Das gilt für alle anderen auch! Denn anscheinend befindet sich in unserer kleinen Stadt jemand, der Kinder entführt. Also denkt daran, jeder kann der Nächste sein.«

Eine Schülerin beginnt zu weinen, ein paar anderen ist die Angst förmlich ins Gesicht geschrieben, Vereinzelte lassen sich nichts anmerken. Unter anderem Elias Barn. Er sitzt mit so einer Zufriedenheit an seinem Tisch, als wüsste er diese Information bereits. So, als hätte er etwas damit zu tun.

»Finn!«

»Tut mir leid, Frau Professor, ich passe schon auf.«

Claire verschwindet in der Pause sofort in die Mädchentoilette, doch ich folge ihr nicht. Ich will nicht an einem solch unvorteilhaften Ort mit ihr reden, geschweige denn sie bedrängen. Deswegen bleibe ich bloß still auf meinem Platz sitzen. Als jedoch Katja aus meiner Klasse an mir vorbeigeht, halte ich sie auf.

»Dieses Mädchen. Wie heißt es?«

»Meinst du das entführte?«

»Ja, wen sonst?«

Meine Klassenkameradin kommt näher und beginnt zu flüstern.

»Sie heißt Fiona, oder besser gesagt *hat* geheißen.«

»Du glaubst, sie ist tot?«

»Man weiß ja nie. Zumindest hätte sie es verdient.«

Mein Körper versteift sich.

»Niemand hat es verdient zu sterben, Katja!«

»So war das auch nicht gemeint. Fiona war halt in unschöne Dinge verwickelt.«

Ich schaue nach rechts und links, um mich zu vergewissern, dass uns niemand belauscht, und frage weiter.

»Was hat sie denn gemacht, diese Fiona?«

»Na, sie war in einer dieser Schulgangs. Hat andere Schüler gemobbt und Gerüchte verbreitet. Du weißt ja, wie das ist.«

Als ich ihr gerade eine weitere Frage stellen will, berührt mich Elias Barns Hand an der Schulter.

»Was redet ihr denn da?«

»Nichts, was dich was angeht, also verschwinde«, sage ich in seine Richtung und befreie mich aus seinem Griff.

»Über die verschwundene Schülerin«, gibt Katja von sich und schaut Elias verliebt an.

»Katja!«

»So ist das also.« Elias lächelt. »Sie wird nicht die Letzte sein, die entführt wird.«

Ein Schauder läuft mir über den Rücken. »Wer sagt das?«

»Mein Gefühl.«

Ich schaue ihn böse an. »Katja, könnte ich kurz mit Elias alleine sprechen?«

»Klar.«

Ich warte ein paar Sekunden und fordere Elias auf, sich neben mich zu setzen.

»Jetzt erklärst du mir, verdammt nochmal, was es mit diesem Brief auf sich hat.«

Elias wird nervös.

»Ich weiß auch nicht mehr als du. Mir wurde der Brief von einem Mann gegeben und ich musste ihn dann nur weiterreichen.«

»Von wem hast du ihn bekommen, Elias?«

Keine Antwort.

»Bitte! In meinem Leben läuft gerade so viel durcheinander, hilf mir wenigstens einen Teil davon zu verstehen.«

Elias schnauft. »Ich weiß nicht, wie der Typ geheißen hat. Er war um die vierzig und etwas klein.«

Mir stockt der Atem.

»Hatte er einen Strohhut?«

»Ja, warum weißt du das?«

Meine Hände fangen leicht an zu zittern. Es gibt nur einen Menschen in dieser Stadt, der immer einen Strohhut trägt. Dieser Jemand ist ganz zufällig Lenny. Lenny Förster.

»Nur so, und wem hast du ihn gegeben?«

»Finn, du reitest mich in große Probleme, wenn wir noch weiterreden. Die gleichen Probleme, in denen dein Bruder steckt.«

Ich werde ungeduldiger, da es jede Sekunde läuten könnte.

»Mein Bruder? In welchen Problemen?«

»Weißt du das nicht? Eine Gang von der Schule hat es auf ihn abgesehen.«

Ich halte inne. *Eine Gang aus der Schule?* Vielleicht hat Noah deswegen ein blaues Auge.

Elias schaut mich prüfend an und redet weiter.

»Dein Bruder hat es jetzt sowieso schwer, Fiona war ja eine seiner wenigen Freundinnen.«

Abrupt stehe ich auf und unterbreche das Gespräch.

Warum sagt mir das mein Bruder nicht? Warum weiß ein komischer Typ aus meiner Klasse mehr als ich? Und warum will Lenny diesen mysteriösen Brief?

Das heißt: Er ist bei mir eingebrochen!

Ja, das heißt: Mein Bruder hat mich angelogen.

Hastig verlasse ich das Klassenzimmer, trotz des schlechten Gewissens, die letzten Stunden zu schwänzen. Ich muss unbedingt mit meinem Bruder sprechen und ihn fragen, was das alles zu bedeuten hat. Außerdem muss ich mir etwas wegen meinem Nachbarn überlegen. Vielleicht ist Lenny gar nicht bei mir eingebrochen und ich beschuldige ihn für etwas, das er nie getan hat. Ich muss rausfinden, wer in diesen Einbruch verwickelt war. Es könnte ja sein, dass der Brief und die anderen seltsamen Situationen mit dem entführten Mädchen zusammenhängen. Wenn das stimmt, was Elias gesagt hat, und Fiona wirklich eine Freundin von Noah ist, verstehe ich zumindest, warum mein Bruder gestern so angepisst war.

Ich entscheide mich, die Hintertür unserer Schule zu nehmen. Sonst könnte mich noch eine Lehrperson sehen. Es ist Totenstille in den Gängen. Man könnte fast denken, ein Virus wäre ausgebrochen und hätte die Menschheit vernichtet.

Wie dramatisch!

Zügig öffne ich die kleine Tür, die in die Gasse hinter der Schule führt. Normalerweise verirrt sich hier niemand her. Ab und zu trifft man ein paar Raucher, die sich vor den Lehrern verstecken, um sich eine Zigarette anzuzünden. Heute ist jedoch etwas anders. Ich bleibe schlagartig stehen. Irgendetwas stimmt hier gewaltig nicht.

Schatten.

Hastig verstecke ich mich hinter einer der Mülltonnen und spähe hervor. Vier kräftig gebaute Schüler stehen am Ende der Gasse, gebeugt über eine weitere Gestalt. Als ich näher hinsehe, bin ich wie gelähmt.

Noah.

Er liegt am Boden, eingezingelt von diesen Machos, und ist völlig hilflos. Ich entscheide mich vorerst, in Deckung zu bleiben, und lausche dem Gespräch.

»Du Schwuchtel, was bildest du dir eigentlich ein?!«

Mein Bruder antwortet nicht. Er sitzt einfach nur da.

»So etwas wie dich brauchen wir hier nicht«, sagt einer dieser Gangmitglieder und kniet sich zu meinem Bruder runter.

»Bring dich doch einfach um. Das wäre das einzig Richtige, was du in deinem armseligen Leben machen kannst.«

Er holt aus und schlägt Noah mit geballter Faust ins Gesicht. Blut spritzt auf den Asphalt. Noahs Blut.

»Bitte! Bitte hört einfach auf«, flüstert Noah.

In mir steigt Wut auf, doch ich zügle mich, da ich gegen alle vier sowieso keine Chance hätte.

»Ich habe euch doch schon alles gegeben, was ihr wolltet.«

»Glaubst du, das reicht uns? Verschwinde doch einfach dorthin, wo du hergekrochen bist. Am besten zu deinen armseligen Schwuchtel-Freunden.«

»Ich habe keine Ahnung, was ihr meint … bitte … bitte, lasst mich einfach nach Hause.«

Der Typ, der Noah vorhin geschlagen hat, holt ein Messer aus der Hosentasche. Ich erstarre.

Was zur Hölle hat er vor?

»Peta, wir wollen es nicht zu weit treiben.«

Peta, höchstwahrscheinlich der Anführer der Gang, ignoriert seine Kumpane und kommt mit dem Messer in die Nähe von Noahs Gesicht.

»Ich werde dir verdammt nochmal deine komplette Stirn aufschneiden, wenn du noch einmal um Gnade flehst.«

Ich halte den Atem an.

»Bitte, tu das nicht!«, jammert Noah den Tränen nahe.

»Falsche Antwort.«

Peta setzt mit dem Messer an.

»Peta! Es reicht!«

»Still jetzt, Sam!«

»Wir sind keine Mörder! Er könnte verbluten.«

»Dann soll er doch.«

Stille.

Peta lächelt und spuckt Noah ins Gesicht.

»Vielleicht wirst du nicht verbluten, sondern an deinem eigenen Blut ersticken.«

»Peta!«

Er drückt sein Messer gegen Noahs Stirn.

Schreie.

Noahs Schreie.

Blut läuft über seine Wangen und tropft auf seine weißen Schuhe. Einen kurzen Moment hält jeder den Atem an. Es kann sich um Sekunden handeln, bis Peta fester zudrückt. Ja, es kann sich um Sekunden handeln, bevor jede Rettung zu spät ist.

Ich halte es nicht mehr länger aus. Renne aus meinem Versteck.

Egal ob es richtig oder falsch ist, doch in diesem Moment würde ich es mit Tausenden aufnehmen. Ich muss meinen Bruder retten. Die Typen sehen mich, können aber nicht mehr rechtzeitig reagieren. Alles geht zu schnell.

Ich ramme Peta mit so einer Wucht, dass er mit mir zu Boden geht. Zwei der Mitglieder rennen weg, wahrscheinlich nicht wegen mir, sondern einfach nur, weil sie nicht am Tatort gesehen werden wollen. An einem blutigen Tatort.

Peta lässt vor Überraschung das Messer los und ich schnappe es mir. Automatisch halte ich es drohend neben seine Kehle.

Der Zweite steht schockiert daneben und verweilt in einer Schockstarre.

»Peta, lass uns verschwinden«, sagt er und wirkt gestresst.

»Wir sehen uns«, giftet Peta, nimmt mir das Messer aus der Hand und läuft mit Sam aus der Gasse. Ich merke, dass seine Hand blutet. Er hat sich beim Zurückholen seiner Waffe geschnitten.

Ist mir jetzt auch egal.

»Noah? Geht's dir gut?«

Mein Bruder bleibt regungslos, ein wenig Blut tropft aus seinem Mund, doch ich konnte größere Verletzungen verhindern.

»Halte dich da raus, Finn.«

»Wie wäre es mit einem Danke?«, sage ich und lächle erleichtert, weil es Noah wieder gut geht. »Denk daran, ich könnte dir auch noch die Stirn zerkratzen.«

Mein Bruder lacht. »Womit denn?«

»Mit meinen bloßen Fingernägeln.«

»Da habe ich aber schreckliche Angst.«

Ich schmunzle, helfe meinem Bruder auf und gehe mit ihm gemeinsam die Gasse entlang.

»Wie haben die eigentlich rausgefunden, dass du schwul bist?«

Noah bleibt stehen.

»Keine Ahnung.«

»Wem außer mir hast du es denn erzählt?«

»Niemandem.«

Ich runzle die Stirn. »Na, ich habe es definitiv nicht verraten, aber diese Typen könnten zum Problem werden. Wenn die so weitermachen, bringen sie dich eines Tages noch um.«

Noah schaut mich lange gedankenverloren an und sagt nichts.

»Diese Fiona«, hake ich nach. »Ist sie deine Freundin?«

»Ja, ja, war sie«, flüstert mein Bruder und beginnt wieder weiterzugehen.

»Warum ›war‹? Glaubst du auch, dass sie tot ist?«

»Nein, glaube ich nicht.«

Ich frage nicht weiter, da ich sehe, dass es Noah unangenehm ist zu antworten, und sage stattdessen: »Du solltest es unseren Eltern sagen.«

»Was denn?«

»Dass du Morddrohungen von Jungs aus unserer Schule bekommst!«

Noah schüttelt den Kopf.

»Nein. Bitte versprich mir, dass du es ihnen nicht sagst, außerdem würde sie es ohnehin nicht kümmern.«

Ich atme durch und werde schneller. Verzweiflung macht sich in mir breit, nicht aus dem Grund, dass er es unseren Eltern nicht sagen will, sondern nur, weil er sich gegen diese Idioten nicht wehrt.

»Danke, Finn.«

»Für vorhin?«

»Nein, generell. Ich habe gerade eine ziemlich schwierige Zeit und bin dir sehr dankbar, dass du mir hilfst.«

»Wird mein Bruder etwa weich?«, frage ich lachend.

Noah verdreht die Augen und wechselt das Thema.

»Und, hast du schon was besorgt?«

Ich schaue ihn verwirrt an.

»Was denn besorgt?«

»Na, morgen hat Mom Geburtstag.«

Fuck! Auch das noch!

»Oh, gut zu wissen. Ich schau mal einen Sprung zum Trödlerladen um die Ecke. Schaffst du es alleine nach Hause?«

Mein Bruder schnauft.

»Ich bin siebzehn.«

»Rede dir das nur weiter ein.«

»Was soll das denn jetzt heißen?«

»Ciao!«

Kopfschüttelnd biege ich um die Ecke und lasse meinen Bruder stehen. In Gedanken versunken, was ich meiner Mutter schenken könnte, öffne ich die Tür des Geschäftes. Es riecht nach verschiedenen Ölen und bunter Rauch kommt aus einem Hinterzimmer. Der Chef des Ladens namens Phil ist leicht esoterisch angehaucht und zieht es vor, nur mit einem Blatt vor seinem Intimbereich die Kunden zu bedienen. Ungeniert kommt er hinter seiner Kassa hervor.

Ich meine: Geht's noch?

»Willkommen hier im Paradies der Frische und Stimmungsklänge.«

»Hi.«

»Deine Antwort verrät, dass du aus einem bestimmten Grund meine Nähe gesucht hast.«

Ich ziehe meine Augenbrauen hoch.

»Phil, natürlich suche ich deine Anwesenheit nicht, wenn es nicht unbedingt nötig ist. Ich brauche ein Geschenk für meine Mom.«

Phil runzelt die Stirn und kratzt sich an seinem Blatt.

»Geschenk für Mann oder Frau?«

»Sagte ich doch schon. Für meine Mom!«

»Ach, sag das doch gleich!«

Ich schaue ihn verwirrt an, als er fröhlich durch die Reihen seines Geschäftes hüpft.

Hinter mir öffnet sich die Tür.

»Finn, da bist du.«

Ich drehe mich überrascht um.

»Claire?«

»Wer sonst?«

»Niemand, vergiss es. Was brauchst du?«

Claire schaut sich um. »Ich muss dir etwas Wichtiges sagen.«

Ich grinse und zeige zu dem halbnackt herumspringenden Phil hinter mir.

»Ist es wichtiger, als sich von einer lebenden Pornoseite ein Geschenk aussuchen zu lassen?«

Claire bleibt weiterhin ernst.

»Du bist einfach so aus dem Unterricht gegangen, Finn.«

»Bist du ja jetzt auch.«

Sie ignoriert meinen genialen Konter und redet weiter.

»Da war Blut in der Gasse hinter der Schule, und mich lässt das Gefühl nicht los, dass du weißt, was passiert ist.«

»Claire, worauf willst du hinaus?«

»Wir schweben alle in großer Gefahr. Ich habe dir damals nicht alles über meinen Stalker erzählt. Er …«

»Huhu.«

Phil mischt sich ins Gespräch ein.

»Als ich positive Schwingungen vernahm, wusste ich gleich, dass ein neuer Gast mein Haus betreten hat.«

Hinter Phil kommt ein Junge unseres Alters aus dem kleinen Zimmer und tippt ihm auf die Schulter.

»Dad, lass das Gerede und berate sie einfach sinnvoll.«

Phil dreht sich um und legt seinen verschwitzten Arm um die Person.

»Darf ich vorstellen. Bordy, mein Sohn. Bester Hacker dieser Stadt und gerne im Familienbetrieb tätig.«

Bordy schnauft. »Mehr oder weniger.«

»Na, kommen wir zu den Geschenkideen, Finn«, sagt Phil lächelnd und hebt verschiedene Dinge in die Luft.

Claire mischt sich leicht verlegen in das Gespräch ein.

»Ist das eine da ein Vibrator?«

Phil schaut beleidigt. »Nein! Das ist ein vibrierendes Wellenstäbchen mit den positivsten Schwingungen, die du in deinem Leben je erleben wirst.«

Bordy meldet sich zu Wort.

»Ja, es ist das, was du denkst, Claire.«

Ich lächle und zeige schnell auf die Packung Pralinen. »Ich nehme lieber das.«

Phil nickt und verschwindet hinter die Kassa.

»Tut mir leid wegen des Verhaltens meines Dads, eigentlich ist er ganz okay. Also wenn er schläft.«

Ich muss schmunzeln. Bordy scheint nett zu sein. Er trägt eine Brille, auch wenn seine struppigen schwarzen Haare diese manchmal überdecken. Nichtsdestotrotz erkennt man seine dunkelblaue Augenfarbe.

Claire tippt mir ungeduldig auf meinen Rücken.

»Finn, es ist wirklich wichtig.«

Ich bezahle schnell und verabschiede mich von Phil und Bordy mit der Überzeugung, nicht mehr so schnell einen Fuß in das Geschäft zu setzen. Danach gehe ich mit Claire nach Hause. Erst schweigend, doch mitten auf dem Weg durchbreche ich die Stille.

»Jetzt sag schon, verdammt, was ist los?«

Claire stottert vor Aufregung.

»Wir … wir schweben alle in großer Gefahr. Die nächsten Tage könnten tödlich enden.«

7 Gefährlicher als je zuvor

»Was zum Teufel meinst du?«

Claire versucht sich zu beruhigen, atmet tief ein und beginnt zu erzählen.

»Es war vor ungefähr einem Monat, als alles anfing. Du musst wissen, früher wollte ich immer zu den coolen Mädchen gehören. Es gab da so eine Gang in der Schule. Sie waren quasi die Herrscher in den Pausen und selbst Lehrer wollten sich nicht unbedingt mit ihnen anlegen. Ich hatte Angst, dass sie mich eines Tages als ihr Ziel sehen, wenn ich nicht bei ihnen bin.

Schlussendlich haben sie mich dann in ihre Gemeinschaft aufgenommen, und auch, wenn ich nicht immer mit dem einverstanden war, was sie gemacht haben, machte ich alles mit. Nur einmal ging es zu weit.

Die Chefin unserer Clique hat jemanden übers Internet verarscht. Einfach runtergemacht, ich wusste nicht einmal weswegen. Dieser User hieß Crazy Bunny. Keine Ahnung, warum sich jemand ›Verrückter Hase‹ nennt. Nach ein paar Tagen wurde er zum Gespött des Internets und das nur wegen unserer Gang. Eines Tages verschwand unsere Chefin dann plötzlich und niemand wusste, wo sie sich aufhält. Nach einer Woche kam sie zurück – vollkommen verstört. Musste in Behandlung, weil sie anscheinend die Woche in einem Keller verbracht hatte. Sie redete die ganze Zeit wirres Zeug von einer Hasenmaske. Und da wussten wir, was passiert war. Crazy Bunny hatte zugeschlagen und er würde jeden von uns holen. Es war ein Wunder, dass er das Mädchen nicht gleich umgebracht hat. Rache war das Einzige, was ihn antrieb. Ich bin mit meiner Familie umgezogen.

Zwar nur in die nächstbeste Stadt, aber bis jetzt glaubte ich, alles wäre wieder gut. Doch es passiert schon wieder: Jemand entführt Jugendliche! Crazy Bunny ist mir vielleicht gefolgt und ist in dieser Stadt. Ja, vielleicht beobachtet er uns gerade in diesem Moment.«

Meine Nackenhaare sträuben sich.

Hasenmaske?

Crazy Bunny?

Entführt?

Verwirrende Gedanken schießen mir durch den Kopf und ich schnappe nach Luft. Mir wird fast schwarz vor Augen, doch Claire hält mich auf den Beinen. Das immer gleiche Wort saust mir durch den Kopf:

Hasenmaske. Hasenmaske. Hasen…

»Lenny!«

»Was meinst du, Finn?«

»Lenny war's!«

»Ich habe keinen Schimmer, von wem du da gerade redest. Wer ist Lenny?«

»Claire, du solltest jetzt gehen. Ich habe etwas zu erledigen.«

Claire schaut mich verwirrt und prüfend an.

»Bitte.«

Sie nickt und gibt mir einen Kuss auf die Wange. Danach flüstert sie mir »Pass auf dich auf, Finn. Was auch immer du vorhast« ins Ohr und verschwindet.

Eine Hasenmaske. Eine von jenen, die ich unter Lennys Bett gefunden habe.

Mist! Ich hätte es früher wissen müssen.

Mit schnellen Schritten gehe ich in Richtung Zuhause und hole beim Gehen mein Handy aus der Hosentasche.

Ich werde die Polizei rufen.

Ihr einfach die ganze Geschichte erzählen. Davon, dass Lenny bei meinem Bruder rumgeschnüffelt hat, er wahrscheinlich bei mir eingebrochen ist und eine Hasenmaske unter seinem Bett versteckt hält. Keine Ahnung, ob das reicht, um ihn ins Gefängnis zu sperren, aber ich könnte wetten, dass die Polizisten etwas in seinem Keller finden werden. Und vielleicht sogar die entführte Fiona.

Ich biege um die Ecke zu unserer Straße und muss zu meiner Überraschung feststellen, dass die Polizei schon vor dem Haus meines Nachbarn parkt.

Aber wie kann sie das wissen, wenn ich nicht einmal angerufen habe?

Ich stecke mein Handy wieder ein und komme näher. Vielleicht hat ihn schon jemand anderer enttarnt und die Polizei gerufen. Jedenfalls ist Lennys Haus von rotem Absperrband umkreist und somit für Passanten nicht zugänglich. Das kommt mir gerade recht, denn ich könnte keinen einzigen Schritt mehr auf dieses Haus zugehen.

Und ich habe ihm vertraut.

Ich betrete unseren Garten und sehe meine Mom, die im Türrahmen steht und zu unserem Nachbarn blickt.

»Warum ist denn dort die Polizei?«, fragt sie, als sie mich entdeckt.

»Sehe ich aus wie Gott?«

»Nein, eher wie sein persönlicher Fußabtreter.«

»Was soll das denn bitte heißen?«

Meine Mutter hebt ihre Augenbrauen. »Du siehst aus, als hättest du einen Geist gesehen.«

Ertappt!

Ich hätte mich lieber mit einem Geist geprügelt als mit Typen aus meiner Schule, die meinem Bruder etwas antun wollen. Geister stelle ich mir durchaus angenehmer vor, besonders dann, wenn man ein »Ghostbuster«-Fan-T-Shirt und einen Staubsauger besitzt.

»Warum glaubst du überhaupt, dass Gott einen Fußabtreter verwendet?«

»Na, wenn er diese Dinger schon erfunden hat, warum sollte er sie nicht auch benutzen?«

Ich schüttle den Kopf. »Mom, glaubst du wirklich, dass die Aufgabe Gottes darin besteht, sich Gedanken über schmutzige Füße zu machen?«

Diskussion gewonnen!

Schnell husche ich an ihr vorbei und nehme eine warme Dusche, um bei der Gelegenheit alle gesammelten Informationen der letzten Stunden verdauen zu können. Die Wassertropfen massieren meinen Körper und ich fühle mich so gut wie lange nicht mehr. Es fühlt sich fast so an, als könnte ich den ganzen Stress, den ich in letzter Zeit erlebt habe, abwaschen.

Auch wenn ich das nicht kann.

Er klebt an mir wie ein riesiger Pickel auf der Stirn, nur dass es für meine Gefühle keinen Abdeckstift gibt. Aber eigentlich müsste wieder alles gut sein, also wenn sie Lenny geschnappt haben. Eigentlich müsste mein Leben wieder bergauf gehen. Zumindest glaube ich das in diesem Moment und … ja verdammt … selbst die Vorstellung daran fühlt sich gut an. Als ich aus der Dusche steige und mir meine Jogginghose anziehe, vernehme ich ein leises Schluchzen aus dem Nebenzimmer.

»Noah?«

Das Schluchzen hört schlagartig auf.

Noah öffnet seine Tür und lächelt mich an. Doch an seinen roten Wangen erkenne ich, dass er gerade geheult hat.

»Ich habe mir am Fernseher gerade einen traurigen Film angesehen. Wurde ein bisschen sentimental. Sorry.«

Ich setze einen misstrauischen Blick auf.

»Du hast in deinem Zimmer gar keinen Fernseher.«

»Ach, ich meinte Computer. Sagte ich Fernseher? Haha, wie dumm von mir.«

Ich lächle. »Schon verrückt, diese Verwechslungen.«

»Ich schnappe mal frische Luft.«

Noah verschwindet eilig die Treppe hinunter und lässt mich im Gang stehen. Da er sein Zimmer einen Spalt weit offengelassen hat, sehe ich ein zerknülltes Papier am Boden.

Nach kurzer Überlegung gehe ich hinein, schaue mich um. Auf dem Bett liegt ein kleines, aber total schön verpacktes Päckchen, auf dem »Für Mom« geschrieben steht. Neugierig hebe ich das zerknüllte Blatt auf und versuche so gut es geht zu lesen.

Viel Spaß mit deinem Geschenk, Mom.
Im Gegensatz zu dir habe ich mich an deinen Geburtstag erinnert.

Verwundert lege ich den Papierfetzen wieder an seinen Platz zurück. Langsam kann ich mich erinnern. Mom hatte Noahs siebzehnten Geburtstag tatsächlich vergessen, bevor sie von ihrem Kalender darauf aufmerksam gemacht worden war. Aber unsere Mutter hatte in dieser Zeit auch ziemlich viel Stress und …

Nachdenklich schaue ich gegen die Wand.

Ich wusste nicht, dass das meinen Bruder so beschäftigt.

Wir wussten doch beide, dass Mom nicht so gut im Geburtstage-Merken ist. Dass ihr der Geburtstag ihres Sohnes auf die Schnelle nicht eingefallen ist, finde ich zwar auch …

Ich versuche den Gedanken aus meinem Kopf zu verbannen. Das ist doch alles schon ein paar Monate her und selbst Noah konnte am Anfang darüber lachen.

Hat er das alles nur gespielt?

Mit einem mulmigen Gefühl im Bauch lege ich mich ins Bett. Heute ist zu viel passiert, um alles in Worte fassen zu können. Schlussendlich hoffe ich einfach, dass der Spuk ein Ende hat. Dass ich endlich wieder in Ruhe leben kann. Ohne Verbrecher, ohne geheimnisvolle Briefe und Krankenhausbesuche, ohne Schläger, ohne traurige Brüder und ohne … ich meine … MIT Claire.

Mein Wecker läutet und ich öffne müde die Augen. Mit der Erinnerung daran, dass ich gestern noch am Nachmittag eingeschlafen bin, raffe ich mich auf und gehe ins Schlafzimmer meiner Mom. Leise lege ich mein Geschenk auf ihren Nachttisch, ohne sie aufzuwecken. Danach verschwinde ich genauso schnell, wie ich reingekommen bin. Heute bin ich bewusst früher aufgestanden, denn ich habe nicht vor, zur Schule zu gehen. Ich habe zwar noch nie geschwänzt, doch wegen der aktuellen Vorkommnisse könnte ich mich im Unterricht sowieso nicht konzentrieren.

Eilig schleiche ich ins Esszimmer und schnappe mir einen Schokoriegel zum Frühstück, danach öffne ich die Haustür und verlasse das Haus.

Die Sonne ist noch nicht aufgegangen, die Dunkelheit legt eine düstere Stimmung auf die Straßen. Gedankenverloren werden meine Schritte schneller und für einen kurzen Moment glaube ich, dass ich mich verirrt haben könnte. Doch als ich nach ein paar Minuten vor Phils Trödlerladen stehe, atme ich beruhigt aus. Ich muss mehr über Lenny und die seltsame Entführung rausfinden. Da ich gestern bei dem Gespräch mit Phil aufgepasst habe, entging mir nicht, dass sein Sohn Bordy einer der besten Hacker der Stadt ist.

Wenn mir jemand helfen kann, dann er.

Ich umrunde den Laden und bleibe vor einem kleinen Fenster stehen. Früher habe ich dort immer einen Jungen meines Alters gesehen und jetzt weiß ich, dass es Bordy gewesen sein musste.

Da das Fenster so weit oben ist, habe ich keine Möglichkeit anzuklopfen. Nach längerem Überlegen hebe ich einen kleinen Stein auf, der neben mir liegt, und werfe ihn gegen das Fenster. Ein kurzes Klirren schallt durch die Gasse. Im Inneren des Hauses scheint sich nichts zu regen.

Abermals werfe ich einen kleinen Stein gegen das Glas und hoffe auf eine Reaktion. Als nach ein paar Minuten Warten wieder niemand das Fenster öffnet, werde ich ungeduldiger. Ein letztes Mal nehme ich einen etwas größeren Stein und werfe ihn mit aller Kraft durch die Luft. Ein lautes Bersten ist zu hören, als er das Fenster erreicht und tausend kleine Splitter auf den Boden prasseln.

Scheiße.

Augenblicklich öffnet sich die Haustür und Bordy kommt mit schnellen Schritten auf mich zu.

»Bist du denn von allen guten Geistern verlassen? Was hast du da verdammt nochmal gemacht?«, schreit er und schaut mich wütend an.

»Ich … ähm … ist dein Vater wach geworden?«, frage ich stattdessen laut flüsternd, um vom Thema abzulenken. Ich wollte sein Fenster nicht zerstören, doch ich konnte nicht einfach anläuten und seinen Dad aufwecken.

»Gott sei Dank nicht«, zischt Bordy, noch immer total beleidigt.

»Ich muss mit dir reden«, sage ich schnell und deute mit einem Kopfnicken zu seiner Haustür. »Drinnen, wenn es geht. Es ist wegen dem … entführten Mädchen.«

Bordy sieht mich verwirrt an, aber gibt nach und öffnet mir die Tür.

»Den Schaden bezahlst aber du«, flüstert er noch, als wir sein Zimmer betreten. »Also, was willst du?«

»Ich will, dass du etwas für mich rausfindest.«

»Und das kann nicht bis heute Mittag warten?«

»Nein«, gebe ich als trockene Antwort und sehe mich im Zimmer um. Mein Blick bleibt an einem Computer hängen, von dem unzählige Kabel in alle Richtungen weggehen.

»Könntest du bitte etwas über einen gewissen Lenny Förster rausfinden?«

Bordy schnauft und setzt sich vor seinen Computer.

»Was denn rausfinden?«

»Alles, was du kannst.«

Er nickt müde und beginnt wie wild auf seinen Tasten rumzudrücken.

»Du hast recht, ich kann dir helfen«, sagt Bordy, noch immer auf den Bildschirm starrend. »Ich habe ein Programm, mit dem ich von jeder Person sämtliche Daten herausfinden kann. Fast alles, was jemals von ihr gespeichert wurde.«

»Wie bei der Polizei?«, frage ich bewundernd.

»Besser«, flüstert er geheimnisvoll.

Nach ein paar Minuten dreht er sich fragend zu mir um.

»Woher soll denn dieser Lenny stammen?«

»Er ist mein Nachbar.«

Bordy runzelt die Stirn.

»Ganz sicher, dass er Lenny Förster heißt?«

Ich kratze mich verwundert am Kopf. »Ja, sicher. Was ist denn los?«

»Nichts.«

»Was meinst du mit ›Nichts‹?«

Bordy reibt sich verschlafen die Augen.

»Na, laut meinem System gibt es keinen Lenny Förster.«

Ich halte die Luft an. »Was? Dein Programm muss sich irren.«

»Ausgeschlossen. Er hat dir vielleicht einfach einen anderen Namen gesagt.«

»Aber warum sollte er …«

Ich starre gegen die Wand, aber meine Gedanken fangen sich schnell wieder.

»Danke. Eine Bitte hätte ich aber noch. Kannst du alles über eine Entführung vor ungefähr einem Monat rausfinden? Sie war in irgendeinem Kaff in der Nähe, in welchem, weiß ich leider nicht.«

Bordy dreht sich wieder um und fängt abermals an zu tippen.

»Mal sehen. In dieser Gegend ist es nicht so üblich, dass jemand entführt wird, also sollte ich relativ schnell auf ein Ergebnis kommen.«

Tatsächlich dreht er sich nach ein paar Minuten mit einem fetten Grinsen um.

»Da! Ich lese es dir vor:

> Entführung in der Blumenstraße 22. Die 16-jährige Bianca wurde Opfer einer grausamen Tat. Ein unbekannter Täter, laut Augenzeugen mit einem Baseballschläger und einer Hasenmaske bewaffnet, schlich am Freitagabend auf das Anwesen. Die Polizei war leider weniger erfolgreich, doch nach einer Woche tauchte das entführte Mädchen von selbst wieder auf. Sie befindet sich momentan in der Obhut der Polizei.

Wie erstarrt hänge ich an Bordys Lippen und wiederhole seine Worte im Kopf.

Bianca … Blumenstraße 22.

»Wann wurde der Artikel verfasst?«

»Vor drei Wochen, warum?«

»Danke. Ich bezahle dir dein Fenster, nur jetzt muss ich los.«

Verwundert sieht er mich an.

»Wohin denn?«

»In die Blumenstraße zweiundzwanzig.«

Als ich den Laden verlasse, geht schon langsam die Sonne auf und ich spute mich.

Wie um alles in der Welt soll ich denn dorthin kommen?

»Hey, Finn.«

Ich drehe mich überrascht um und sehe Elias vor mir stehen.

»Was willst du, Elias?«, frage ich genervt.

»Ich muss mit dir reden.«

»Na dann, los.«

»Nicht hier.«

»Kein Interesse.«

Ich will gerade wieder verschwinden, weil mir das alles zu blöd wird, doch mir kommt eine Idee.

»Du hast doch schon ein Auto, oder?«

Elias mustert mich.

»Ja, habe ich, warum?«

»Wenn du mich wohin fährst, rede ich mit dir. Am besten während der Autofahrt.«

Erst zögert er, doch schließlich gibt er nach und zeigt auf ein kleines schwarzes Auto hinter ihm.

Ich setze mich auf den Beifahrersitz und gebe meine gesuchte Adresse in das Navi ein.

»Blumenstraße?«

»Ja, frag nicht nach.«

Elias lässt meine Aussage so stehen und fährt los.

»Wie hast du mich eigentlich gefunden, Elias?«

»War nicht schwer. Ich weiß, dass du immer an dem Laden vorbeikommst, wenn du zur Schule gehst.«

»Stalkst du mich etwa?«

»Nein. Nein, ich …«

Elias bleibt mitten im Satz stehen und schweigt.

»Also? Was ist los?«

Keine Antwort.

»Elias?«

»Ich … ich bin da zu tief reingeraten.«

Ich schaue ihn verwundert an.

»In was reingeraten?

Elias hat seinen Blick auf der Straße und tippt mit seinem Finger aufs Lenkrad.

»Hier ist was am Laufen, Finn. Das weißt du ja selbst.«

Tausend Gedanken rasen mir durch den Kopf. »Ja, aber es ist noch immer Zeit, sich dort rauszuhalten.«

Elias beginnt zu lachen, doch es klingt eher traurig als fröhlich.

»Nein, Finn. Nein. Wir sind mitten drin und kommen da ganz sicher nicht raus, ehe es ein Ende findet.«

»Und wie findet es ein Ende?«

»Ich weiß es nicht. Aber ich habe Angst.«

Ich knete nervös meine Unterlippe. Der ach so starke und selbstbewusste Elias hat Angst? Warum? Vor wem, oder besser gesagt, wovor?

»Kann ich dir irgendwie helfen?«, frage ich nach einer Schweigeminute.

»Nein, mir kann niemand mehr helfen. Ich habe mich entschieden, dabei zu sein, und ich ziehe es jetzt auch durch.«

»Was, zum Henker, meinst du?«

»Das kann ich dir nicht sagen, aber bitte, pass auf dich auf. Pass auf deinen Bruder auf. Am besten auf deine ganze Familie. Auf alle Leute, die du liebst oder kennst.«

Langsam bekomme ich Panik und verspüre einen Drang, aus dem Auto auszusteigen.

»Warum hast du meinen Bruder erwähnt?«

»Weil er ein toller Junge ist, er … er braucht dich mehr, als du glaubst.«

Ich würde ihn jetzt gerne mit noch mehr Fragen bombardieren, doch ich lasse es und sage stattdessen: »Wenn du etwas brauchst, kannst du immer zu mir kommen.«

Elias sieht mir für einen kurzen Moment in die Augen, dann konzentriert er sich wieder auf die Straße.

»Egal, was du von mir hören oder sehen wirst. Ich mache alles aus einem bestimmten Grund.«

»Was willst du mir jetzt schon wieder damit sagen?«, frage ich und schaue geistesabwesend aus dem Fenster.

Wir fahren soeben in die nächste Ortschaft. Hohenkirchen. Der Ort mit der Blumenstraße.

»Was ich damit sagen will, ist ... manchmal geht man in seinem Leben ein Risiko ein. Eines, bei dem man nicht weiß, ob es ein gutes Ende finden wird. Trotzdem geht man es ein, weil man weiß, dass man so nicht weiterleben kann, mit der Gewissheit, dass man es nicht versucht hat. Und die Angst liegt nicht darin zu scheitern, sondern nur darin, die Chance nicht ergriffen zu haben. Man macht sich keine Gedanken über das Danach oder Davor, man macht sich Gedanken über das Jetzt. – Jetzt lebe ich. – Jetzt habe ich die Möglichkeit, etwas zu ändern, und selbst wenn es nicht klappt, ein Zeichen zu setzen, dass es Leute gibt, die versuchen, etwas Kaputtes wieder ganz zu machen. Ich gehe ein Risiko ein, Finn. Und das ist gut so.«

Ich schaue Elias ungläubig an und bekomme kein Wort aus meinem Mund.

Als er sieht, dass ich ihn mit offenem Mund angaffe, ergreift er wieder das Wort.

»Was ich gemeint habe, ist bloß, pass auf dich auf. In nächster Zeit werden Sachen passieren, die du nicht verstehst oder wovor du Angst haben wirst, und, ja verflucht, ich auch. Wir sind alle ein Teil von dieser Geschichte. Glaube nie, du bist in Sicherheit oder dass alles ein Ende hat. Ein Ende ohne Verluste, Tränen und Gewissenskämpfe. Ich helfe dir, so gut es geht, auch wenn wir uns nicht wirklich kennen. Nur stecken wir da beide drinnen und eines kann ich dir sagen: Das ist erst der Anfang.«

8 Vergangenes bleibt unvergessen

Elias besteht darauf, dass er mich zur Tür begleitet. Meine Hand zittert leicht, als ich die Klingel drücke und ein schrilles Geräusch von innen zu vernehmen ist. Ich kenne Bianca zwar nicht, aber ich hoffe, bei ihr ein paar Antworten auf meine Fragen zu finden.

Eine Frau mit langen, dunkelblonden Haaren öffnet die Tür und lächelt uns entgegen. »Ja, bitte?«

»Finn Mai. Könnten Sie eine gewisse Bianca holen? Ich müsste mit ihr reden.«

Das Lächeln der Frau verwandelt sich in einen misstrauischen Blick. »Hier wohnt keine Bianca Cooper, tut mir leid.«

»Aber wir ...«

»Entschuldigen Sie mich, ich habe zu tun.«

Ich schweige und sehe nur zu, wie sie die Tür wieder vor unseren Nasen zuknallt.

Elias und ich entfernen uns ein paar Meter und bleiben stehen. »Vielleicht hast du dich vertan und die Person, die du suchst, wohnt wirklich nicht hier«, argumentiert Elias, während er sich nachdenklich am Hinterkopf kratzt.

Ich schmunzle.

»Was gibt's denn da zu grinsen?«

»Na, die Frau hat mir gerade bewiesen, dass hier ganz sicher eine Bianca ist.«

Elias schaut mich verwirrt an.

»Ich habe nach einer Bianca gefragt, aber nie ihren Nachnamen erwähnt. Sie aber hat gesagt: ›Hier wohnt keine Bianca Cooper‹. Da sie also ihren Nachnamen sagte, ohne dass ich ihn erwähnt habe, weiß sie sehr wohl, wer oder wo diese Bianca ist.«

»Wow.«

»Was ›Wow‹?«

»Wow, du hast es geschafft, mich in fünf Sekunden dumm aussehen zu lassen. Dass mir das nicht aufgefallen ist.«

»Es kann eben nicht jeder so ein perfekter Detektiv sein«, sage ich sarkastisch und umrunde das Haus. An manchen Stellen ist die Farbe abgebröckelt und der Garten scheint seit längerer Zeit unberührt zu sein.

»Gruselig. Wenn ich die Frau vorhin nicht gesehen hätte, würde ich nicht glauben, dass hier jemand wohnt«, flüstert Elias, während er mich zur Rückseite des Hauses begleitet.

Im zweiten Stock steht ein Fenster offen und lässt einen Blick auf einen pink verzierten Schrank zu.

»Da oben muss Bianca sein. Wir sollten nach ihr rufen.«

»Und wenn es ihre Eltern hören?«

»Sollen sie doch, Hauptsache, Bianca erfährt, was wir ihr zu sagen haben.«

Elias nickt und ruft mit gedrosselter Stimme ihren Namen.

»Bianca! Bianca! Hörst du uns?«

Eine Zeitlang passiert nichts, doch dann streckt ein Mädchen unseres Alters den Kopf aus dem Fensterrahmen.

»Wer seid ihr?«

»Wir ... wir sind gute Freunde von Claire. Sie ist in deine Schule gegangen.«

Bianca verzieht keine Miene.

»Verschwindet oder ich rufe die Polizei.«

»Aber wir ...«

»Sofort!«

Ich beiße mir auf meine Unterlippe und überlege meine nächsten Worte genau.

»Es geht um den Hasen.«

Elias schaut mich abermals verwirrt an und will mich gerade etwas fragen, als Bianca ihn unterbricht.

»Rede nicht so laut über ihn. Verdammt. Wartet, ich komme runter.«

Noch immer verblüfft runzelt Elias die Stirn.

»Hasen … was?«

»Vergiss es.«

»Nein, nein, ich will es wissen.«

»Es … es geht bloß um …«

Ich komme nicht dazu weiterzureden, denn Bianca kommt soeben zu uns.

»Es geht deinem Freund höchstwahrscheinlich um den Hasen. Besser gesagt, den Menschen, der sich hinter ihm versteckt. Ein Psychopath, ein Mörder. Aber niemand weiß, wer er ist oder was er will.«

Elias sieht sie mit offenem Mund an, als würde sie Latein sprechen.

»Ja, genau um den.«

»Was willst du wissen?«

»Informationen. Daten. Fakten. Einfach alles.«

»Und warum sollte ich dir sagen, was ich weiß?«

Ich atme tief ein und halte ihrem Blick stand.

»Ich …«

»Du …?«

»Ich glaube, dass er hinter meiner Freundin her ist.«

Jegliche Farbe verschwindet aus Biancas Gesicht.

»Das alles hat also doch kein Ende«, sagt sie mit belegter Stimme und blickt auf den Boden.

»Warum sollte es?«

»Er … er hat es gesagt.«

»Wer?«

»Der Hase.«

Ich versuche in Biancas Augen zu lesen, ob sie das wirklich ernst meint oder mich von vorne bis hinten verarscht.

»Bitte, erzähl mir mehr. Am besten bringst du uns zu dem Ort, an dem er dich festgehalten hat.«

»Na klar, soll ich euch auch noch mit einer weißen Limousine hinkutschieren? Ich sehe keinen Grund, euch vertrauen zu können.«

Schwarzer Humor! Ich mag Bianca jetzt schon.

Ich schaue sie eindringlich an. Es fällt ihr sicher schwer, über dieses Thema zu reden. Dennoch ist es meine einzige Chance, mehr zu erfahren.

»In unserer Schule wurde ein Mädchen entführt. Ihr Name ist Fiona. Sie befindet sich jetzt gerade in der gleichen Situation, in der du auch warst. Hilf uns, damit wir sie so schnell wie möglich aus diesem Alptraum befreien können.«

Einen kurzen Moment ist es still, doch dann gibt Bianca nach.

»Also gut. Ich kann euch sagen, wo ich festgehalten wurde, auch wenn ich nicht weiß, wie euch diese Information weiterhelfen soll. Man fährt mit dem Auto etwa drei Minuten. Ich muss euch aber vorwarnen. Da ist ein ziemlich griesgrämiger alter Typ eingezogen. Der hat, glaube ich jedenfalls, sogar eine Waffe, und er hat es sicher nicht gerne, wenn wir in seiner Gartenhütte rumstöbern.«

Ihre Eltern waren nur ein paar Minuten entfernt und sie konnte trotzdem nicht gefunden werden?

»Du wurdest in einer Gartenhütte festgehalten?!«

»Nein, nicht direkt. Oder doch! Also in einem Keller. Aber in den kommt man nur, wenn man durch diese Gartenhütte geht.«

Elias schaut uns zwei abwechselnd an und versucht immer wieder, uns zu unterbrechen.

»Könnt ihr mir bitte mal erklären, worum es hier eigentlich geht?«

Ich runzle die Stirn und winke Bianca und Elias, mir zum Auto zu folgen.

»Wo, um alles in der Welt, willst du jetzt schon wieder hin?«

»Zur Gartenhütte natürlich. Bianca, wo geht's lang?«

Die Gartenhütte ist größer als gedacht. Wilder Efeu wächst die Holzwand entlang. Augenblicklich macht sich eine komische Stimmung breit.

»Wie hast du es denn dort so lange ausgehalten?«, fragt Elias betroffen.

»Ich weiß nicht, ob du es schon weißt, aber ich hatte nicht wirklich eine Wahl«, gibt Bianca als bissige Antwort und hockt sich hin.

»Also, wenn ihr rein wollt, dann hört mir genau zu. Lauft geduckt durchs hohe Gras und vergewissert euch erst, dass dort drüben niemand am Fenster steht.«

Sie zeigt auf die große Villa neben der Hütte. Ein weiteres Mal rinnt es mir kalt den Rücken hinunter.

»Welcher normale Mensch kauft eine Gartenhütte, in der solche Sachen passiert sind?«

Bianca blickt mich lange an. »Ganz einfach. Dieser Typ ist nicht normal.«

»Gut zu wissen«, scherzt Elias. »Kommst du nicht mit, Bianca?«

»Glaubst du ernsthaft, ich würde da jemals wieder runtergehen? Hört mir lieber weiter zu. Also. Wenn ihr euch in der Hütte befindet, seht ihr ungefähr in der Mitte des

Raumes einen alten Sessel. Schiebt den beiseite und klettert durch die Falltür. Danach seid ihr schon in der Höhle des Löwen.«

»Du meinst die Höhle des Hasen.«

»Sehr witzig!«, bekomme ich als Antwort und merke selbst, wie unangebracht mein Witz war.

Er war trotzdem lustig!

Ich schaue abwechselnd von der Gartenhütte zum Anwesen und widme mich danach noch einen kurzen Moment Bianca.

»Danke für alles. Wir werden dafür sorgen, dass dieser Horrortrip ein Ende hat, ja? Du hast uns dies nicht umsonst gezeigt.«

»Naja, nur wenn ihr lebend wieder aus diesem Keller kommt.«

Ich unterdrücke ein Lachen, höre aber sofort auf, als ich sehe, dass sie das todernst meint.

Danach verschwindet sie mit schnellem Schritt und ich bin wieder mit Elias allein. Doch da ich diesen Moment sowieso nicht sonderlich genießen kann, renne ich los. Mein Blick ist nur auf die Hütte gerichtet.

Elias ruft mir etwas nach, doch ich bin so auf die Hütte fixiert, dass ich kaum ein Wort verstehe.

Das hohe Gras streift meine Beine, und alle meine Gedanken drehen sich wie in Zeitlupe im Kreis.

Ich muss schlucken, denn ich komme immer näher. Immer, immer …

»Finn! Achtung, die Wand!«

Ich bin da.

»Elias, was hast du gesagt, als wir losgerannt sind? Ich habe nichts verstanden.«

»Na toll! Wegen dir werden wir noch draufgehen.«

Ich schaue ihn fragend an: »Warum?«

»Ernsthaft?! Du Trottel hast nicht zum Anwesen gesehen, bevor du losgerannt bist. Es war jemand am Fenster.«

Mir stockt der Atem. »Hat er uns beobachtet?«

»Keine Ahnung, aber ich will es ehrlich gesagt nicht rausfinden. Lass uns einfach schnell rein- und wieder rausgehen.«

Nickend taste ich mich an der mit Spänen übersäten Wand entlang und bleibe nach kurzer Zeit erneut stehen.

»Das müsste die Tür sein. Die andere Frage ist, wie wir dort reinkommen.« Ich klopfe gegen das harte Holz. »Wir könnten uns eine Motorsäge kaufen und sie zersägen!«

Elias verdreht die Augen: »Finn … hast …«

Ich unterbreche ihn. »Oder wir wenden einen uralten Kung-Fu-Tritt an und zerbrechen die Tür mit nur einem Hieb.«

»Finn! Hast du …«

»Eine andere Möglichkeit wäre, dass …«

Elias macht einen leichten Seufzer und öffnet die Tür mit der Klinke.

»Ah! Ja, so geht's auch!«

Elias deutet mir, leise zu sein, und flüstert weiter: »Es ist umso beunruhigender, dass die Tür auch noch offen ist. Hier stimmt etwas nicht. Wir sollten umkehren!«

Ich gehe protestierend einen Schritt in die Gartenhütte. »Aber wir sind doch schon so weit gekommen.«

Elias wirft einen Blick zurück und wendet sich dann wieder mir zu. »Wir sind gerade einmal sieben Meter gelaufen.«

Ich schnaufe und werde ernst. »Auch wenn wir keine Mondfahrt hinter uns haben … wir …«

»Sieben Meter, Finn. Sieben verdammte Meter.«

»Ja! Ich weiß! Hier geht es aber nicht um irgendwelche Meter, Elias. Hier geht es darum rauszufinden, was gerade in meinem Leben abgeht, und glaub mir, es läuft gerade gar nichts nach Plan. Hilf mir das durchzustehen. Bitte!«

Elias verharrt einen Moment reglos, antwortet aber mit einem Nicken.

Wir betreten beide den Schuppen und sehen uns hektisch um. Das Einzige, was ich wahrnehme, ist, dass es nach Mäusekot stinkt und vereinzelt alte Fotos die Wände zieren. Zielstrebig bewege ich mich auf den Sessel zu und schiebe ihn mit Elias' Hilfe beiseite. Ich atme einmal tief ein und aus, als ich die Falltür entdecke. Es wurde ein rotes »X« darauf gemalt. Elias bückt sich und öffnet sie, ohne mit der Wimper zu zucken. Ein dunkler Schacht erstreckt sich nach unten, erreichbar durch eine Holzleiter, die unschwer zu erkennen ist.

»Na dann los«, flüstere ich und beginne die Stufen hinabzusteigen. Dicht gefolgt von Elias komme ich unten an und halte einen Moment inne.

»Hier müsste doch irgendwo ein Lichtschalter sein«, flüstert Elias und tastet die Wände ab. Auch ich beginne nach einem Schalter zu suchen und vergesse fast, wo wir uns gerade befinden. In der nächsten Sekunde macht es auch schon ein klickendes Geräusch und eine kleine Glühbirne, die von der Decke hängt, beginnt zu leuchten. Es ist ein schwaches Licht, aber es genügt, alles in Umrissen zu erkennen. Der Raum ist ziemlich klein. Auf mehreren Pinnwänden hängen Zettel und Zeitungsartikel. In der Mitte des Raumes befindet sich ein Tisch mit zwei Sesseln.

»Sieht ja einladend aus«, scherzt Elias, während er sich die Notizen näher anschaut. »Wenn das stimmt, was diese Bianca gesagt hat, wurde sie hier drinnen festgehalten. Scheußlicher Gedanke.«

Ich nicke: »Es stimmt ganz sicher. Ich beschäftige mich schon seit einiger Zeit mit diesem Fall.«

»Du redest über diesen Hasen, oder?«

Ich gebe keine Antwort, sondern stelle mich zu Elias und betrachte ebenfalls die Pinnwand. Die meisten der aufgehängten Zeitungsartikel sind schon ein paar Monate alt und vergilbt. »Sie ergeben gar keinen Sinn«, flüstert Elias und geht von der einen Wand zur anderen. »Hier zum Beispiel geht es um ein sechzehnjähriges Mädchen, das Selbstmord begangen hat.«

»Weswegen?«

»Hier steht, sie wurde von Zuhause rausgeschmissen. Traurige Geschichte. Aber sieh mal hier. Das ist ein Artikel über berühmte Reiseziele. Was hat das miteinander zu tun? Das hat doch alles keinen Zusammenhang.«

Seltsam.

Ich zucke mit den Achseln und versuche ebenfalls einen roten Faden in den Geschichten zu finden. Elias macht in seinem Redefluss weiter und entnimmt den Blättern die wichtigsten Informationen.

»Das hier ist irgendein Nummerncode, und hier sind die Buchstaben U.C.D. eingekreist. Hier drüben …«

»Stopp. Sag das noch mal.«

»Na, hier wurden die Buchstaben U.C.D. eingekreist. Was ist denn daran so besonders? Wirst du jetzt zum Alphabet-Liebhaber?«

Ich drehe mich schlagartig um und gehe zu der genannten Notiz.

»U.C.D.«, flüstere ich. »Das habe ich schon einmal wo gelesen!«

»Und wo?«

»Ich kann mich nicht mehr daran erinnern.«

Natürlich kann ich mich daran erinnern.

Das habe ich zuletzt in Lennys Haus gelesen. Das ist wohl die endgültige Bestätigung, dass Lenny einer der Hauptverdächtigen ist, aber da sein Haus das letzte Mal schon von Polizisten umkreist war, sitzt er höchstwahrscheinlich ohnehin schon längst im Knast.

»Es könnte wichtig sein.«

Elias nickt und reißt das Blatt von der Wand.

»Bist du wahnsinnig? Das ist ein Tatort! Jetzt sind deine Fingerabdrücke oben.«

»Ach, die Polizei wird diesen Fall wohl kaum wieder aufnehmen. Beruhige dich.«

Ich seufze und deute Elias, mir wieder zur Leiter zu folgen.

»Wir haben etwas Brauchbares gefunden, jetzt sollten wir schnellstmöglich von hier verschwinden.«

Diesmal klettere ich zügiger nach oben als vorher nach unten. Ich verschnaufe dennoch einen Moment, als ich oben im Gartenhaus wieder ankomme. Elias überkommt fast ein leichtes Lächeln.

»Na also! War doch gar nicht so schwer, oder?«

Ich klopfe ihm auf die Schulter und rede weiter: »Wir sollten so etwas öfters machen.«

»In Keller einbrechen?«

Ich lache: »So ähnlich. Also, wir werden jetzt einfach wieder zurücklaufen und schauen, dass …«

Elias presst mir seine Hand auf den Mund. Ich bekomme keinen Ton mehr heraus und habe einen kurzen Moment Angst zu ersticken. Elias deutet mir mit seinem Zeigefinger, leise zu sein. Er lässt mich los. Nach ein paar Sekunden merke ich, was er meint.

Schritte!

Schritte, die immer näherkommen. Immer näher zu uns. Elias zeigt mit seiner Hand auf ein mit einem Laken überdecktes Sofa und flüstert etwas, das ich einfach nicht verstehe. Vielleicht liegt das daran, dass mein ganzer Körper wie erstarrt ist. Kurz bevor die Schritte die Tür erreicht haben, verstummen sie schlagartig.

Ein tiefes Lachen ist von außen zu hören. Mein Herz beginnt schneller zu schlagen.

»Glaubt ihr ernsthaft, ihr könnt euch hier verstecken? Ich habe euch gesehen, ihr Hosenscheißer, und wenn ihr nicht sofort rauskommt, trete ich die Tür ein.«

Mit entsetztem Blick schaue ich Elias an, der abermals auf das Sofa deutet. Dieses Mal verstehe ich sein Flüstern.

»Lauf!«

Wortlos renne ich hinter das verstaubte Sofa. Elias ist direkt hinter mir.

Fast in derselben Sekunde wird die Tür aufgetreten und ein groß gebauter Mann betritt den Raum. Er trägt ein kariertes Holzfällerhemd. Sein Dreitagebart glänzt im schwachen Licht.

Drohend richtet er eine Schrotflinte auf uns.

Bereit zu schießen.

Aber ist er auch bereit abzudrücken?

Ich will es auf keinen Fall auf die Probe stellen.

»Für die kaputte Tür bekommt ihr jetzt eine Extra-Ladung ab. Na? Wo seid ihr zwei Eindringlinge?«

Elias und ich schauen uns an und wissen, dass wir dieselben Gedanken haben. Wir sind in der Falle und uns muss ganz schnell was einfallen, sonst könnte diese Situation unschön enden.

»Bitte. Wenn ihr spielen wollt, dann spielen wir. Ich beginne jetzt von zehn runterzuzählen und wenn ihr bis dahin euren Arsch nicht hierher bewegt habt, schieße ich alles kurz und klein.«

Eine Schweißperle tropft mir von der Stirn. Ich will einen klaren Gedanken fassen, doch die Ereignisse letzter Woche haben mich irgendwie verrückt gemacht.

Der Mann entfernt sich ein Stück von der Tür. Er ist jetzt in der Mitte des Raumes und beginnt zu zählen.

»Zehn!«

»Finn?«

»Neun!«

»Kein günstiger Zeitpunkt, um zu quatschen.«

»Acht!«

»Wenn ich dir ein Signal gebe, rennst du raus, okay?«

»Sieben!«

»Welches verdammte Signal?«

»Sechs!«

»Du wirst es schon merken, er wird abgelenkt sein.«

»Fünf!«

»Elias, was zur Hölle hast du vor?«

»Vier!«

»Mach dir um mich keine Sorgen.«

»Drei!«

»ELIAS?!«

»Zwei!«

»Tu es nicht!«

»Eins!«

Für einen kurzen Augenblick vergesse ich alles. Wo ich gerade bin, was ich hier gerade mache. Ein Gefühl von Wärme durchströmt meinen Körper, doch ich weiß, dass es nicht real ist. In der Realität geht es gerade um viel mehr. Um das Leben eines Freundes.

»Jetzt, Finn!!!«

Elias schnellt todesmutig aus dem Versteck und rempelt unseren Verfolger an. Beide kommen zu Fall. Ein Schuss. Auch ich renne wie vom Blitz getroffen los, bleibe jedoch kurz vor der Tür stehen.

Dieses Mal lasse ich sicher keinen Freund im Stich.

Der Unbekannte packt Elias gerade am T-Shirt und holt ein Messer aus seiner Hosentasche. »Finn, lauf doch endlich!«

Reflexartig schnappe ich mir die fallengelassene Schrotflinte und sage bloß: »Nein.«

Der Möchtegern-Holzfäller schaut mich erst verblüfft an, hält dann aber Elias das Messer an die Kehle.

»Wenn du auf mich schießt, stirbt auch dein Freund, Kleiner.«

Meine Hand zittert und ich muss aufpassen, nicht versehentlich abzudrücken.

»Wähle deine nächsten Schritte weise«, knurrt er und drückt das Messer näher an den Hals.

»Mache ich.«

Warnend hebe ich die Flinte in die Höhe und feuere einen Warnschuss in Richtung Decke ab. Es macht einen fürchterlichen Knall. Ich höre nur noch ein Summen. Zerschossene Holzstücke beginnen sich zu lösen und herunterzudonnern. Staub wirbelt auf.

»Scheiße!« Der Unbekannte beginnt zu husten, und als ihm der Staub in die Augen dringt, lässt er Elias schlagartig los. Ich selbst kann nur mehr Umrisse erkennen, möchte einen klaren Kopf bekommen. Ein Schrei. Ich kann nicht identifizieren, von wem. Einer der beiden sackt zusammen. Ja, eines der herunterfallenden Bretter muss jemanden getroffen haben.

»Elias? Alles gut?«

Die Staubwolke verzieht sich langsam und die Sicht verbessert sich. Der Schweinekerl liegt am Boden, doch der Schrei war nicht von ihm. Er war von Elias. Blut tropft von Elias' Arm und ich versuche ruhig zu bleiben.

»Okay, verschwinden wir von hier«, sage ich hektisch und werfe das Gewehr auf den Boden. Ich taste nach der Pulsader des Mannes und stelle fest, dass er lebt.

»Ja, lass uns verschwinden«, flüstert Elias mitgenommen und versucht sich einen Weg aus der Hütte zu bahnen. Er wurde am rechten Oberarm vom Messer erwischt.

»Die Blutung muss gestoppt werden, Finn!«, keucht Elias hilflos und betrachtet die Wunde.

Ich handle schnell, ziehe mein T-Shirt aus und presse es dagegen. Zusammen laufen wir, so schnell es die Umstände zulassen, weg und lassen die Hütte hinter uns.

»Kannst du so Auto fahren, Elias?«

Wir sacken in den Sitzen des kleinen Wagens zusammen und schauen, dass wir uns zuerst einmal beruhigen.

»Ich kann es versuchen.«

»Keine beruhigende Antwort.«

Vor Erschöpfung bemerken wir gar nicht, dass Bianca auf uns zu rennt.

Sie muss die ganze Zeit in der Nähe geblieben sein.

Als sie an die Scheibe klopft, kurble ich das Fenster hinunter.

Bianca muss schmunzeln. »Ich sehe zwei erschöpfte Jungs in einem Auto, einen davon mit entblößtem Oberkörper. Wisst ihr was, am besten frage ich gar nicht nach.«

»Besser so. Könntest du uns bitte einen Verband bringen?«

»Aber ihr habt doch …«

»Jetzt, Bianca!«

Elias hält während der Fahrt an einem Café an, um seinen Arm zu entlasten. Etwas verstört sitzen wir an einem Fensterplatz und schlürfen unsere heiße Schokolade mit doppelter Portion Schlagrahm und Schokostreusel. Nach einigen Minuten und ein paar kräftigen Schlucken durchbreche ich die Stille.

»Danke, Elias. Für alles.«

»Immer wieder gern. Der linke Arm ist ja noch ohne Schnitte und ich wette, beim rechten haben auch noch ein paar Platz.«

Ich grinse: »Und wir haben das alles nur für ein jämmerliches Stück Papier auf uns genommen.«

»Die Bibel kann einpacken«, scherzt Elias und holt das Blatt aus seiner Hosentasche. Danach hält er es in die Luft, als wäre es etwas Heiliges. Um das Komische der Situation voll auszukosten, beginnt er mit einem Gebet: »Führe uns nicht in Versuchung, dich zu verbrennen oder zu essen. Denn wir …«

»Seit wann isst man Papier?«

Elias runzelt die Stirn.

»Ich bin Vegetarier.«

»Meinst du das jetzt ernst?«

Elias kann sein Lachen nicht unterdrücken. »Nein! Natürlich nicht. Ich bin Veganer.«

»Ich liebe dich für deinen Humor, Elias. Na, dann viel Spaß bei deinem Salat à la Holz.«

»Danke, danke. Wird ein bisschen buchstabenlastig, aber vielleicht werde ich so ja besser in Deutsch. Zumindest bei den Buchstaben U, C und D, hoffe ich!«

»Dann kannst du aber gleich unsere Deutschprofessorin verspeisen. Die Klingenbach braucht eh niemand.«

»Bring mich nicht auf falsche Gedanken, Finn Mai.«

Elias trinkt einen weiteren Schluck. »Denkst du, dieser Typ vorhin ist der Hase?«

»Ich weiß es nicht. Eigentlich könnte es jeder sein. Du, ich, meine Schwester, Frau Professor Klingenbach, der …«

»Warte! Deine Schwester ist doch erst fünf, oder?«

»Ach, du weißt nicht, wie böse man mit fünf Jahren sein kann. Meine Schwester schafft es!«

Wir lachen beide und beenden unsere Schokopause.

»Wenn ich das heute überlebt habe, werde ich es auch überleben, Claire zum Abendessen einzuladen.«

»Du meinst die neue Schülerin?«

»Ja. Genau die.«

»Na, dann viel Glück, Retter der Herzen! Deine letzte Schlacht ist noch nicht geschlagen. Weder in der Liebe noch im Leben.«

Ich stehe motiviert auf: »Zeit, Dinge zu riskieren.«

Elias verabschiedet sich nach der Fahrt von mir und ich schaffe es tatsächlich, Claire zum Essen einzuladen. Per SMS. Aber immerhin!

Die Abenddämmerung bricht an und mein Date beginnt früher als mir lieb ist, und schneller als ich denken kann sitze ich auch schon fein angezogen in einem abgewetzten Restaurant am Straßenrand.

Was für eine Ironie.

Ganz in Gedanken verloren überhöre ich Claires Frage.

»Sorry, was hast du gesagt?«

Claire hebt misstrauisch die Augenbrauen. »Ich habe dich gefragt, was du heute erlebt hast.«

»Nichts Spannendes. Das Übliche halt. Lass uns einfach den Abend genießen, ja?«

Ein Kellner kommt an den Tisch und legt uns lächelnd zwei Speisekarten hin. »Wissen Sie schon, was Sie trinken wollen?«

Ich schaue Claire in die Augen und nehme ihre Hand. Wieder einer dieser Momente, bei denen wir dieselben Gedanken haben. Ich weiß einfach, was in ihr vorgeht und wie sie tickt.

»Wir möchten bitte beide ein Glas Wasser.«

»Gerne.«

»Halt!« Claire lässt meine Hand los. »Für mich ein Bier.«

Der Kellner nickt und verschwindet in die Küche.

»Wasser? Haha. Sind wir hier bei der Taufe oder was?«

Ich lache.

Das liebe ich so an ihr. Sie ist ein bisschen verrückt, aber auf eine liebevolle Art. Stets auf der Suche nach Geheimnissen und Abenteuern. Für jeden Spaß zu haben …

»Ein Bier ist eine gute Wahl. Eine zu gute Wahl! Ich werde dir einfach deines wegtrinken.«

Auch Claire fängt an zu schmunzeln. »Denk auch nur daran und du bist einen Kopf kürzer.«

Der Kellner kommt mit unseren Getränken und nimmt die weitere Bestellung auf. Mit meinem Gläschen Wasser in der Hand bin ich jetzt gewillt, Claire über ihre Wünsche auszufragen. »Und, was ist dein Plan bis zum Altwerden?«

»Hm … abgesehen davon mir dreißig Katzen zuzulegen, um mich nicht alleine zu fühlen?«

Ich schmunzle erneut. »Ja, abgesehen davon.«

Keine Reaktion.

Claire schaut mich lange einfach nur an. »Du willst es also wirklich wissen?«

»Das will ich.«

»Nun gut. Auf deine Verantwortung. Weißt du, ich will alt werden und sagen können, ich habe jede Chance ergriffen, aus jedem Fehler gelernt und jeden Partner geliebt. Ich will alt werden und keine Wünsche offen haben, sondern bloß erfüllte Träume. Jeder Streit ist eine verschwendete Möglichkeit zu lachen. Jeder Anlauf ein Teil vom Ganzen und jeder Kuss eine Art zu zeigen, wer man ist, auch wenn man das meist nie rausfindet, wer man wirklich ist. Wir wissen, was wir sein wollen, aber haben uns meistens noch nicht einmal selbst gefunden. Erst wenn wir uns unsere Fehler eingestehen, haben Fehler eine Möglichkeit, ausgebessert zu werden. Nicht ungeschehen, denn Fehler gehören zu jedem. Würde sich jeder Mensch als perfekt definieren, würde es das Wort Liebe nur mehr in Märchen geben. Jeder braucht ein Gegenstück, seine zweite Hälfte, aber wenn beide Seiten gleich glatt, gleich perfekt sind, gibt es keinen Halt. Kein Gegenstück. Nur zwei glatte Wände auf der Suche nach Liebe, doch die Suche haben sie schon verloren, als sie perfekt geworden sind.«

Wow.

Einen kurzen Moment lang ist alles ruhig.

Dann ist ein Klatschen zu hören. Nicht von mir. Ein Mann mit einem Strohhut kommt auf uns zu. Lenny. Lenny Förster. Sollte er nicht im Knast sein?

»Schöne Rede! Hey, Finn, lustig, dass wir uns hier treffen. Ich habe dich sowieso schon länger nicht mehr gesehen.«

Ich stutze. »Bei dir war ja letztens die Polizei. Was war los?«

»Nur ein blödes Missverständnis.«

Alles in meinem Kopf beginnt sich zu drehen.

Was, wenn ich die ganze Zeit falsch lag?

Wenn Lenny gar nicht der Täter ist, sondern das Opfer?

Was ist, wenn der Hase es auf ihn abgesehen hat?

Der Hase.

Es könnte jeder sein. Jeder, den ich kenne. Und dass er zuschlagen wird, ist klar, die Frage ist nur, wann und wo.

Und vor allem, wen wird er schnappen?

Ja, wen wird er töten?

9 Fehler im System

»Achtung, Achtung! Dies ist eine Durchsage.«

Was sollte es denn sonst sein? Ein Hörspiel für blinde Schüler? Ein Wettbewerb, wer die erotischere Stimme hat? Ein weiterer Versuch der Schule, cool und modern zu wirken? Dieses Anliegen geht nach und nach den Bach hinunter. Erst letztens bekamen wir einen neuen Snack-Automaten. Die Besonderheit daran war, dass man dort nur vegane Artikel kaufen konnte. Als manche Schüler dann begonnen haben, eigene Griller in das Schulgebäude zu zerren, und andere an ihren Sitznachbarn rumknabberten, wurde er schnell wieder ausgetauscht.

Ich habe nichts gegen Veganer. Wer soll denn sonst das Unkraut beseitigen, wenn uns diese gierigen Fleischfresser die Tiere wegessen?

Aber nein, es ist kein ethischer Aufruf. Tatsächlich ist es bloß eine stinklangweilige Durchsage. In der Schule. Mitten in der Stunde. Noch dazu durch unseren kaputten und alten Schullautsprecher, den man genauso gut gegen ein Dosentelefon tauschen könnte. Für jene, die nicht wissen, was das ist: Ihr habt nichts im Leben verpasst.

»Wir haben zwei wichtige Anregungen und Infos. Bitte passt alle auf und schreibt mit!«

Die Stimme des Direktors.

»Wir veranstalten morgen ein Sportturnier auf dem Sportplatz. Dabei werden alle Klassen zusammengelegt. Eure Turnlehrer haben eine Liste der sportlichsten Schüler der jeweiligen Klassen verfasst und werden sie euch demnächst vorlesen. Die anderen bitte ich, auf der Tribüne Platz zu nehmen.«

Na toll! Das auch noch. Reicht es nicht schon, einen Hasen zu jagen? Ich halte inne.

Oder gejagt zu werden?

»Das zweite Thema ist etwas ernster. Eure Mitschülerin Fiona wird jetzt schon längere Zeit vermisst. Sollte jemand einen Hinweis haben, so bitte ich ihn, in der Pause zu mir zu kommen. Danke für eure Aufmerksamkeit. Der Direktor.«

Ich brauche einen kurzen Moment, um die zweite Durchsage zu verdauen. Ich hatte Fiona fast wieder vergessen. Das Mädchen, das brutal von zu Hause entführt wurde. Es ist nicht schwer zu erraten, wer diese Tat verübt hat.

Natürlich der Hase.

»Hey, Finn.«

Elias steht plötzlich neben mir.

»Ach. Hey, Elias. Wie geht es deiner Wunde?«

»Besser«, ist seine knappe Antwort auf meine Frage.

Er wirkt ungeduldig.

Ich räuspere mich. »Ist sonst alles okay?«

»Nein! Ich meine, ja … also … ich muss dir etwas zeigen, okay? Nach der Schule, wenn es dunkel wird. Wir treffen uns um acht Uhr vor deinem Haus.«

Ich ziehe meine Augenbrauen hoch.

Was will mir Elias so spät zeigen?

Ich nicke bloß und Elias verschwindet wieder auf seinen Platz. Leider habe ich keine Zeit, weiter darüber nachzudenken, denn unser Sportlehrer betritt den Raum.

»So, folgende Schüler aus dieser Schulstufe nehmen in der Disziplin 100-Meter-Lauf teil: Carsten, Nick, Tamara, Bennet und Finn.«

Ich beginne laut zu lachen. Alle schauen mich an.

»Was ist daran so witzig?«, fragt mich mein Lehrer und ich antworte bloß: »Nichts, tut mir leid.«

Bei den weiteren Disziplinen höre ich gar nicht weiter hin.

Ich meine, welcher Vollidiot hat diese Liste zusammengestellt?

Auf jeden Fall einer, der nicht weiß, dass ich die Laufgeschwindigkeit einer Schildkröte besitze. Nicht nur irgendeiner Schildkröte, sondern einer toten. Wer im Biologieunterricht auch nur zehn Sekunden aufgepasst hat, weiß: Tote Lebewesen bewegen sich nicht. Außer sie werden getragen oder geworfen. Da ich bezweifle, dass es morgen ein Katapult gibt, welches mich über die Ziellinie schießt, sehe ich meine Chancen als ziemlich gering an. In einer Klasse über mir wurde sicher mein Bruder gewählt. Der würde sich zumindest bemühen. Es gibt nur zwei Gründe, für die ich laufen würde. Entweder meine kleine Schwester verfolgt mich mit einem ihrer Popel, oder … okay, ich gebe zu, es gibt nur diesen einen Grund. Das Einzige, was ich gerne mache, ist genießen. Ich sehe Laufen nicht als einen Wettbewerb. Manchmal jogge ich schon zu meiner Lieblingsbank und denke nach, aber das sollte man nicht verwechseln. Philosophieren ist etwas Schönes, etwas Wichtiges. Sich gegenseitig den Sand in die Fresse zu treten, nicht. So einfach ist das.

Das schrille Läuten der Glocke unterbricht meinen Gedankengang und ich packe meine Schulsachen zusammen. Die nächste Stunde wird im Keller unterrichtet. Von niemand Geringerem als Frau Professor Klingenbach.

Der Tag kann auch nur besser werden.

»Worüber denkst du jetzt schon wieder nach?« Claire steht lächelnd vor mir.

»Nichts.«

»Du bist ein schlechter Lügner, ich hoffe, du weißt das.«

»Ich habe es versucht, aber eine so gerissene Person wie dich kann man einfach nicht austricksen.«

»Ja! Dieses Mal hast du die Wahrheit gesagt, Finn Mai.«

Ich lächle ihr ebenfalls zu und wir verlassen Seite an Seite das Klassenzimmer. Immer weiter in Richtung Keller. Es herrscht ein reges Treiben am Gang und ich dränge mich durch die Masse von Schülern. Claire hält sich dabei an meinem Arm fest und wirkt verängstigt.

»Finn.«

Sie flüstert mir etwas zu.

»Warum flüsterst du?«

Claire sagt nichts, wechselt jedoch eilig die Position, damit sie vorausgehen kann.

»Claire? Was ist denn los?«

»Sei still und folge mir einfach«, zischt sie und ich versuche Schritt zu halten. Nach einiger Zeit biegen wir zur Stiege ab und werden noch schneller, als wir ohnehin schon sind. Hier stehen nur mehr vereinzelt Schüler. Fast nur Fünftklässler, die an ihren Spinden rumhantieren.

Ich zupfe Claire am Ärmel.

»Sagst du mir jetzt bitte, was los ist?«

Sie zögert einen Moment. »Ich glaube, wir werden verfolgt.«

»Was?!«

Ich will mich umdrehen, doch Claire packt mich an der Hand. »Nicht so offensichtlich umdrehen, Idiot. Wir brauchen einen Plan.«

»Wie kannst du in einer solchen Situation so entspannt sein?«

Claire sieht nachdenklich durch den Flur. »Ich bin nicht entspannt, aber ich will eine Lösung finden.«

»Ganz sicher, dass uns jemand nachgeht?«

»Ja, ganz sicher. Hör mir einfach zu. Ich werde meine Schulsachen fallen lassen und wir heben sie gemeinsam wieder auf. Währenddessen müssen die Typen an uns vorbeigehen.«

Ich nicke. »Guter Plan«, sage ich.

Eigentlich ein scheiß Plan.

Claire lässt ihre Sachen fallen und wir bücken uns. Ich spähe nach rechts. Nichts.

»Du musst dich geirrt haben.«

»Geduld.«

Ich will gerade wieder aufstehen, als tatsächlich zwei große Jungs um die Ecke biegen. Sie sehen sich um, und als sie uns bemerken, gehen sie unauffällig vorbei. Irgendwas bringt mich zum Nachdenken. Ich kenne sie.

Mist.

Peta und Sam. Diejenigen, die meinen Bruder zusammengeschlagen haben. Diejenigen, die nicht davor zurückschrecken würden, Gewalt anzuwenden.

Peta wirft mir einen Blick zu und ich bekomme Gänsehaut. So viel Hass. So viel Hass in einem einzigen Blickkontakt.

»Kennst du die Typen?«

Peta und Sam verschwinden hinter der Ecke.

»Ja. Das tue ich.«

Claire merkt meinen verunsicherten Ton und hakt nicht weiter nach.

Warum haben sie uns bloß beobachtet? Kann es sein, dass …

»Kannst du bitte wieder helfen, meine Sachen aufzuheben?«

Ich antworte, indem ich die übrigen Schulhefte aufklaube und in ihren Rucksack stecke. Als ich ebenfalls gedankenverloren aufstehe und weitergehe, werden meine Schritte schneller. »Finn! Du verhältst dich, als hättest du den Tod gesehen«, keucht Claire und rennt hinter mir her.

»Habe ich vielleicht auch«, flüstere ich.

Als ich um die Ecke biege, laufe ich mit voller Wucht in eine andere Person.

»Kannst du nicht aufpassen … oh … ehem … Grüß Gott, Frau Klingenbach.«

Meine Lehrerin schaut mich fassungslos an. Claire kommt und ich deute ihr an, bei mir vorbeizugehen. Man spürt ihre Anspannung, doch sie macht, was ich sage.

Jetzt bin ich allein. Allein mit der strengsten Lehrerin der Schule.

»Es tut mir leid, ich habe Sie nicht gesehen.«

Frau Klingenbach umkreist mich einmal und legt ihre Hand auf meine Schulter. Bei jedem ihrer Schritte hört man die Stöckelschuhe. Tack, Tack, Tack.

Sie kommt mit ihrem Mund an mein Ohr.

»Pass auf, Finn«, flüstert sie und ich spüre ihren warmen Atem auf meiner Wange. »Du fällst auf. Es ist nicht gut aufzufallen. Wäre ich dieser Entführer, der sein Unwesen treibt, wärst du als Nächstes fällig. Du und deine kleine Freundin, Cless.«

»Claire, Madam.«

Ihre Hand an meiner Schulter packt fester zu.

»Finn, weißt du denn nicht, in welcher Lage du dich befindest?«

Ich nehme ihre Hand von meiner Schulter. Schaue ihr direkt in ihr hinterlistiges Gesicht.

»Ja. Das weiß ich. Und ich weiß auch, dass Sie, wenn Sie mich jemals schlagen oder etwas anderes tun, was in Ihrer kranken Fantasie abgeht, schneller hinter Gitter sitzen werden, als Sie ›Du bist der Nächste‹ sagen können.«

Scheiße. Was habe ich da bloß gesagt?

Für einen kurzen Moment hält die Professorin inne. Danach beginnt sie hämisch zu lachen.

Tack. Tack. Tack. Drei Schritte, bis sie wieder vor mir steht. Sie fährt sich mit ihrer Zunge über die Lippen und geht aufrecht an mir vorbei. Einen Satz flüstert sie mir aber noch zu. Einen Satz, den ich nie mehr vergessen werde.

»Du bist der Nächste.«

Claire wirkt schockiert. »Das hat sie gesagt?!«

»Ja, aber ich glaube, sie wollte mir nur Angst machen. Ich habe sie provoziert.«

Gemeinsam gehen wir die Straße entlang, die zu meinem Haus führt. Ich kratze mich am Kopf.

»Ich habe auch schon kurz überlegt, ob sie dieser Hase sein könnte, den du beschrieben hast.«

»Nein, ich glaube nicht. Ich habe diese Frau in meiner vorherigen Stadt ja nicht einmal gekannt.«

»Wer weiß.«

Claire atmet aus. »Finn, mach dir da bitte nicht zu viele Gedanken drüber. Wir wissen doch nicht einmal ganz sicher, ob dieser Hase auch Fiona entführt hat. Im Moment sind wir noch komplett im Dunklen. Wir sollten …

»Hey, ihr zwei!«

»Hallo, Lenny!«

»Ich mag deine Nachbarschaft«, sagt Claire grinsend, um vom Thema abzulenken.

»Hm. Um dich selbst zu zitieren: Du bist eine schlechte Lügnerin.«

»Idiot.«

Mein Stichwort. Ich küsse sie.

»Na dann, bis morgen, Finn.«

»Bis morgen«, flüstere ich verträumt.

Ich bleibe aber noch einen Moment stehen, auch als Claire schon nicht mehr zu sehen ist. Ich mache mir Gedanken über ihre Worte. Sie sagte, wir sind noch komplett im Dunklen.

Sie vielleicht.

Ich hingegen verbringe die letzte Zeit mit nichts anderem, als dieses Geheimnis aufzuklären. Naja, eines wäre schön. Die tausend Geheimnisse, die über dieser Kleinstadt liegen, zu kennen. Ich bin froh, dass ich Claire bis jetzt noch nicht mit hineingezogen habe. Das könnte unschön für sie enden und ich spüre, in nächster Zeit wird viel passieren, worauf ich nicht vorbereitet bin. Ich gehe also wissend ins Unbekannte. Toll. Ich hoffe einfach, dass Elias mir etwas wirklich Wichtiges zeigen wird. Was kann er so spät wollen? Ich werde es herausfinden. Heute, wenn der kleine Zeiger auf die Acht springt.

Tick, tack. Tick, tack.

Fast wie die Schritte der Lehrerin. Verfluchte Uhr.

»Wohin willst du denn so spät?«

»Ich geh nur ein bisschen spazieren, Mom. Bin aber spätestens um zehn wieder hier.«

»Von mir aus, aber pass auf dich auf und zieh dich warm an, es ist ziemlich kalt draußen.«

Ich nicke und schnappe mir eine Jacke.

»Dass ich lebendig wieder nach Hause komme, kann ich aber nicht versprechen«, sage ich sarkastisch und ziehe mir meine Wanderschuhe an.

»Das wirst du, sonst kannst du was erleben!«

»Naja, dann wäre ich ja schon tot.«

Meine Mutter lacht lautlos. »Mütter finden immer einen Weg. Jetzt geh, bevor ich es mir anders überlege.«

Dankend verlasse ich unser Grundstück und stelle mich unter eine Straßenlaterne. Ein paar Nachtfalter umkreisen das grelle Licht und machen die Situation leicht unheimlich.

»Finn, hierher.«

Elias steht auf der anderen Straßenseite im Schatten. Er winkt. Ich versichere mich, dass kein Auto kommt, und überquere die Straße. Jeder Schritt lässt mich dabei frieren. Ich komme sicher an.

»Kannst du mich jetzt bitte aufklären?«

»Noch nicht. Folge mir.«

Sein Atem ist zu sehen und bestätigt, dass uns die Kälte fast von innen auffrisst. Verrücktes Spiel der Natur. Ich nicke bloß und folge ihm.

Elias geht immer weiter die Straße entlang, aber nicht Richtung Stadtmitte. Er steuert geradewegs auf die Ortsgrenze zu, dorthin, wo ein dichter Wald die Hügel bedeckt. Alle nennen ihn den Galgenwald. Erst vor ein paar Jahren hat sich dort ein Mädchen umgebracht. Erstickt am Galgen. Ein Jäger hat sie gefunden. Die Leiche war schon eiskalt, erzählt man. Es war wohl auch so ein Tag wie heute.

Will Elias wirklich in diesen Wald?

»Du hast keinen Strick mit, oder?«

Mein Freund lacht. »Nein, keine Sorge.«

Mich beruhigen seine Worte kein bisschen, und als wir tatsächlich auf die Forststraße kommen, wird mir noch kälter als vorher.

»Du siehst hungrig aus«, stellt Elias fest und reicht mir ein Stück Brot. Auch wenn mir gerade nicht nach Essen zumute ist, nehme ich es und beginne darauf rumzukauen.

»Ist das jetzt das Letzte Abendmahl oder was?«

Elias lächelt kalt und geht in den Wald. Mitten in den Wald. Dort, wo sich kein Weg oder irgendein Anhaltspunkt befindet.

Was hat er vor?

Als mir auch noch ein paar Krümel auf den Boden fallen, vergeht mir der Appetit. Jetzt sehe ich das Märchen Hänsel und Gretel mit anderen Augen.

»Auf, auf«, sage ich motiviert. »Treten wir die verdammte Hexe in den Ofen.«

Elias schaut mich fragend an. Ich lache. Langsam scheint auch meine Angst zu vergehen und ich stapfe selbstsicher durch das Laub. Dieses Gefühl hält aber nicht lange, denn im nächsten Moment kommen wir vor ein Betriebsgelände. Wir sind da. Leider.

»Hier wären wir.«

»Ein verlassenes Betriebsgelände. Was machen wir denn hier?«

Elias tritt näher an das Eisengitter und zeigt auf das abgebildete Logo. »Ich weiß zwar nicht, warum du in dem Keller so schockiert warst, aber ich wusste, ich habe diese Buchstaben schon einmal gesehen.«

Das rostige Logo des Ringes. Der Ring mit den drei Buchstaben. U.C.D. Vorsichtig streiche ich über das Eingravierte. Was auch immer in diesem Gebäude ist, es kann verdammt wichtig sein. Verdammt wichtig, verdammt tödlich.

»Es ist offen«, flüstere ich erstaunt. Das eiserne Tor quietscht und gibt nach.

»Auf, auf«, wiederhole ich meinen Monolog. »Treten wir diesen Hasen in den Ofen.«

Diesmal schmunzelt auch Elias. Ein unterdrücktes Schmunzeln, das nicht hierhergehört. Dieser Ort hat nichts

Lustiges an sich. Dieser Ort ist nicht gebaut worden, um gefunden zu werden.

Zu zweit schleichen wir zur Wiese vor dem Anwesen und verschaffen uns einen Überblick. Es ist ein drei Stockwerke hohes Betongebäude. Die Fensterscheiben sind eingeschlagen und es riecht leicht verbrannt. Verbrannt?

Eigenartig.

Langsam gehe ich auf die Eingangstür zu und drücke die Klinke nach unten.

»Wieder offen.«

»Das ist wirklich beunruhigend«, flüstert Elias. Er schluckt.

»Finn, wir haben diese Buchstaben im Keller eines Entführers gefunden. Was hat das zu bedeuten?«

Ich überlege kurz und versuche einen klaren Gedanken zu fassen. »Was, wenn es mehrere sind? Eine Bande? Eine Sekte?«

»Eine Bande voller Hasen? Ein Club der Tiere?«, Elias hebt belustigt die Augenbrauen. »Vielleicht gibt es auch noch einen Hund und eine Katze.«

»Sehr lustig«, gebe ich als Antwort. Trotzdem beunruhigen mich seine Worte. Könnte es mehrere Täter geben?

Nein. Ausgeschlossen. Es gibt nur einen Hasen, aber einer reicht, um eine komplette Stadt in Panik zu versetzen.

»Hast du das gehört?«

»Nein, was meinst du?«

Elias schaut mich entsetzt an.

»Elias, was meinst du?«

»Es ist jemand über uns. Im Gebäude.«

Stille. Nur die Blätter der Bäume reiben sich im Wind aneinander.

»Hier ist niemand.«

»Leise!«

Ich halte inne. Tatsächlich. Man hört sie. Schritte vom oberen Stockwerk. Schwere, langsame Schritte. Der Hase? Könnten sich all meine Fragen in wenigen Minuten beantworten? Hat die Geschichte bald ein Ende? Ob ein gutes oder ein schlechtes, weiß ich nicht. Aber ein Ende.

»Wir müssen da hinauf.«

»Spinnst du? Wir können doch nicht …«

Ich lasse Elias gar nicht ausreden, sondern gehe durch die Tür. Meine Handy-Taschenlampe hilft mir etwas zu sehen. Wenig, aber immerhin. Der Boden ist an manchen Stellen aufgerissen. Kleine Gruben, in denen sich Mäuse eingenistet haben. Kabel hängen von der Decke. Die meisten abgetrennt oder abgenagt. Unheimlich. Elias geht mir hinterher und überholt mich.

»Ich gehe vor. Sollte mir etwas passieren, dann lauf.«

Ich schaue ihn durchdringend an. »Nein, Elias.«

»Doch! Du weißt mehr über diesen Hasen. Kannst es der Polizei erzählen. Hier geht es nicht darum, den Helden zu spielen, hier geht es um die Zukunft aller.«

Ich seufze, doch nach kurzer Überlegung nicke ich. Ich will nicht den Helden spielen, sondern tun, was getan werden muss.

Werde ich meine Wahl bereuen?

Ohne nachzudenken erklimmen wir die Stufen. Nicht ahnend, was uns erwartet. Notizen liegen verstreut am Boden und an den Wänden hängen verunstaltete Gemälde. Oben angekommen schauen wir uns um. Es ist ein größerer Raum. Große Fenster, die den Blick zum Mond ermöglichen. Meine Nackenhaare sträuben sich.

»Ist das eine Feuerstelle?«

»Tatsächlich!«

Wir gehen in die Mitte des Raumes. Eine mit Steinen umkreiste Feuerstelle. Ich halte meine Hand über das verbrannte Holz. Zweifel kommen in mir hoch.

»Es ist noch warm. Jemand war vor Kurzem hier.«

»Okay, das reicht. Wir sollten hier verschwinden.«

Leichte Panik breitet sich aus.

»Weißt du, ich habe seit unserem letzten Einbruch in diesen Keller immer das Gefühl, dass mich jemand beobachtet.«

»Wer?«, frage ich flüsternd.

»Der Holzfäller, Finn. Der Holzfäller.«

Eine Schweißperle tropft mir von der Stirn.

»Nun gut, wir können …«

»Finn?«

Elias Stimme hat sich schlagartig verändert.

Jeglicher Eifer ist verschwunden. Sie zittert.

Irgendetwas läuft hier gewaltig schief.

»In der Ecke.«

Mein Atem wird schwer.

»In der Ecke steht jemand.«

Ein Schauder läuft mir über den Rücken. Die Ecke, die Elias meint, ist genau hinter mir.

»Finn. Ich kann nicht laufen. Meine Beine. Sie fühlen sich so schwer an.«

»Elias.«

Pure Angst in seinem Gesicht. Angst vor dem, was hinter mir steht. Direkt neben der Stiege.

Ganz langsam, Millimeter für Millimeter drehe ich mich um. So lange, bis ich ihn sehe. Und ich sehe ihn. Fünf Meter von mir entfernt. Im Schimmer des Mondlichts. Versteckt in der Dunkelheit. Mein Herz bleibt fast stehen, als ich erkenne:

Dieser Jemand sieht mich an.

Er sieht mir direkt in die Augen.

Ich bin starr vor Angst, wage es nicht mich zu bewegen.

»Elias. Ich werde die Taschenlampe auf die Ecke richten.«

Meine Stimme ist fast nicht mehr zu hören.

Keine Antwort.

Ich nehme mein Handy und schwenke es langsam in die Richtung.

Ich höre Elias atmen. Sonst ist alles still. Totenstille.

Was wird passieren?

Was wird passieren, wenn das Licht die Dunkelheit durchbricht? Werden wir angesprungen? Verletzt? Getötet?

Das Licht hat fast sein Ziel erreicht. Meine Hand zittert ebenfalls. Ich halte den Atem an und leuchte in die Ecke. Direkt ins Schwarze.

»Bordy?«

Bordy kommt einen Schritt näher. Sein Blick ist ausdruckslos.

»Tut mir leid, wenn ich euch erschreckt habe, ich dachte auch erst, ihr wärt jemand anderes.«

Ich stehe noch immer wie eingefroren da.

Langsam geht Bordy zum Lagerfeuer und bückt sich. Er beginnt mit einem Feuerzeug zu hantieren.

»Ich … Was … Was um Himmels Willen machst du hier?«

Das Feuer wird entfacht. Eine leichte Wärme durchströmt den Raum.

»Ich bin öfters hier. Genieße die Ruhe.«

Elias bückt sich zum Feuer. Bekommt kein Wort aus seinem Mund.

»Und, hat dir deine Suche in der Blumenstraße zweiundzwanzig etwas gebracht?«

Ich nicke.

»Schaut mich nicht an, als wäre ich der Böse. Ich muss hier sein, ob ihr es glaubt oder nicht. Auf dem Dach hat man den besten Empfang der Stadt, und für ein paar Geräte brauche ich das.«

»Geräte?«

Elias' Stimme klingt immer noch zittrig.

»Ja, Geräte.«

Auch ich halte meine Hände wärmend gegen das Feuer.

»Weißt du denn, was das hier früher war?«

»Ich vermute, so etwas Ähnliches wie ein Büro, warum?«

»Naja, wir glauben, es hat etwas mit dem entführten Mädchen zu tun.«

Das Feuer hat nun eine solche Größe erreicht, dass es ein wenig den Raum ausleuchtet. Ich schalte die Taschenlampe aus.

»Das heißt, wir könnten an einem Tatort sein?«

»Tatort nicht, aber hier könnten wir Hinweise finden.«

Bordy lächelt. »Tut mir leid, aber hier ist ganz sicher nichts. Ich kenne das Gebäude in- und auswendig. Irgendjemand war sehr sorgfältig darin, hier alles verschwinden zu lassen.«

»Merkwürdig«, flüstert Elias.

Elias und Bordy kennen sich noch gar nicht, doch das scheint nicht das Problem zu sein. Nicht an einem solchem Ort.

»Wir sollten gehen. Ich muss um zehn zu Hause sein«, flüstere ich. Der eigentliche Grund, warum ich gehen will, ist ein anderer. Ich habe Angst, dass mich dieser Ort in seinen Bann zieht. Bordy sieht mitgenommen aus. Hatte er Stress mit seinen Eltern? Bedient er wirklich nur Geräte?

»Wie wäre es mit einer heißen Schokolade?«

»Gerne.«

Bordy sieht uns beide abwechselnd an. »Nun geht schon. Ich komme alleine klar.«

Alleine. Alleine mitten im Wald. An einem Ort, an dem sich keine schönen Dinge zugetragen haben.

Ich nicke bloß und entferne mich vom Feuer. Bordy hebt die Hand zum Abschied. Ich tue das auch, doch es fühlt sich nicht an wie ein Abschied. Dieser Ort verfolgt einen, wenn man einmal dort gewesen ist. Was ist hier passiert?

Erzählt Bordy die Wahrheit?

Zu viele Fragen. Zu wenige Antworten.

Es ist das gleiche Café, in das wir gehen. Das von gestern. Wir wählen genau den Fensterplatz, auf dem wir auch letztens gesessen sind.

»Mist, ich komme viel zu spät. Meine Mom wird mich umbringen.«

»Mach dir keine Gedanken und trink deine Schokolade, du Meisterdetektiv.«

Ich nehme einen großen Schluck und entspanne mich tatsächlich ein wenig. Warme, flüssige Schokolade mit Karamell. Draußen weht der Wind, aber hier drinnen riecht es nach frisch gemahlenem Kaffee.

»Du weißt, dass er da draußen ist, oder?«

»Wer?«

»Der Holzfäller. Irgendwo erwartet er uns vielleicht schon.«

»Was, wenn nicht er das Problem ist, sondern der Hase? Dieser feige Entführer, der sich hinter einer Hasenmaske versteckt und ein Mädchen entführt hat.«

Und wenn der Holzfäller und der Hase ein und dieselbe Person sind?

Elias schaut in die Ferne. »Es gibt wahrscheinlich noch viel mehr Probleme in dieser Stadt. Ich meine, ist es dir nicht seltsam vorgekommen, dass dieser Bordy alleine im Wald ist? Da ist doch was faul.«

»Er hat mir geholfen, die Adresse von Bianca rauszufinden. Warum sollte *er* der Böse sein?«

Ich klinge nicht sehr überzeugend.

»Überleg doch mal. Vielleicht war das eine Falle und er hat dich absichtlich hingeschickt, um dann diesen Typen auf uns zu hetzen.«

Ich nehme einen weiteren Schluck.

»Und Finn, ich habe aus dem Augenwinkel gesehen, was heute bei dir und Frau Professor Klingenbach vorgefallen ist. Diese Frau hat kein gutes Verhältnis zu dir. Nein, noch schlimmer. Diese Frau hat ein Motiv.«

»Ein Motiv für was?«

»Ein Motiv zu töten. Dich zu töten.«

»Ach, Elias. Hier wurde noch niemand getötet und das bleibt auch so. Meinst du nicht, dass du da übertreibst?«

Elias starrt in seine Tasse.

»Ich hoffe, du hast recht.«

»Vielleicht ist alles gut, so wie es ist. Ich meine, wir sind ziemlich gute Freunde geworden. Das ist doch auch etwas.«

Elias lächelt. »Stimmt. Wir werden in nächster Zeit sowieso jemanden brauchen, auf den wir uns verlassen können. Ach, und Finn, sprich vielleicht mal mit deinem Bruder, der hat in der Schule so verzweifelt ausgesehen.«

»Der sieht immer verzweifelt aus.«

»Hm.«

Ich trinke meinen Kakao aus und ziehe meine Jacke wieder an. Gemeinsam verlassen wir das Café.

Draußen ist es kein Stück wärmer geworden. Wir stehen ungeschützt in der Kälte. Dort, wo all unsere Feinde sind. All die Gefahren. In dieser kleinen verfluchten Stadt. Wir gehen ins Ungewisse. Zu zweit, aber trotzdem voller Furcht.

Was wird als Nächstes passieren?

»Hey, Elias?«

»Ja, Finn?«

»Versprich mir, dass wir auch noch Freunde bleiben, wenn das alles vorbei ist.«

»Darauf kannst du dich verlassen.«

Hoffnungsvoll trete ich den Heimweg an. In dem Glauben, dass alles besser wird, aber ich weiß, dass ich nicht recht habe. Ich weiß, die nächsten Tage könnten alles entscheiden. Entscheiden, ob alles gut ausgeht oder ob …

Ich will nicht daran denken und flüstere ein Gedicht in die Nacht. Es stammt aus einem Notizbuch, das ich vor ein paar Jahren im Wald gefunden habe. Ehrlich gesagt, macht es mir schon Angst, wenn ich darüber nachdenke, aber Dinge bekämpft man nur, wenn man sich ihnen stellt. Oder in diesem Fall, sie vor sich her flüstert.

Leise ruft der Uhu,
dass viel Böses droht.
Leise ruft der Uhu,
und der Mond färbt sich rot.
Die Sterne, sie fallen,
sie fallen schon längst,
denn Böses ist hier,
näher als du denkst.

10 Der Jäger schläft nie

Ich wache auf. Ein neuer Tag und somit ein neuer Versuch, das Richtige zu tun. Vorausgesetzt, man weiß, was das Richtige ist. Ich weiß es nicht. Vielleicht will ich es auch gar nicht wissen, denn wenn du der Wahrheit auf der Spur bist, musst du handeln. Worte oder Gewalt anwenden. Früher oder später wird es dazu kommen, das ist mir schon klar. Entscheidungen zu treffen. Manche Antworten können mir zwar nicht all meine Probleme erleichtern, aber sie sind ein Anfang.

Heute ist irgendetwas anders. Meine Familie verhält sich auffallend komisch.

Beunruhigend.

Ich meine, eigentlich ist das nichts Neues, doch heute … heute liegt etwas in der Luft.

»Isst du jetzt deine Omeletten oder muss ich dich füttern?«

Ich schüttle den Kopf und beginne zu essen. Trotz des Gefühls, dass etwas in der Luft liegt, und ich meine damit nicht die ungenießbaren Omeletten. Noah sitzt seit langer Zeit mal wieder am Frühstückstisch. Er tippt nervös mit seinem Finger auf das Holz.

»Alles okay?«, frage ich und kippe ein halbes Glas Nutella über mein Essen.

»Ja. Warum sollte denn nicht alles okay sein?«

Er lächelt, und hat mir indirekt bewiesen, dass definitiv nicht alles okay ist.

»Hey, ihr zwei Träumer. Beeilt euch, sonst erwischt ihr den Bus nicht mehr.«

»Das wäre aber auch zu traurig.«

Ich schmunzle als Einziger.

Auch während der holprigen Busfahrt will nicht wirklich eine Stimmung oder ein ernsthaftes Gespräch aufkommen. Doch als wir auch noch zu zweit nebeneinander das Schulgelände betreten, durchbricht Noah das angespannte Schweigen.

»Du kannst vorgehen. Ich habe es nicht eilig.«

»Ach, komm schon. Die paar Meter können wir auch noch gemeinsam gehen. Übrigens, bist du für das Sportturnier aufgestellt worden?«

»Ja, bin ich.«

Seine Stimme klingt nicht sonderlich begeistert, obwohl er Laufen doch mag.

»Ist irgendetwas?«

»Nein. Lass uns einfach reingehen, ja?«

Ich schüttle den Kopf und setze den Weg zu unserer Schule fort. Als wir durch das Eingangstor gehen, wird mir wieder etwas klar: Die beunruhigende Stimmung herrscht nicht nur zu Hause. Etliche Schüler sehen uns schief an. Abweisend. Ein paar, meist Mädchen, wirken, als hätten sie Mitleid mit uns. Oder zumindest mit Noah.

»Weißt du, warum die dich alle so anstarren?«

Noah schweigt.

Ein Schüler aus der Klasse über Noah spuckt ihm beim Vorbeigehen vor die Füße. Dann formt er einen Kussmund. »Na, gefällt dir das?« Ein paar andere Schüler lachen.

Ich schaue verwirrt in die Runde.

Was verdammt noch einmal ist hier los?

»Noah, weißt du …«

Mein Bruder steht nicht mehr neben mir. »Noah?«

Als ich mich umdrehe, sehe ich ihn gerade noch in Richtung Toilette verschwinden. Ich will ihm nachgehen, doch Claire tippt mir auf die Schulter.

»Hey, guten Morgen, Hasenjäger. Zur Klasse geht es da lang.«

»Nenn mich bitte nicht so.«

»Hasenjäger?«

»Pssst!«

Sie lächelt. »Sind wir jetzt bei Schatz?«

»Klingt schon besser«, sage ich und gehe mit Claire zur Klasse. Meinen Bruder lasse ich für diese Stunde in Ruhe. Ich bin mir sicher, so schlimm wird es nicht sein. Diese Typen verarschen öfters jemanden. Ganz wohl ist mir jedoch nicht.

»Hey Claire. Weißt du, was hier los ist?«

»Wie, du weißt es nicht?«

»Nein …«

Sie bleibt vor der Klasse stehen und schaut nach rechts und links, ob uns jemand beobachtet. Danach widmet sie sich wieder mir.

»Dein Bruder, er …«

Man merkt, dass es ihr schwerfällt, mit der Wahrheit rauszurücken.

»Claire. Bitte, sag es mir.«

Sie atmet tief ein und aus.

»Dein Bruder ist doch schwul, oder?«

Mein Magen zieht sich zusammen. Mir wird schlecht.

»Woher … weißt du das?«

»Es weiß die ganze Schule, Finn.«

Meine Gedanken beginnen sich zu drehen. Ich muss zu meinem Bruder. Ich muss zu Noah.

Ohne das Gespräch weiterzuführen, renne ich so schnell ich kann zu den Jungs-Toiletten. Ich reiße die Tür auf.

»Noah?«

Keine Antwort.

Langsam gehe ich zu den Klos und halte den Atem an. Die Wände sind vollgekritzelt.

»**Passt auf, dass euch Noah nicht über die Schulter schaut**«, steht fett mit rotem Stift geschrieben. Daneben weitere ekelhafte Beleidigungen, die mir nicht einmal im Traum einfallen würden. Ich muss hier raus.

»Noah?!«, rufe ich erneut, als ich wieder in den Flur verschwinde.

Woher wissen es alle?

Hier wird das nicht so gut aufgenommen, wenn man auf das gleiche Geschlecht steht. Schwule oder Lesben gibt es in dieser Schule nicht. Zumindest outet sich niemand. Nach den Sprüchen an der Wand ist das aber vollends verständlich.

Ich stehe hilflos im Flur. Ohne meinen Bruder.

Claire kommt mit einem Putzfetzen um die Ecke und geht Richtung Klo. Auch ihr ist das Entsetzen ins Gesicht geschrieben. »Ich habe gerade von anderen gehört, was ins Klo geschrieben wurde. Ich werde versuchen, es wegzubekommen.«

Ich schaue sie ungläubig an. »Du gehst in ein Jungenklo und putzt?«

»Ich helfe deinem Bruder, Finn.«

»Nein, du solltest das nicht machen. Du bringst dich nur selbst in Schwierigkeiten. Ich werde es tun.«

Claire ignoriert meine Bitte und geht weiter. »Halt die Klappe und sieh nach deinem Bruder. Er braucht dich gerade mehr als jeden anderen.«

Ich nicke ihr dankbar zu und gehe aufgewühlt durch den Flur.

Eine Durchsage.

»Wir bitten alle Sportler, in die Umkleidekabinen zu gehen. Die anderen Schüler bitte zur Tribüne. Das Sportturnier startet in Kürze.«

Einen kurzen Moment später öffnen sich alle Klassentüren und Schülermengen drängen hinaus. So werde ich meinen Bruder nie finden.

»Die Umkleide«, flüstere ich.

Er muss dort sein.

Ich renne los und remple selbst einige Schüler an. Es geht runter in den Keller. »Noah?« Behutsam suche ich die Tür, auf der »Umkleide« geschrieben steht. Gefunden.

Ich öffne sie ohne nachzudenken und finde mich in einem nach Schweiß riechenden Raum wieder. Die Jungs ignorieren mich und ich kann mich ungestört umsehen. Eigentlich sollte ich mich auch umziehen, doch ich sage einfach, dass ich Bauchweh habe und deswegen nicht teilnehmen kann.

»Noah? Bist du hier?«

Jetzt habe ich die Aufmerksamkeit von allen.

»Haha. Meinst du deinen schwulen Bruder?«

»Hey, ich will echt keinen Stress. Ich muss ihn nur finden.«

»Richte ihm aus, dass wir nichts mit so einem Schwanzlutscher wie ihm zu tun haben wollen. Er soll sich einen anderen Platz zum Umziehen suchen. Vielleicht bei den Mädchen, da passt er besser rein.«

Ich schaue in die Runde.

»Ihr seid erbärmlich.«

Ich verlasse die Umkleide, bevor ich wegen meiner Bemerkung eine Diskussion anzettle. Hastig gehe ich den Flur entlang. Er muss doch irgendwo sein. *Da!*

Eine Abstellkammer steht einen Spalt offen. *Er ist doch nicht etwa …*

»Finn … bitte, lass mich in Ruhe.«

Ich höre nicht auf meinen Bruder, gehe in den Raum und umarme ihn. »Hör nicht auf die«, flüstere ich ihm zu. »Die verstehen dich alle nicht.«

Mein Bruder wirkt zu meiner Verwunderung nicht traurig.

»Sie wissen die Fakten, das reicht ihnen. Aber lieb von dir, dass du mir helfen willst. Jedoch muss ich das alleine lösen.«

»Und du löst es, indem du hier rumsitzt?«

Noah verlässt die Abstellkammer. Er hat Turnschuhe an. Wir werfen uns einen Blick zu und ich weiß genau, was er vorhat.

»Mach sie fertig und hol dir den ersten Platz.«

Er nickt.

Mein Plan mit dem vorgetäuschten Bauchweh geht auf.

Ich setze mich neben Bordy auf die Tribüne. »Warum hast du deinen Laptop hier oben?«

»Ich habe meinen Laptop immer und überall.«

»Na, dann pass mal auf, dass du dich nicht in ihn verliebst.«

Seitdem ich Bordy auf dem Betriebsgelände gesehen habe, wirkt er bedrohlicher. Als wüsste er alles über mich – gespeichert auf seinem Computer.

»Hey, Elias.«

»Hey, ihr zwei. Na, worüber unterhaltet ihr euch gerade?«

»Dreimal darfst du raten.«

Elias setzt einen übertrieben nachdenklichen Blick auf. »Über die Liebesbeziehung zwischen Bordy und seinem Computer, vielleicht?«

Bordy schaut auf. »Ihr seid solche Idioten.«

Elias und ich zwinkern uns zu.

Er setzt sich neben mich und wir schauen beide auf die Rennstrecke. Noah tritt in der Disziplin 500-Meter-Lauf an, doch im Moment ist er noch nicht zu sehen.

Ein Sportlehrer erhebt das Wort: »Achtung! Alle Läufer des 500-Meter-Laufes bitte auf Position.«

»Wo ist Noah?«

Ich schaue Elias an und will gerade fragen, weshalb er sich dafür interessiert, doch Bordy antwortet schneller.

»Da drüben kommt er. Der Arme wird heute echt ziemlich runtergemacht.«

In der letzten Sekunde stellt sich mein Bruder auf und geht in Position. Er läuft gegen drei andere.

»Achtung!«

Man erkennt von Weitem, dass sein Laufnachbar ihm etwas zuflüstert.

»Fertig!«

Was hat er ihm gesagt?

»Los!«

Alle starten wie eine wild gewordene Horde und preschen an uns vorbei. Einer ist offensichtlich zu früh gestartet, doch der Lehrer reagiert nicht.

Die Schüler auf der Tribüne rasten aus und rufen die Namen ihrer Favoriten. Ich rufe den von Noah. Als Einziger.

Elias steigt nach kurzer Zeit mit ein und feuert ihn ebenfalls an.

»Noah! Noah!«

Bordy sitzt einfach nur da und sagt nichts.

»Siehst du, Finn? Er holt auf! Noah holt auf!«

Tatsächlich. Im Moment ist er noch knapp hinter dem Frühstarter, doch er wird immer schneller. Das muss er auch, denn das Ziel rückt immer näher. Zweihundert Meter noch.

»Noah! Du schaffst das.«

Ich schätze, er blendet die Beleidigungen von heute Früh aus, denn er ist ganz in seinem Element. Es gibt nur ihn und die Strecke.

Hundert Meter.

Noah hat rasant aufgeholt und ist jetzt gleichauf mit dem anderen.

»Noah! Noah!«

Fünfzig Meter.

Mein Bruder scheint ein Stück vorne zu liegen.

»Er wird gewinnen«, flüstere ich und bin den Freudentränen nahe. Ich halte den Atem an.

Dreißig Meter.

Ein Schrei.

Noah stolpert. Er fliegt mit dem Gesicht nach vorne, kann sich nicht abstützen und fällt auf die harte Erde. Mein Bruder bleibt regungslos liegen.

Komplette Stille auf der Tribüne.

»Elias. Hast du das gesehen?«

»Ja …«

Er ist nicht einfach so hingeflogen, ihm wurde ein Bein gestellt.

Alle anderen Kandidaten lassen ihn liegen und passieren die Ziellinie.

Langsam richtet sich mein Bruder auf. Er blutet stark aus der Nase und starrt verloren in die Luft.

Sein T-Shirt färbt sich rot und niemand hilft ihm. Die Leute auf der Tribüne jubeln dem Läufer, der gewonnen hat, zu. Er hat unverdient gewonnen.

Ich renne die Stiegen hinunter aufs Feld.

»Verdammt noch mal! So helfen Sie ihm doch!«

Ich schreie meinen Lehrer förmlich an.

»Der ist doch nur hingefallen, das wird er verkraften.«

»Er blutet!«

Der Sportlehrer schnauft und geht zu Noah. Zusammen heben wir ihn auf die Beine. Elias kommt schockiert dazu und hilft uns. Mit geballter Kraft humpelt Noah zu einer Seitenbank und sackt zusammen.

»Ich hätte gewonnen, Finn. Das weißt du doch.«

Seine Stimme klingt heiser.

»Für mich hast du gewonnen, großer Bruder.«

Er lächelt.

Nach dem Turnier dürfen wir nach Hause gehen. Noah will alleine gehen und ich willige ein. Der Vormittag war sicher nicht leicht für ihn. Stattdessen werde ich Elias zu seinem Haus begleiten.

»Danke, dass du mitkommst.«

»Kein Problem, das machen Freunde doch, oder?«

Elias schmunzelt. »Und ich dachte immer, Freunde wären nur dazu da, einem auf die Nerven zu gehen.«

»Ach, das schaffe ich irgendwann auch noch.«

Elias deutet an, dass wir abbiegen müssen. Ich war noch nie bei ihm und weiß den Weg deswegen nicht.

»Echt krass.«

»Was denn?«, frage ich.

»Na, vor einer Woche haben wir uns nicht einmal richtig gekannt und jetzt …«

»Und jetzt sind wir sowas wie beste Freunde«, vollende ich den Satz.

Elias bleibt stehen. »Und dafür danke ich dir. Ich meine, ich bin nicht unbeliebt in der Klasse, aber jeder sieht das, was ich bin, und nicht das, was ich sein kann.«

»Was kannst du denn sein, Elias?«

Er blickt gedankenverloren an mir vorbei.

Hinter uns öffnet eine Frau die Tür. Ihre Haare sind zerzaust und ihr T-Shirt ist schmutzig. Ich rieche den Geruch von Rauch und Alkohol bis hierher.

»Ich muss jetzt gehen, Finn.«

»Ist das …«

»Ja. Das ist meine Mom.«

Die Frau kommt zu uns und schaut mich mit einem strengen Blick an.

»Elias, komm sofort rein.«

Ich erhebe die Stimme. »Es tut mir leid, dass ich gestört habe …ich wollte nur …«

»Was du wolltest, ist mir egal. Verschwinde.«

Elias sieht mich mit einem traurigen Blick an. »Bitte noch eine Minute, Mom.«

Sie schaut ihn prüfend an. »Eine Minute. Keine Sekunde länger, sonst knallt es. Und hol mir danach Zigaretten von der Trafik.«

Keine Antwort.

»Hast du mich gehört?«

»Ja, verdammt!«

Sie sieht mich noch einmal verächtlich an und verschwindet dann ins Haus.

Kurzes Schweigen.

»Ich weiß nicht, was ich sein kann.«

Elias' Stimme klingt traurig, aber er redet weiter.

»Ich kann nicht der sein, der ich jetzt bin. Im Moment bin ich ein Nichts. Einen Wimpernschlag davon entfernt, vergessen zu werden.«

Der Wind bläst uns durch die Haare und ich schaue Elias in die Augen. Dann hebe ich den Finger und warte einen Moment.

»Einen Wimpernschlag.«

»Was?«

»Na, du sagtest: einen Wimpernschlag.«

»Ja … aber so war das nicht gemeint.«

Ich lächle. »Ein Wimpernschlag ist vergangen und auf dieser Welt sind gewaltige Dinge passiert. Und doch stehst du hier. Genau in diesem Moment. Ich sehe dir in die Augen und weiß, wer du bist und was du sein willst. Das Einzige, was ich vergessen habe, ist das, was du einmal warst.«

Eine Männerstimme ist vom Haus her zu hören.

»Elias! Beweg deinen Arsch hier rein. Jetzt!«

»Ja, Dad!«

Elias sieht mich noch ein letztes Mal an.

»Danke, Finn. Für alles.«

Ich nicke ihm zu, bevor er ins Haus verschwindet. Danach stehe ich wieder alleine da.

»Das ist sein Stiefvater.«

Ich drehe mich um und sehe verdutzt in das Gesicht von Bordy.

»Was meinst du?«

»Na, der Mann ist sein Stiefvater. Spielt jeden Abend Poker und besäuft sich mit seinen Freunden. Elias' Mutter ist jedenfalls Alkoholikerin und arbeitslos. Sie schleppen sich von einem Tag zum anderen.«

Ich bleibe weiterhin fassungslos stehen.

»Woher weißt du das?«

»Ich weiß ziemlich viel, Finn. Auch das mit dem Holzfäller.«

Ich erstarre. »Woher?«

»Das mit dem Holzfäller hat mir Elias erzählt. Er wollte, dass ich etwas über ihn rausfinde. Über den seltsamen Typen, der die Gartenhütte gekauft hat.«

Ich trete meinen Heimweg an. Bordy geht neben mir.

»Und? Was hast du rausgefunden?«

»Dieser Mann war schon einmal im Gefängnis. Angeklagt, weil er seine Frau geschlagen hat.«

Ich halte inne. »Wow.«

»Glaubst du, er ist dieser Hase, den ihr sucht?«

»Ich weiß nicht mehr, was oder wem ich glauben soll.«

Bordy tippt etwas auf seinem Computer. Ich will nicht wirklich mit ihm über diese Sache reden. Er hat sich durch die letzte Nacht ebenfalls verdächtigt. Warum hat Elias sich ihm anvertraut? Will er etwa den Fall lösen, ohne mich mit einzubeziehen? Will er mich beschützen?

»Es wird eskalieren.«

»Wie bitte?«, frage ich nach und sehe Bordy fragend an.

»Diese Fiona ist noch immer nicht aufgetaucht und ich kann nichts über diese Entführung herausfinden. Hier ist etwas faul.«

Ich nicke bloß. Es bereitet mir Unbehagen, mit Bordy darüber zu sprechen. Ich verabschiede mich und gehe die letzten Meter alleine. Als ich in das Wohnzimmer komme, sitzen meine Eltern auf der Couch. Meine Schwester ist spielend am Boden.

»Na, wie war die Schule?«, fragt mich meine Mutter und mir fällt auf, wie liebevoll ihre Stimme klingt.

Ich antworte nicht, sondern sehe die drei einfach nur an. Jetzt, da ich Elias' Familie kenne, wird mir erst wirklich bewusst, wie gut ich es habe. Ich muss mich gar nicht anstrengen und stehe für sie trotzdem im Mittelpunkt. Bedingungslose Liebe eben. Ich will gerade sagen, wie viel sie mir alle bedeuten, als meine Mutter die Ruhe erneut unterbricht.

»Zimmer aufräumen, Tisch decken, Geschirr waschen und Schmutzwäsche in die Waschmaschine geben.«

»Ich wollte euch gerade sagen, wie gern ich euch hab«, sage ich empört und schaue in die Runde.

»Sag das doch dem Geschirr, das freut sich sicher, wenn du mit ihm redest.«

Mein Dad mischt sich ein. »Naja, nur mit Worten wirst du es schwer reinigen können.«

»Er könnte doch die Essensreste höflich bitten zu verschwinden.«

Meine Eltern sehen sich an und lachen.

Ich beginne ebenfalls zu lachen.

»Nicht lachen, putzen.«

»Hab dich auch lieb, Mom«, sage ich im Vorbeigehen und verschwinde ins obere Stockwerk. Ich werde meiner Arbeit nachgehen, doch erst werde ich nach meinem Bruder sehen.

Sein Zimmer ist offen und ich gehe hinein. Kein Noah. Stattdessen ist sein Computer angeschaltet und steht leuchtend im Raum. Ich kann nicht widerstehen und setze mich. Was wollte Lenny vor ein paar Tagen herausfinden, als er an Noahs Computer gegangen ist? Ich brauche Antworten, denn ich will ihm helfen. Trotzdem fühle ich mich schlecht dabei, wenn ich in seinen Sachen rumschnüffle.

Drei Internetfenster sind geöffnet. Im ersten erscheint eine Kaufwebsite für T-Shirts mit Gerüchen.

LOL – Laughing Out Loud.

Ich weiß nicht, was ich erschreckender finden soll. Die Tatsache, dass sich Noah auf solchen Websites rumtreibt, oder dass es jetzt schon T-Shirts mit Blumenduft zu kaufen gibt.

Beiläufig schreibe ich mir die Internetadresse auf. Vielleicht sollte ich Claire ein solches Rosenshirt kaufen, obwohl sie sich wahrscheinlich mehr über einen lebensmüden Abenteuertrip freuen würde. *Umso gefährlicher, umso besser.*

Als ich das zweite Internetfenster anklicke, öffnet sich eine Chatseite. Alle Nachrichten, die Noah aufs Handy bekommt, werden hier angezeigt. Auch mein Chat ist zu sehen. Vor zwei Wochen bekam er den vorherigen Link von Fiona zugesendet. Dabei steht: »Na, wann schenkst du mir endlich so ein idiotisches T-Shirt?« Daneben sind zwei dämliche Lachsmileys zu sehen.

Fiona. Das Mädchen, das entführt wurde.

Also hat Noah sie doch gekannt. Der Arme. Klar, dass ihn das alles so fertigmacht. Seine Freundin wurde entführt.

Ich schaue zu den erst kürzlich empfangenen Nachrichten und Übelkeit steigt in mir auf.

Hassnachrichten. Beleidigungen. Drohungen.

Sissi:

Hey Noah. Stimmt das, dass du schwul bist? Oder willst du mal wieder nur Aufmerksamkeit? So etwas hätte ich von dir echt nicht erwartet …

Peta:

Letztens hat dich dein kleiner Bruder noch gerettet. Das ist nicht immer so, Schwuchtel. Ich habe noch eine Rechnung mit dir offen …

Flo:

Hahaha! Hast du unser Kunstwerk am Klo gesehen?! Extra für dich. War ziemlich viel Arbeit. Ach, und ich hoffe, der Flug heute am Sportplatz war angenehm. ;-)

Eine weitere Nachricht kommt von Elias. Warum von Elias? Ich klicke gespannt auf den Chat.

Elias:

Hey Noah. Du weißt …

»Finn!«

»Sorry, ich wollte nicht bei dir rumschnüffeln.«

Mein Bruder sieht mich an. Er wirkt verletzt.

»Bitte, mach das nie mehr. Ich will dir echt vertrauen können, ja?«

Ich fühle mich schlecht. Richtig schlecht. Ich bin selbst schuld, doch ich wollte ihm nur helfen. Ich will doch nur endlich wissen, was hier los ist. Natürlich liebe ich meinen Bruder, genauso wie alle aus meiner Familie. Deswegen tut es mir ja so weh, Noah traurig zu sehen.

»Ich geh schon«, sage ich und verlasse das Zimmer.

»Du kannst mir vertrauen. Wirklich.«

Ich schließe die Tür.

Toll, Finn. Du hast es versaut.

Angespannt gehe ich in die Küche hinunter und starte mit dem Abwasch. Die Worte von Bordy gehen mir durch den Kopf.

Es wird eskalieren, sagte er.

Nicht wenn ich diesen Hasen aufhalte. Niemand muss mehr verletzt werden. Ich bekomme die Sachen in den Griff.

Hoffentlich.

Der Postbote klingelt und meine Mutter geht zur Tür. Sie kommt mit einem Päckchen zurück.

Welcher Postbote stellt so spät noch Pakete zu?

»Hier steht, das ist für dich.«

»Für mich?« Ich schaue fragend auf das eingewickelte Objekt. Es fühlt sich weich an, als wäre es Stoff. Ein Brief liegt darauf, und ich gehe in mein Zimmer. Das schmutzige Geschirr lasse ich für einen Moment stehen. Neugierig öffne ich ihn. Die Buchstaben sind mit Schreibmaschine abgetippt. Merkwürdig.

Hallo Finn.
So heißt du doch, oder?
Ich hasse es, wenn jemand in meinen Angelegenheiten rumschnüffelt. Du bist zu weit gegangen. Du und dein Freund. Ich bin wütend, Finn. Wütend. Du wirst schon sehen. Dieses Spiel hat ein Ende, wenn du weiter den Helden spielst. Kein gutes Ende. Für dich jedenfalls. Hör auf und du kommst vielleicht davon. Mach weiter und du schwebst in großer Gefahr.

Ich starre auf das Päckchen.

Dieser Typ weiß, wer ich bin. Wo ich wohne. Was ich mache. Mit zittrigen Händen lasse ich den Brief in meinen Schoß fallen. Ich habe Angst, trotzdem öffne ich das Paket.

Stille.

Ich höre nur mein schnelles Atmen. Das Papier reiße ich komplett herunter und – es liegt vor mir.

Ein rotkariertes Holzfällerhemd.

11 Offene Rechnungen

Das gleichmäßige Piepsen meines Handys macht mich nervös. Ungeduldig gehe ich in meinem Zimmer auf und ab. Ein kurzer Blick auf die Uhr. Mist.

»Elias?«

»Finn, bist du es? Warum rufst du mich so spät an?«

»Ich … der Holzfäller. Er hat mir gedroht. Er weiß, wo ich wohne. Elias, mir wird hier gerade alles zu viel. Ich … ich weiß einfach nicht mehr, was ich tun soll.«

Schweigen.

»Okay, Finn. Hör mir zu. Du vergewisserst dich, dass alle Türen und Fenstern geschlossen sind. Mehr kannst du momentan ohnehin nicht machen. Ich werde währenddessen versuchen, das in den Griff zu kriegen.«

»In den Griff kriegen? Elias? Was meinst du damit?«

Keine Antwort.

»Elias?«

Er hat aufgelegt. *Verdammt.*

Mit einem mulmigen Gefühl lege ich mich ins Bett. Morgen ist Wochenende, deswegen habe ich keine Möglichkeit, in der Schule mit Elias zu reden. Ja, ich habe keine Möglichkeit herauszufinden, was Elias vorhat. Hauptsache, er begibt sich nicht in Gefahr, denn der Typ hat auch ihm gedroht.

Ich darf Elias nicht verlieren.

Nicht nach dem, was wir beide durchgestanden haben.

Am nächsten Morgen werde ich unschön geweckt. Meine kleine Schwester sitzt in meinem Bett und behandelt meinen Bauch so, als wäre er eine Trommel.

»Du musst heute auf mich aufpassen, Flinn.«

»Mia, bitte lass mich weiterschlafen. Überhaupt spricht man mich *Finn* aus!«

Mia beginnt auf meinem Bett herumzuhüpfen.

»Flinn!!! Aufstehen.«

Ich richte mich müde auf. »Na gut, wenn du Krieg willst, kannst du ihn haben. Dann nenne ich dich jetzt einfach Mila, damit du wie ein ungenießbares ausländisches Getränk klingst.«

Meine kleine Schwester schaut mich ungläubig an. Dann rennt sie in die Küche. Eilig ziehe ich mir meine Ich-bleibe-heute-den-ganzen-Tag-zu-Hause-und-mache-nichts-Jogginghose an und folge ihr.

Unten angekommen verpetzt mich Mila … eh … ich meine Mia … gerade bei meiner Mutter.

»Mama, Flinn hat gesagt, ich bin ein Ausländer.«

Ich schlage meine Hände über dem Kopf zusammen. Besteht ihr Gehirn denn nur aus Babybrei mit Vollidiot-Geschmack?

Meine Mutter lacht. »Ach, hat der Flinn das gesagt?«

»Mom, bitte unterstütze sie nicht auch noch dabei.«

»Haha, nimm es doch mit Humor, du Griesgram. Aber es stimmt, du musst heute wirklich auf Mia aufpassen. Ich und dein Dad fahren in die Therme.«

»Damit ihr euch mit anderen verschwitzten und ekelhaften Paaren in der Sauna unterhalten könnt?«

»So in etwa. Und dein großer Bruder hat heute auch einige Dinge zu erledigen. Deswegen bleibst wohl nur du übrig.«

Ich schnaufe, aber willige ein. Diese Diskussion könnte ich sowieso nicht gewinnen.

Wieder auf meinem Zimmer, habe ich noch ein wenig Zeit für mich, bevor meine Eltern abreisen. Irgendetwas muss passieren, deswegen tue ich das Einzige, was mir einfällt.

Ich rufe Elias an.

Niemand hebt ab.

Ich rufe Claire an.

Niemand hebt ab.

Ich rufe Noah an, der sich anscheinend auch nicht in seinem Zimmer befindet.

Niemand hebt ab.

Verflucht.

»Finn! Kommst du bitte runter, deine Schwester wartet. Wir müssen jetzt so langsam los.«

Zu viele Gedanken schwirren mir durch den Kopf, als dass ich mich widersetzen könnte.

Der Vormittag verläuft trotz meiner Anspannung wie geschmiert. Mia baut voller Eifer Türme, die aus den Holzklötzen bestehen, die sie zu Weihnachten bekommen hat. Ich hingegen mache es mir zur Aufgabe, sie jedes Mal hinter ihrem Rücken auf möglichst kreative Art und Weise wieder kaputtzutreten. Vorhin habe ich es sogar geschafft, das ganze Konstrukt mit einem einzigen Rülpser zum Wackeln zu bringen.

Da soll noch einer sagen, ich hätte kein Talent.

Somit hat meine Schwester eine dauerhafte Beschäftigung und ich kann mich auf die Haustür konzentrieren. Ich habe sie abgeschlossen, wie Elias es mir geraten hat. Ich bin sicher. Nichts kann mir passieren … Absolut ni…

»Flinn, wer klopft da?«

»Niemand, Mia, spiel weiter mit deinem Holz, ja?«

»Das macht aber keinen Spaß, die blöden Dinger fallen immer von alleine um, wenn ich nicht hinsehe!«

Ich kann mich nicht auf das Gespräch mit meiner Schwester konzentrieren.

»Die wollen sicher nur fangen spielen. Bleib einfach, wo du bist.«

Kein weiterer Kommentar meiner Schwester.

Etwas skeptisch bewege ich mich zur Tür. Erneutes Klopfen. Diesmal aufdringlich und lauter als zuvor. Wer könnte das sein? Meine Eltern sind noch in der Therme. Etwa Noah?

Langsam entsperre ich die Sicherung. Mir kann nichts passieren, rede ich mir ein. Wir wohnen hier in einer Nachbarschaft, in der jeder alles mitbekommt.

Mir kann nichts passieren.

»Hey, Finn, tut mir leid für die Störung.«

»Bordy?! Könntest du bitte aufhören, mich zu Tode zu erschrecken, was willst du?«

Bordy streift sich die Haare aus dem Gesicht.

»Lass mich erst einmal rein. Es ist wichtig.«

Nach kurzem Zögern lasse ich ihn ins Haus und verriegle die Tür erneut. Meine kleine Schwester hat uns anscheinend gehört, denn sie steht plötzlich vor uns.

»Wer ist das?«

»Niemand, Mia. Niemand.«

»Er sieht aus wie eine fette Kröte.«

Und da soll noch einer sagen, kleine Kinder wären nicht direkt.

Bordy räuspert sich. »Kröte lasse ich mir noch einreden, aber fett? Und seit wann können Kröten so unfassbar attraktiv aussehen?!«

Meine kleine Schwester blickt beleidigt in sein Gesicht.

»Okay, das reicht. Mia, geh weiter deine zerbrechlichen Türme bauen, und Bordy, komm mit rauf in mein Zimmer.«

Beide willigen genervt ein.

Oben angekommen setze ich mich erwartungsvoll und etwas ungeduldig aufs Bett und schaue Bordy an, der verloren durch mein Zimmer wandert. Nach ein paar Minuten setzt er sich jedoch neben mich, um sich zu räuspern. Sein Blick wird ernst.

»Finn?«

»Ja?«

»Sehe ich wirklich aus wie eine fette Kröte?«

Ich verkneife mir ein Lachen und versuche seriös zu antworten.

»Naja … also … eine gewisse …« Ich rufe mir in Erinnerung, dass mir Bordy sicher nicht das erzählt, was er mir sagen will, wenn ich ihn jetzt beleidige. »Was ich meine, ist … nein, du siehst nicht aus wie eine fette Kröte.«

»Danke, Finn.«

Ich hake nach. »Eher wie ein überfahrener Igel.«

»Ernsthaft?!«

»Naja, sonderlich lebendig siehst du mit deinen schwarzen Haaren ja nicht aus.«

»Na toll, soll ich sie mir grün färben, oder was?!«

Ich stelle es mir bildlich vor und schüttle danach den Kopf.

»Finn! Ich bin doch nicht hergekommen, um mir sagen zu lassen, wie ich aussehe. Ich wollte dir Bescheid geben, dass ich mit einem Lehrer geredet habe und er meinte, dass Frau Klingenbach dich aus der Schule schmeißen wollte.«

Mein Herz bleibt für eine Millisekunde stehen.

Rausschmeißen? Damit dem Hasen nichts mehr im Wege steht, um weitere Leute zu entführen?

Ich bin der Einzige, der ihm auf der Spur ist. Ich bin der Einzige, der diese verdammten Leute noch retten kann, die mich von der Schule suspendieren wollen.

»Und?«, frage ich trocken.

»Sie hat es natürlich nicht geschafft. Ihre Begründung war lächerlich. Sie meinte, du würdest andere Schüler aufhetzen, oder so etwas in der Art. Ein paar andere Lehrer haben sich für dich eingesetzt, aber ich würde mich nicht darauf verlassen. Es ist nur eine Frage der Zeit, bis sie dich loswird.«

Wut kocht in mir. Ich atme tief ein und aus, um mich zu beruhigen. Vielleicht ist Frau Klingenbach wirklich der Hase. Ja, vielleicht kreuze ich ihren teuflischen Plan.

»Du denkst, sie ist dieser Hase, oder?«, fragt mich Bordy, als könnte er meine Gedanken lesen.

»Woher weißt du das?«

»Ist nicht schwer zu erraten, so wie du hinter dem her bist. Als Nächstes beschuldigst du noch mich.«

Wenn du wüsstest, Bordy. Den Verdacht habe ich schon längst.

»Ja. Ich verdächtige sie. Es gäbe sonst keine mögliche Erklärung, weswegen sie so abgrundtief böse zu mir ist.«

»Denkst du das, Finn? Ich bin der beste Hacker der Stadt, womöglich des Landes, und ich weiß so ziemlich viel über dich. Sachen, die du nicht einmal selbst weißt.«

Ich schaue Bordy etwas länger in die Augen, ohne etwas zu sagen. Rede ich gerade mit einem Verbündeten oder laufe ich mitten in die Falle?

»Glaubst du das? Na dann, bitte. Erzähl mir, weshalb mich Frau Klingenbach hasst.«

Ich lehne mich selbstsicher zurück, in dem Glauben, Bordy sprachlos gemacht zu haben. Er jedoch lächelt dezent und holt einen kleinen Block aus seiner Hosentasche.

»Finn, du weißt ja, wie dein Opa gestorben ist, oder?«

Ich schaue ihn verwirrt an.

»Was hat das mit Frau Klingenbach zu tun?«

»Hab Geduld. Also, wie ist er gestorben?«

Ich hatte es beinahe vergessen, denn ich habe meinen Opa nicht wirklich gekannt. Als er gestorben ist, war ich noch viel zu jung und das Einzige, was mir bis heute von ihm geblieben ist, ist ein kleines Schwarz-Weiß-Foto.

»Er ist durch einen Autounfall gestorben. Ich weiß aber nicht, warum dir die Information hilft.«

»Ich wusste die Information schon längst, Finn. Doch ich weiß einen Fakt über den Unfall, den dir bis jetzt niemand verraten hat.«

Mein Herz beginnt schneller zu schlagen.

Was hat Frau Klingenbach mit meinem Opa zu tun?

Bordy streicht sich durch die Haare und räuspert sich erneut.

»Du wirst es mir nicht glauben, aber du bist auch in diesem Auto gesessen. Auf der Rückbank. Natürlich warst du noch so klein, dass du dich heute nicht mehr daran erinnern kannst.«

Ich schaue Bordy fassungslos an und will etwas sagen, bleibe jedoch wortlos sitzen. Kann es sein, dass ich neben meinem Opa war, als er gestorben ist?

»Ich weiß, was diese Nachricht in dir auslöst, doch es ist leider noch nicht alles.«

»Was war noch, Bordy? Was ist an diesem Tag noch passiert?«

Meine Stimme zittert leicht.

»In einem anderen Auto, das auch in den Unfall verwickelt war, saßen ebenfalls zwei Personen.«

Ich spüre, wie mein Puls zu rasen beginnt.

»Deine Lehrerin Frau Klingenbach und …«

»Wer noch?«

»Ihre kleine Tochter. Sie starb bei diesem Unfall. Genau

wie dein Opa. Du und Frau Klingenbach, ihr wart die einzigen Überlebenden.«

Tausend Gefühle prasseln auf mich ein. Trauer, Verständnis, Angst und Wut. Warum haben mir meine Eltern nie etwas davon erzählt?

»Du lügst«, flüstere ich, obwohl ich es selbst nicht glaube. Ich hoffe es nur. Als Antwort holt Bordy einen Zeitungsbericht aus seinem kleinen Notizblock und gibt ihn mir. Während ich ihn lese, redet er weiter auf mich ein.

»Frau Klingenbach hat zu diesem Zeitpunkt ihr einziges Kind verloren. Sie findet es einfach ungerecht, dass du überlebt hast und ihre Tochter nicht. Sie ist nicht der Hase, Finn.«

Ich lasse den Zeitungsartikel auf meinen Schoß fallen. Bordy hat die Wahrheit gesagt. Es war der dreizehnte April. Zwei Kinder und zwei Erwachsene waren betroffen. Überlebt haben jedoch nur ein Kind und ein Erwachsener. Die anderen starben an den Verletzungen im Krankenhaus.

Ich ringe nach Luft.

Was ist, wenn Frau Klingenbach genau deswegen der Hase ist? Wenn sie ihre Wut nicht stoppen kann und andere Kinder entführt, um ihr eigenes zu rächen? Aber weswegen erst jetzt? Und warum dann nicht mich?

»Es tut mir leid, dass du es so erfahren musst, Finn.«

Ich versuche meine Gedanken unter Kontrolle zu bringen und nicke. »Ist schon okay. Danke, dass du es mir gesagt hast, Bordy. Ich kann Frau Klingenbach jetzt ein wenig besser verstehen, auch wenn ich sie nicht von ihrem Hass abbringen kann.«

»Vielleicht musst du das auch gar nicht.«

Ich schaue ihn verwirrt an.

»Naja, auch sie wird irgendwann erkennen, dass das Schicksal unvermeidlich ist. Menschen kommen, Menschen gehen. Man hasst nur, wenn man es nicht schafft, mit dem persönlichen Problem klarzukommen. Wenn du etwas nicht sehen willst, dann schau nicht hin. Wenn du jemanden nicht magst, sprich nicht darüber. Wenn dir etwas nicht schmeckt, iss es kein zweites Mal. Ganz einfach. Ganz simpel.«

Ich nicke erneut. »Weißt du, Bordy. Wegen dir ist mir etwas klargeworden. Der Hase ist nicht einfach grundlos böse, er muss einen Grund dafür haben. Weswegen er so handelt und wie er es tut. Wieso er genau diese Personen entführt.«

Ich denke nach.

Frau Klingenbach hat ein Motiv gegen mich, aber was haben die anderen Leute damit zu tun?

Lennys Motiv kenne ich nicht. Noch nicht zumindest. Das setzt aber auch voraus, dass er überhaupt eines hat. Ich würde zu gerne wissen, was er in seinem Keller versteckt hat.

Der Holzfäller hat ein Geheimnis, das ist klar. Ob er wirklich ein Ziel verfolgt oder ein Motiv hat, weiß ich auch nicht. Ich weiß nur, dass Elias gerade irgendetwas gegen ihn plant. Elias, die wohl einzige Person, der ich trauen kann.

Bordy taucht immer in den unpassendsten Situationen auf und versucht mir zu helfen. Er klärt mich auf. Würde ich ihm zutrauen, Leute zu entführen und so ein verrücktes Spiel mit mir zu spielen?

Da gibt es Peta, Sam und ihre Gang. Schwulenfeindlich, Proleten und Angeber. Aber steckt wirklich mehr dahinter? Traue ich ihnen zu, dass ihr Gehirn größer ist als eine Erdnuss? Noch dazu eine halb angefressene?

In diesem Fall könnte das nur Mia gewesen sein, da sie Erdnüsse abgöttisch liebt …

Ansonsten gibt es natürlich noch meine Eltern, meinen Bruder, Bianca, Claire, Professor Summerspring, Phil und meine kleine Schwester Mia. Aber ich kann doch nicht jeden verdächtigen. Die meisten stehen auf meiner Seite, wollen mir helfen. Doch irgendjemand muss es sein. Irgendjemand. Und vor diesem Jemand will ich alle anderen beschützen.

Aber wer ist es?

»Finn? Du sagst ja gar nichts mehr.«

»Ich …Tut mir leid, war gerade in Gedanken versunken.«

»Kein Problem. Du sollt…«

Ein Piepsen unterbricht Bordy. Ein Piepsen aus seiner Hosentasche. Verwundert holt er sein Handy heraus und starrt auf den Bildschirm.

»Was ist los?!«

»Hast du einen Fernseher?«

»Ja, unten. Wieso?«

»Komm, schnell!«

Etwas überrascht gehe ich die Stiegen ins Wohnzimmer hinunter und schalte auf Bordys Anweisungen den Fernseher ein.

»Ein Freund hat mir gerade geschrieben, dass irgendetwas Krankes in unserer Nachbarschaft abgeht. Es sollte jetzt in den Nachrichten sein.«

Ich gebe Bordy die Fernbedienung, damit er einen Nachrichtensender heraussuchen kann. Währenddessen gehe ich zu Mia, die sich ebenfalls im Raum befindet. Sollten jetzt wirklich brutale Nachrichten gezeigt werden, muss ich sie davor bewahren.

»Mia? Wir spielen Verstecken, okay?«

Mia nickt motiviert und wirft vor Freude ihren zuletzt gebauten Turm um.

»Also, du gehst rauf, hältst dir die Ohren zu und zählst bis einhundertdreiundvierzigtausend. Danach gehst du mich suchen, okay?«

»Finn? Wie groß ist die Zahl, die ich zählen muss?«

»Naja, das wirst du merken, wenn du dort bist, oder? Also, beeil dich!«

Meine kleine Schwester wirkt etwas unsicher, doch sie verschwindet nach oben.

»Finn! Komm schnell her, ich habe den Sender gefunden!«

Ich kehre zu Bordy zurück und starre gebannt auf den Bildschirm.

---- Eilmeldung! Tragödie heute Vormittag in der kleinen Ortschaft Hohenkirchen. Ein noch nicht bekannter Teenager rief die Polizei, nachdem er von einem vierzigjährigen Mann mit einer Schrotflinte angeschossen wurde. Ob der Junge verletzt ist, ist zum jetzigen Zeitpunkt nicht bekannt. Er floh, als die Polizei eintraf. Levis Berger, der Verursacher des Schusses, wurde festgenommen. Man fand in seiner Villa weitere illegale Waffen und Beweisstücke, die auf einen Raubüberfall hindeuten. Wir halten Sie auf dem Laufenden. ----

Eine Schweißperle tropft mir von der Stirn. Ich sehe ihn groß und deutlich vor mir. Den Holzfäller. Levis Berger. Abgeführt in Handschellen. Mit dem gleich bösen Blick wie vor ein paar Tagen. Auch Bordy wirkt verunsichert.

»Finn? Du wolltest doch vor ein paar Tagen zu dieser Blumenstraße … Sag nicht, dass …«

»Doch. Die Blumenstraße ist in Hohenkirchen.«

Selbst Bordy bleibt die Spucke im Hals stecken.

»Elias«, flüstere ich. »Okay, Bordy, ich muss los. Pass auf meine kleine Schwester auf, ja? Wir hören uns!«

»Finn! Warte! Du kannst …«

Doch ich höre ihn nicht mehr. Ich höre fast gar nichts mehr. Manchmal nehme ich Autos wahr, die an mir vorbeifahren, jedoch konzentriere ich mich.

Ich konzentriere mich aufs Laufen. Ich muss zu Elias nach Hause. Was, wenn er das war? Was, wenn er angeschossen wurde? Wenn er in diesem Moment in Gefahr ist?

Meine Beine werden immer schneller. Mein Atem kurz und knapp. Ich verspüre einen Schmerz in den Waden, doch ich laufe weiter. Immer, immer weiter. Dann muss ich an meinen Opa denken und an den Unfall. An Frau Klingenbach und ihre Tochter.

Wo bin ich hier nur hineingeraten?

Ich kann nicht mehr, ich will nicht mehr, doch ich muss.

Wenn schon nicht für mich, dann für meinen Freund. Elias.

Für die Person, in die ich mich verliebt habe. Claire.

Für meine Familie. Mom. Dad. Mia. Noah.

Erschöpft breche ich vor Elias' Haus zusammen und bleibe liegen. Schaue einen Moment in den Himmel. Spüre das Gras, die Sonne und einen leichten Windstoß. Ich wünsche mir mein altes Leben zurück, bevor ich mich an der Nase gekratzt habe. Mein stinklangweiliges Leben.

Noch immer außer Atem setze ich mich auf.

Das wäre schon etwas!

Ein stinklangweiliges Leben!

Aber will ich das wirklich? Dann hätte ich nicht die Freundschaften geschlossen, die ich jetzt habe. Nicht die Leute kennengelernt. Wäre niemals in den Genuss der schönen Momente gekommen. Von Liebe, Freundschaft und Zusammenhalt.

Ganz in Gedanken versunken, bemerke ich Elias erst, als er schon neben mir im Gras sitzt. Er beißt auf einem langen Grashalm herum und grinst mich an.

Ich kann es nicht fassen. *Dieser verdammte Teufelskerl!*

»Du bist dir ganz sicher, dass auf diesen Grashalm kein Hund raufgepisst hat?«

Wir schmunzeln beide.

»Das bekommt man also als Lohn, wenn man einen Verbrecher festnimmt.«

»Elias? Ich bin so froh, dass es dir gutgeht. Wäre dir etwas passiert, wäre ich … ich weiß einfach nicht, wie ich diese Hasengeschichte alleine durchgestanden hätte. Warum hast du mir nicht Bescheid gegeben? Wir hätten das gemeinsam machen können. So wie immer.«

Elias sagt nichts, sondern kaut einfach weiter auf seinem Grashalm. Da sitzen wir also. Zwei Teenager auf einer Wiese vor einem Haus. Die Sonne strahlt und man hätte denken können, es wäre ein ganz normaler Tag.

»Ach, weißt du, Finn, ich musste das alleine machen. Ich habe mir schon vor ein paar Tagen gedacht, dass dieser Holzfäller mehr im Schilde führt. Ich wollte mir vielleicht einfach nur beweisen, dass ich es kann. Dass ich gleich mutig bin wie du und es auch mit einem Hasen aufnehmen kann.«

»Elias! Du bist mutig, schlau und könntest es mit einer ganzen Hasenfamilie aufnehmen. Aber bring dich nie wieder in eine solche Gefahr, okay?«

Elias lächelt, dann schüttelt er den Kopf.

»Das kann ich dir nicht versprechen. Noch nicht.«

»Was soll das denn heißen?«

»Na, dass ich noch eine Sache zu erledigen habe. Eine Sache.«

»Verrätst du mir wenigstens, was?«

»Nein. Aber wenn alles gut geht … wirst du es merken.«

Ich sehe ihn verwirrt an, doch ich vertraue Elias. Wieder etwas ausgeruhter, stehe ich auf und putze mir den Dreck von der Jeans.

»Glaubst du, der Holzfäller war der Hase?«

»Ich weiß es nicht. Weißt du, ich habe Steine an das Fenster von Levis geworfen, damit er auf mich schießt. Ich habe ihm zugeschrien, wusste, dass er so reagiert. Als ich in Deckung war, habe ich ihn schreiend gefragt, warum er das Mädchen entführt hat und sich als Hase verkleidet. Ich war mir auch sicher, dass er es war. Doch er hat zurückgeschrien, dass er nicht weiß, was ich meine, und dass ich mich gefälligst von seinem Grundstück verpissen soll.«

»Und dann?«

»Und dann kam die Polizei.«

Ich schaue ihn fassungslos an. »Du bist echt ein verrückter Typ, Elias.«

»Normal wäre doch langweilig.«

»Da hast du recht«, sage ich verträumt. Denke einen kurzen Moment an Claire. An ihre ebenfalls verrückte Art.

Danach hole ich mein Handy raus und schreibe ihr eine SMS.

»Weißt du, Elias, du hast recht. Man sollte manche Dinge wirklich alleine in die Hand nehmen.«

Ganz in unser Gespräch vertieft, zucken wir beide beim Zuknallen der Tür zusammen. Elias' Mutter steht vor uns.

»Elias? Wo warst du? Hast du die Nachrichten nicht gehört? Was hältst du denn von Verantwortung? Los, rein mit dir! Aber ganz schnell oder du bereust es!«

Elias spuckt seinen halb zerkauten Grashalm aus und antwortet in einem ruhigen Ton.

»Nein.«

Ich schaue ihn verdutzt an.

»Nein?«, wiederholt seine Mutter die Antwort, genauso verdutzt wie ich.

»Was gibt es an einem Nein denn nicht zu verstehen? Siehst du denn nicht, dass ich mich hier gerade unterhalte?«

Elias' Mutter ballt ihre Hand zu einer Faust und verschwindet laut stampfend im Haus.

»Okay, mein Dad wird gleich rauskommen, also fassen wir uns kurz.«

»Warum hast du das gesagt?«

»Naja, weil ich noch an das Unmögliche glaube.«

»Das ist keine gescheite Antwort, und das weißt du.«

Er lacht.

»Finn. Schau mich an. Wir werden diesen Hasen hinter Gitter bringen. Ich habe über deine Worte letztens nachgedacht und ich weiß jetzt, wer ich sein will. Also schau, dass auch du weißt, wer du sein willst. Du solltest nun aber verschwinden, bevor mein Dad kommt.«

Ich nicke ihm zu.

»Wir sehen uns am Montag, Elias!«

Er zögert.

»Ja … bis dann. Ach, und Finn, du warst ein echt guter Freund.«

»Warst? Na, ich hoffe, dass ich das noch immer bin.«

»Tut mir leid, ich meine natürlich, du bist ein guter Freund!«

»Danke, du auch.«

Auf dem Weg nach Hause treffe ich Claire. In ihrer rechten Hand hält sie eine Tüte.

»Du hast also meine Nachricht gelesen?«

»Ach die, wo du geschrieben hast, dass du mich vermisst? Ja, die habe ich gesehen, du Romantiker.«

Wir biegen verträumt in meine Nachbarschaft ab.

»Da, schau, was ich dir mitgebracht habe. Warmes Gebäck. Ich habe gedacht, du könntest Hunger haben.«

Für einen kurzen Moment vergesse ich meine Probleme und strahle vor Glück. »Du kannst ja wirklich Gedanken lesen, Claire.«

»Naja, ist auch nicht sonderlich schwer …«

Ich gebe ein emotionsloses »Hahaha« von mir und halte ihr unsere Haustür auf.

»Bordy? Bist du noch hier?« Keine Antwort.

»Dieser verfluchte Mistkerl. Er hätte doch auf meine Schwester aufpassen müssen. Ich war jetzt sicher eine Stunde weg.«

Claire spitzt die Ohren.

»Warte! Hörst du das auch? Da zählt doch wer.«

Ich lache laut auf und laufe mit schnellen Schritten die Stufen zu meiner Schwester hinauf. Es ist wohl kein großer Spoiler, wenn ich verrate, dass sie nicht über den Zahlenraum von Tausend gekommen ist. Trotzdem bin ich überrascht, weil ich nicht geglaubt hätte, dass sie über Drei hinaus zählen könnte.

Das Leben ist doch immer für eine Überraschung gut.

Der weitere Nachmittag verläuft ruhiger als gedacht. Dennoch verschwindet das Gefühl nicht, dass es das nicht gewesen sein kann. Dass der wirkliche Hase nicht hinter Gittern sitzt.

An diesem Abend sitze ich mit Claire im Garten und bewundere die Sterne. Für die meisten klingt das zu romantisch, doch in diesem Moment genieße ich es einfach. Die Ruhe vor dem Sturm, das weiß ich.

Den ganzen nächsten Morgen habe ich ein Gefühl, als hätte ich Magenschmerzen. Irgendetwas beschäftigt mich, doch ich kann nicht herausfinden, was. Es ist definitiv nicht ausgeschlossen, dass Levis der Hase ist. Aber warum hat er auf Elias' Frage so komisch reagiert? Wusste er, dass die Polizei kommt?

Die Fragen lassen mich selbst am Abend nicht los, obwohl ich mich darauf freue, endlich Elias und Claire wiederzusehen. Auch mit Noah verstehe ich mich immer besser und es scheint einen Moment lang, als wäre alles wieder beim Alten. Erschöpft und müde schlafe ich mit diesem guten Gefühl ein, doch wache mit einem Gefühl der Angst wieder auf. Ich bin schweißgebadet und ringe nach Luft.

Ein lautes Schrillen ertönt neben mir.

Zu diesem Zeitpunkt habe ich alles erwartet, nur nicht diesen Anruf. Schnell schaue ich auf mein Handy. **2:34.**

Ich atme durch und hebe ab.

»Finn! Komm sofort her! Er hat alles zerstört. Der Hase! Ich … ich … VERDAMMT … Finn, HÖRST DU MICH??? DER HASE!!!«

12 Blutrote Sonne

Es gibt Tage, an denen du spürst, dass etwas passieren wird. Etwas, das du unmöglich aufhalten oder verhindern kannst. Sozusagen einen Punkt in deinem Leben, an dem du entweder zerbrichst oder aus dem du lernst. Früher habe ich immer geglaubt, es gibt eine dritte Option, die besagt, dass du aus dem Zerbrechen lernen kannst. Aber die gibt es nicht. Gewisse Gespräche, Momente und Situationen verändern dich. Wecken Gefühle, die du erst nicht gekannt hast. Heute ist so ein Tag. Ich weiß, dass etwas passieren wird und trotzdem stehe ich zitternd und frierend vor Phils Trödlerladen. Es ist mitten in der Nacht. Ich bin Bordys Nachricht sofort nachgekommen und zu ihm gerannt. Wieder ist es seine Stimme, die mich aus den Gedanken reißt.

»Finn, Gott sei Dank bist du hier. Komm rein und sei leise. Mein Vater schläft und ich will ihm ungern erklären, dass jemand bei uns eingebrochen ist.«

Bordy scheucht mich förmlich in sein Zimmer und verschließt danach die Tür. Mir stockt der Atem.

Die unzähligen Kabel wurden zerschnitten, der Kasten ausgeräumt und der gesamte Inhalt am Boden verteilt. Von der kleinen Lampe neben Bordys Bett sind nur mehr Splitter zu erkennen und die Vorhänge wurden in einzelne Fetzen aufgeschlitzt. Mitten im Zimmer liegt sein Laptop, den er immer für seine Recherchen benutzt. Der Bildschirm ist vollständig zersprungen und dort, wo sich eigentlich die Tastatur befindet, steckt ein Messer. Das Gerät wurde völlig unbrauchbar gemacht. Ich beruhige mich und setze mich aufs Bett.

»Sieht aus wie ein typisches Teenager-Zimmer.«

Als Bordy mich angespannt ansieht, verbessere ich mich. »Hey, ich werde dir helfen, das alles wieder in Ordnung zu bringen. Woher willst du überhaupt wissen, dass es der Hase war?«

Auf meine Frage hin kramt Bordy in den auf dem Boden liegenden Kleidungsstücken und bringt eine Packung Hasenfutter zum Vorschein.

»Hier. Das ist der einzige Hinweis, den ich gefunden habe. Das muss dieser Hase hinterlassen haben. Ich glaube nämlich nicht, dass mein esoterischer Vater dazu neigt, jeden Abend heimlich in mein Zimmer zu schleichen, um gepresste Hülsenfrüchte mit Heu und Körnern zu essen.«

Ich denke nach und weiß nicht, welche Überlegung mich mehr verstört. Dass ich Phil so eine Aktion wirklich zutrauen würde oder dass Bordy mitten an einem Tatort nichts Besseres zu tun hat, als die Verpackungsbeilage von Hasenfutter zu lesen.

»Finn? Sag doch was. Ich wusste nicht, dass dieser Hase, von dem du immer redest, wirklich so gefährlich ist. Was, meinst du, wollte er mit diesem Einbruch bezwecken?«

Nochmals schaue ich mich im Raum um. »Da ich nicht glaube, dass er an deiner Unterwäsche riechen wollte, will er dir wohl Angst machen. Oder er …«

Ich schaue auf den Laptop.

»Oder du bist ihm langsam auf die Schliche gekommen und er musste dich aufhalten. Was hast du in letzter Zeit an deinem Computer gemacht?«

Bordy überlegt einen Moment, dann antwortet er zögerlich.

»Es stimmt … ich habe versucht, dir zu helfen. Habe weitergeforscht. Über das Mädchen, das entführt wurde.

Bianca. Und über Fiona, die jetzt gerade in der Gewalt dieses Hasen ist. Ich habe überlegt, welche Gemeinsamkeiten beide miteinander verbindet. Vielleicht wollte ich einfach nur verstehen, weshalb gerade sie ausgewählt wurden.«

Ich werde nervös. »Und? Was hast du rausgefunden?«

»Nichts.«

»Was, wie meinst du das?«

»Na, außer ihrem Geschlecht verbindet sie überhaupt nichts. Beide waren keine Vorzeigeschülerinnen, aber ich glaube kaum, dass dieser Entführer alle bestraft, die schlechte Noten haben. Ich meine, wir reden hier noch immer vom ›Hasen‹ und nicht von Albert Einstein. Eines ist jedoch sicher: Er weiß, dass wir ihm auf der Spur sind.«

Der Klingelton meines Handys unterbricht das Gespräch. Ein Anruf von Elias. Ich will gerade abheben, doch Bordy hält mich auf.

»Finn! Verstehst du nicht, dass wir uns in ernsthafter Gefahr befinden?! Wir sollten uns aus der ganzen Geschichte raushalten. Meine wertvollsten Geräte wurden zerstört, meine Sachen durchwühlt, meine Daten vernichtet – ich habe keine Lust, dass mein Leben noch weiter den Bach runtergeht.«

Ich lasse den Anruf unbeantwortet und stecke mein Handy wieder in die Hose. Danach sehe ich Bordy direkt an. Ich sehe Angst, pure Angst. Damit meine ich nicht die Angst vor noch einer Packung Hasenfutter oder schlechten Noten. Er fürchtet sich davor, als Nächstes dran zu sein. In einen Keller gesperrt zu werden. Hungernd, verstört und blind vor Dunkelheit. Viele unterschätzen das. In einen kleinen Raum geworfen zu werden, in dem es weder Fenster noch andere Arten von Licht und auch keine anderen Menschen gibt. Erst hast du Angst, dann verfällst du in puren Wahnsinn und am Schluss … wirst du still in der Ecke sitzen. Nichts mehr fühlen, nichts mehr denken, von allen verlassen.

»Ich verstehe dich, Bordy, aber ich kann mich nicht raushalten. Gerade jetzt will ich es nicht. Vor ein paar Stunden habe ich noch geglaubt, alles hat ein Ende, doch es fängt anscheinend erst an. Ich weiß, das hier war ein Zeichen, dass wir näher sind, als wir glauben. Dass wir ihn bald haben, diesen verdammten …«

Ich beende den Satz nicht, sondern starre hilflos aus dem Fenster.

»Wenn du mir nicht helfen willst, dann musst du das nicht«, beginne ich wieder. »Du hast genug Opfer gebracht.«

Ein kleines Lächeln entkommt Bordy, doch augenblicklich verwandelt es sich wieder in puren Ernst.

Ein Lächeln?

Ist diese Reaktion von mir genau das, was er sehen will? Hat er das alles inszeniert, um den Verdacht von sich wegzulenken? Hat er an jenem Tag bei diesem Betriebsgelände mehr gemacht, als er zugeben will?

»Ja … ich halte mich ab jetzt raus. Danke für dein Verständnis.«

Ich stutze.

Warum sollte er das tun? Seine Sachen zerstören, sein Zimmer verwüsten? Ich reibe mir die Augen. Langsam werde ich wahnsinnig. Ich verdächtige jeden, egal ob Freund oder Feind.

Behutsam hebe ich ein paar Kleidungsstücke auf und lege sie in den Schrank. Ich benötige Ablenkung. Claire.

Ich unterdrücke diesen schönen Gedanken und fange an, zusammen mit Bordy ein wenig Ordnung in sein Zimmer zu bringen.

»Danke, Finn.«

»Kein Problem. Wir wollen doch alle nur, dass dieser Horror ein Ende findet.«

Bordy nickt.

Todmüde mache ich mich auf den Heimweg. Die aufgehende Sonne hüllt die Wolken und den leichten Nebel in eine blutrote und doch wunderschöne Atmosphäre. Wäre Claire jetzt neben mir, wäre dies ein schönes Ende in einem Liebesfilm oder einem Buch, doch statt dem Mädchen, das mich immer wieder aufs Neue verzaubert, habe ich eine Packung Hasenfutter in der Hand. Nichts Menschliches, wobei man heutzutage nicht wissen kann, was die Fabriken in ein solches Futter stecken. Die winzig kleinen Fremdwörter im Verzeichnis der sogenannten Ingredienzien könnten genauso gut »Gegrilltes Menschenbein mit Sojasauce« heißen. Bordy wollte die Packung nicht behalten und hat sie mir gegeben. Als hätte er Angst, dass dem Plastik Beine wachsen und er von lebendigen Konservierungsstoffen aufgefressen wird. Dann könnte ich aus dem Roman »Friedhof der Kuscheltiere« einen neuen Bestseller machen: »Friedhof der Tiernahrung«. Leider würde das Buch niemand lesen, da es mit mir als Autor sicher ein schlechtes Ende hätte. Ich meine, immer schafft es ein stinknormaler Typ mit plötzlichen Superkräften nicht, einen Schurken zu besiegen, der eine Waffe besitzt, die es schafft, ganze Planeten auszulöschen. Das Leben besteht eben nicht nur aus Geburtstagen, auch wenn ich mir das manchmal einrede.

Vor einer Woche habe ich auch noch gedacht, dass mich mein Terminkalender definiert. Dass mich mein Kleidungsstil und meine Arbeit ausmachen. Langsam begreife ich aber, dass das alles nur eine Lüge ist, um die tägliche Routine schönzureden. Was uns wirklich ausmacht, sind Gespräche, Erlebnisse, Freundschaften, Versprechen, die wir halten oder nicht einhalten, Risiken und eine große Portion Unwissenheit. Denn morgen sieht die Welt wieder anders aus. Und eigentlich müssen wir uns keine Gedanken darüber machen, wie sie aussehen wird oder was die Zukunft mit sich bringt. Ja, eigentlich müssen wir nur das machen, was sich richtig anfühlt, egal was morgen kommt.

Als ich mit meinem inneren Monolog fertig bin, komme ich zu Hause an. Erschöpft schleppe ich mich nach oben und ziehe meine Jacke aus. Mit letzter Kraft lege ich mich in mein Bett und schließe die Augen. Als ich kurz davor bin einzuschlafen, kommt meine Mutter ins Zimmer.

»Guuuuten Morgen, du Schlafmütze! Raus aus den Federn. Frühstück ist unten und beeil dich, sonst kommst du noch zu spät zur Schule!«

Ich lächle.

Fuck.

Claire gibt mir einen Klaps auf den Hinterkopf. »Finn?«

Ich rüttle mich wach. Vor lauter Müdigkeit bin ich wohl in der ersten Stunde bei Frau Saschek eingeschlafen. Das auch noch direkt auf Claires Schulter. Die kleine Lehrerin jedoch belächelt mich beim Vorbeigehen bloß und flüstert uns »Ein süßes Paar seid ihr« zu.

Als sie hinter der nächsten Ecke verschwindet, unterdrücken wir beide ein Lachen. »Hast du das gehört? Wir sind süß?! Die redet von uns ja, als wären wir zwei Zombie-Donuts mit Zuckerglasur.«

Ich grinse. »Das meint sie doch nur lieb. Tut mir leid, dass ich eingeschlafen bin, ich … hatte bloß eine unruhige Nacht.«

Claire streicht mir als Antwort die Haare aus dem Gesicht und sieht mich an. »Ist schon okay. Die Schule ist doch der romantischste Ort, den man sich vorstellen kann, um den berühmten Finn Mai auf seiner Schulter liegen zu haben.«

»Du bist ein Idiot«, sage ich und verdrehe meine Augen.

»Idiotin, wenn ich bitten darf.«

Das ist der Grund, warum ich mich in dich verliebt habe. Weil du etwas Besonderes bist, Claire. Ja, weil du etwas hast, was sonst niemand hat.

Das würde ich jetzt gerne sagen, doch das Einzige, was meinen Mund verlässt, ist ein unappetitlicher Gähner.

Claire nimmt das Gespräch wieder auf.

»Man tuschelt, dass sich unsere Lehrer ein neues Tier für ihr Lehrerzimmer besorgt haben. Dieser Fisch war anscheinend von einem Tag auf den anderen weg. Diesmal soll es, glaube ich, eine Schildkröte sein.«

Ich schnaufe. »Das würde zumindest erklären, weshalb uns Professor Summerspring letzten Freitag etwas über Schildkrötensuppe erzählt hat.«

»Hm, da könntest du recht haben. Also … ich hoffe nicht, dass du recht hast, aber unserer Schule ist alles zuzutrauen. Weißt du eigentlich, wo Elias ist, du verstehst dich doch in letzter Zeit so gut mit ihm?«

»Das stimmt. Ich verstehe mich wirklich gut mit ihm. Er ist einfach immer da, wenn ich ihn brauche. Weißt du … manchmal glaube ich, dass er …«

Erst jetzt verstehe ich, was mich Claire gefragt hat. Hektisch schaue ich zu Elias' Platz.

Leer.

Blitzschnell schaue ich auf mein Handy. Ich habe seinen Anruf gestern nicht beantwortet.

Ist etwas passiert?

Nein … nein, dafür ist er zu geschickt. Nur was wollte er gestern um drei Uhr in der Nacht von mir?

Wollte er mir sagen, dass er krank ist und deswegen nicht in der Schule sein kann?

Nein, Frau Saschek hat alle Schüler vorgelesen, die sich krankgeschrieben haben. Er war nicht dabei.

Ein ungutes Gefühl durchströmt mich.

Frau Klingenbach betritt den Raum, doch das ist mir in diesem Moment egal. Jegliche Komik, jeglicher Humor ist verschwunden. Ohne ein Wort zu sagen, stehe ich auf und gehe langsam zur Klassentür. Claire steht ebenfalls verwirrt auf und will auf mich einreden, doch ich ignoriere sie. Die Lehrerin schaut bloß verdutzt, als ich die Tür aufmache und, noch immer gefolgt von Claire, auf den Gang trete.

»Finn?! Hey, du kannst doch nicht plötzlich so geschockt sein, nur weil Elias nicht da ist. Leute fehlen nun einmal ab und zu. Vielleicht schwänzt er. Vielleicht …«

Sie verstummt, als sie sieht, dass ich ihr nicht richtig zuhöre. Alle Gespräche, die ich jemals mit Elias hatte, gehen mir gleichzeitig durch den Kopf.

Angefangen auf der Autofahrt nach Hohenkirchen.

Seine Worte …

»Ich habe mich entschieden, dabei zu sein, und ich ziehe es jetzt auch durch.«

Was hat Elias damit gemeint?

»Manchmal geht man in seinem Leben ein Risiko ein. Eines, bei dem man nicht weiß, ob es ein gutes Ende finden wird.«

Ich habe ihn nie darauf angesprochen, nie danach gefragt. Und vorgestern, als wir vor seinem Haus gesessen sind, war er wieder da … dieser Unterton in seiner Stimme. Ich kann mich noch genau an das Gespräch erinnern …

»Aber bring dich nie wieder in eine solche Gefahr, okay?«

Dann hatte er gelächelt und den Kopf geschüttelt.

»Das kann ich dir nicht versprechen. Noch nicht.«
»Was soll das denn heißen?«
»Na, dass ich noch eine Sache zu erledigen habe. Eine Sache.«

Meine Schritte werden schneller. Claire schafft es fast nicht, mit mir mitzuhalten. Mein Atem passt sich meinem rasenden Herz an, und ich biege in die Gasse hinter der Schule. Ich muss zu Elias.

»Ich habe über deine Worte letztens nachgedacht, und ich weiß jetzt, wer ich sein will.«

Die ganze Zeit habe ich nicht gemerkt, was eigentlich in ihm vorging. Was er mir sagen wollte. Jetzt weiß ich es. Es war ein Hilfeschrei. Vom ersten bis zum letzten Wort.

Ich werde noch schneller, weiß nicht, was mich erwartet. Aber eines weiß ich. Der Anruf gestern war nicht ohne Grund. Er würde nie so spät anrufen, außer …

Ich bleibe stehen.

Alles dreht sich. Mein Leben um mich, ich mich um mein Leben. Meine Beine werden wackelig, ich kann mich fast nicht mehr aufrecht halten. Claire schreit. Sie holt ihr Handy raus. Brüllt etwas. Ich glaube, es ist ein Notruf, doch ich bekomme fast nichts mit. Ich sehe nur ihn vor mir. Ohne jede Kraft gehe ich in die Knie. Ich befinde mich noch immer in der Gasse hinter meiner Schule. Meine Hose saugt sich mit Blut voll. Es ist nicht mein Blut.

»Weißt du, Elias, du hast recht. Man sollte manche Dinge wirklich alleine in die Hand nehmen.«

NEIN!

Ich schmecke Salz in meinem Mund. Tränen. Man sagt, Jungs sollten nicht weinen. Sollen stark bleiben, doch ich kann mich nicht dagegen wehren.

Langsam, ganz langsam berühre ich den leblosen Körper, der vor mir liegt. Ein Messer steckt in dem Bauch des Jungen. Ich blicke in seine offenen, toten Augen.

»Versprich mir, dass wir auch noch Freunde bleiben, wenn das alles vorbei ist.«

»Darauf kannst du dich verlassen.«

Darauf kannst du dich verlassen, hat er gesagt. Elias. Und jetzt liegt er vor mir. In der Gasse hinter der Schule.

Meine Hand wandert zu seinem Puls.

»Vielleicht ist alles gut, so wie es ist. Ich meine, wir sind ziemlich gute Freunde geworden. Das ist doch auch etwas.«

Nichts. Absolut nichts.

Elias, der Mensch, der mich am meisten verstanden hat, liegt tot vor meinen Füßen. Neben ihm eine Hasenmaske. Nicht die, die ich unter Lennys Bett fand, doch … ich weiß, dass es der Hase war. Ich weiß …

NEIN!

Ich weiß gar nichts.

Sirenen ertönen. Schüler strömen aus allen Richtungen herbei, schießen Fotos, starren auf die Leiche.

ELIAS!

»Du hast es mir versprochen«, flüstere ich in sein Ohr. Immer mehr Tränen ergießen sich über meine Wange und vermischen sich mit meinem Angstschweiß.

»Du hast versprochen, dass du immer bei mir sein wirst, wenn ich dich brauche. Jetzt brauche ich dich … hörst du?!«

Ich werde von Männern gepackt und weggezerrt. Ich werde lauter.

»Hörst du! Ich brauche dich, verdammt.«

Meine Augen sind so glasig, dass ich kaum etwas sehen kann.

»Ich gehe ein Risiko ein, Finn. Und das ist gut so.«

13 Ausgeliefert

An diesem kalten Mittag steht gefühlt die ganze Ortschaft an der Straße. Ich höre schon die Schüler miteinander tuscheln.

»Der Hase. Der Hase ist hier.«

Ganz ehrlich, als ich begonnen habe, diesen Mistkerl zu verfolgen, hätte ich nie geglaubt, dass er mir eines Tages eine so wichtige Person entreißen könnte. Das Einzige, was Elias wollte, war, nicht ohne Grund zu sterben. Er wollte, dass sich jemand an ihn erinnert.

»Du wirst nicht vergessen, mein Freund. Niemals«, flüstere ich, doch die Windbrise saugt meine Worte förmlich auf und lässt sie verschwinden. Auch Lenny sitzt verblüfft auf seiner Bank und tut so, als kenne er sich nicht aus. Vielleicht tut er das auch nicht, aber in diesem Moment brauche ich einen Schuldigen.

»Hast du jemals eine Leiche gesehen, Lenny? Die Leiche eines Freundes?«

Noch immer sieht mich mein Nachbar nichtsahnend an. »Was ist bei deiner Schule passiert? Ich habe Polizeiwagen vorbeifahren sehen. Und was soll diese Frage, Finn?«

»Du weißt genau, was los ist. Mörder.«

Abermals kämpfe ich gegen meine Tränen an.

»Was hast du gesagt?« Lenny kommt näher.

»Du hast mich schon gehört. Du verdammter …«

Meine Mutter kommt aus dem Haus und zieht mich ins Innere. Ich sehe, wie Lenny immer kleiner wird. Seinen ernsten und doch betroffenen Gesichtsausdruck. Dann wird die Tür zugeknallt.

Ich schlage mit der Faust gegen das Holz. Meine Finger schmerzen. Ich beschuldige Menschen, die ich nicht einmal richtig kenne. Lenny hat nichts damit zu tun. Die Hasenmaske am Tatort war nicht dieselbe wie die unter seinem Bett.

Er ist unschuldig.

Je öfter ich mir diesen Satz durch den Kopf gehen lasse, umso verlogener klingt er. Niemand ist unschuldig. Nicht, solange dieser Hase nicht vor mir kniet. Gefesselt. Und dann lasse ich ihn um Gnade flehen, dafür, dass er Fiona entführt und meinen besten Freund getötet hat. Eigentlich ist es aber egal, ob er um sein Leben flehen wird oder nicht, ich werde ihm diese Gnade nicht geben. Ich werde ihm die Maske vom Kopf reißen und in das Gesicht desjenigen sehen, der meinem Leben bloß Verzweiflung gebracht hat.

Finn. Hör auf so zu denken. So bist du nicht besser als der Hase.

Ich verfluche meine Gedanken. Ich verfluche sie, weil sie recht haben.

Bevor ich in mein Zimmer gehe, entdecke ich Noah, der mit einem ausdruckslosen Blick aus seinem Zimmer glotzt.

»Weißt du es schon, Noah?«

Keine Antwort.

»Noah?!«

Er zuckt zusammen und schaut mich an. Sein Atem ist schwer. »Ja. Ich weiß es schon.« Eine Träne kullert von seiner Wange.

Ich erinnere mich an die SMS von Elias an Noah. Sie müssen sich gekannt haben, wenn auch nicht gut. Erst verschwindet Fiona aus Noahs Leben und jetzt Elias. Langsam bemerke ich, dass ich nicht der Einzige bin, dem es schlecht geht.

»Ich … ich weiß nicht, was ich jetzt sagen soll.«

Und das weiß ich wirklich nicht. Normalerweise fällt mir zu so einem Zeitpunkt immer ein dummer Spruch ein, doch jetzt bleibe ich still. »Es tut mir leid«, ist das Letzte, was ich sage, bevor ich in mein Zimmer verschwinde. Noah hat sich verändert, genau wie ich. Solche Ereignisse würden vermutlich jeden verändern. Nur versuche ich etwas dagegen zu tun. Noah hingegen frisst den ganzen Kummer in sich hinein. *Wann habe ich ihn das letzte Mal lachen gesehen?*

Als mir diese Frage durch den Kopf geht, wird mir eines klar:

Ich kann das alles nicht alleine durchstehen.

Ich brauche meinen Bruder, meine Eltern (abgesehen von meiner kleinen Schwester, die nicht einmal fähig wäre, eine Fliege zu fangen, wenn diese tot vor ihr liegen würde), Claire und Bordy (ich hoffe, ich kann ihm vertrauen).

Ich muss öfter mit Noah reden. Ihm helfen und er mir. So stehen wir das durch. So und nicht anders.

Am nächsten Tag ist nicht nur die Stimmung beim Frühstück angespannt, auch auf den Straßen herrscht eine gruselige Stille. Gestern Abend hat sich die Tat wohl über alle Netzwerke und Social-Media-Apps verbreitet. Es existieren Bilder im Netz, die Elias tot in der Gasse zeigen. Als wäre sein Tod nicht schon schlimm genug, nein, man muss auch noch sein Handy herausholen und ein Foto davon machen.

Abartig.

Wäre Elias vor den Augen unserer Klassenkameradinnen umgebracht worden, hätten die Mädchen nur mit den Wimpern gezuckt, wenn sie ihren Eyeliner falsch aufgetragen hätten. Und Jungs, die würden es nicht einmal mitbekommen, weil sie zu sehr damit beschäftigt wären, das Handyspiel »Pou« zu spielen, in dem es darum geht, ein kleines braunes Ding zu füttern, bis es alt und fett wird. Das nennt man dann eine effektive Zeitverschwendung. Wie werden wohl die Kaffeekränzchen in sechzig Jahren aussehen?

»Na, und was hast du in deinem Leben so erreicht?«

»Naja, mein Pou hat einen grünen Hut und einen Fußball. So etwas haben meine Facebook-Freunde nicht.«

»Wow. Wirklich?! Du kannst echt stolz auf dich sein. Da hast du deine Lebenszeit wahrlich sinnvoll verbracht.«

So in meine Gedanken vertieft, bemerke ich den Schülerauflauf im Gang erst ziemlich spät. Auch einige Lehrer stehen laut diskutierend daneben und fuchteln mit den Armen. Als ich nähertrete, bemerke ich, was das Entsetzen auslöst. Plakate. Haufenweise Plakate. Es müssen Hunderte sein. Verteilt über den ganzen Schulgang.

Ich mustere den Inhalt und werde schlagartig wieder in die Realität zurückgeholt. Gestern Abend war ich nicht ansprechbar. Meine Mutter hat mehrmals versucht, in mein Zimmer zu kommen, doch ich habe die Tür verschlossen. Konnte nicht einschlafen, auf keine Nachrichten reagieren. Ich habe Zeit gebraucht, um über alles nachzudenken. Und jetzt, wo ich mitten in meiner Schule Plakate sehe, auf denen ein Hasenkopf abgebildet ist, kommt meine Wut wieder hoch. Unter jedem dieser Plakate steht ein einfacher Satz. »Macht ist nicht alles«, lese ich flüsternd vor.

Macht ist nicht alles.

Sie könnten die Schule für ein paar Tage schließen, alle Schüler nach Hause schicken. Das ist ein eindeutiges Zeichen. Das Zeichen des Hasen. Unser Direktor jedoch sitzt bloß auf seinem Ledersessel und tut nichts. Absolut nichts. Er will diese Warnung einfach nicht wahrhaben.

Das Läuten verleitet alle dazu, wieder in die Klassen zu gehen. Auch ich folge der Masse und setze mich auf meinen Platz neben Claire. Ein kurzes Lachen von ihr zeigt mir, dass es ihr gut geht. Mehr brauche ich in diesem Moment nicht. Ich beschließe, dass die Trauerzeit für Elias noch nicht abgeschlossen ist. Ich werde eines Tages auf einen Berg steigen, mit einem Bild von ihm, und es oben auf der Spitze verbrennen. Klingt ziemlich verrückt, doch das wird seiner unberechenbaren und gleichzeitig sanftmütigen Art am besten gerecht. Eines ist mir ebenfalls klar geworden: Jetzt ist keine Zeit dafür. Ich will nicht herzlos wirken, doch ich habe Elias ziemlich gut gekannt. Ich glaube … nein, ich weiß, er würde wollen, dass ich alleine weitermache. Dass ich das zu Ende bringe, was wir gemeinsam angefangen haben: die Verfolgung des Hasen.

Im Moment ist dieser Hase noch irgendwo. Womöglich weit weg. Doch ich werde …

»Achtung, Achtung! Wir bitten alle Schüler, sich sofort in die jeweiligen Klassenzimmer zu begeben. Weitere Informationen folgen. Es ist dieser Aufforderung unverzüglich Folge zu leisten. Der Direktor.«

Claire zuckt bei der Durchsage zusammen. »Mist. Ich wollte eben auf die Toilette gehen.« Sie sieht sich kurz im Klassenzimmer um. Niemand hat wirklich auf den Lautsprecher reagiert. Alle reden munter weiter und erzählen einander von ihrem letzten Wochenende. »Naja, wie es aussieht, kann ich noch kurz gehen.«

Ich packe sie am Arm. »Claire! Bitte bleib. Du hast gehört, was der Direktor gesagt hat.«

»Hm, und du glaubst jetzt, ich werde sterben, wenn ich auf die Toilette gehe? Du hast wohl zu viele Psycho-Filme gesehen.«

Ich schnaufe. Innerlich weiß ich aber, dass ich sie nicht daran hindern kann. »Dann beeil dich, okay? Und pass trotzdem auf, auch wenn ich weiß, dass du es mit tausend Psychos aufnehmen kannst.«

Sie formt einen Kussmund und gibt ein emotionsloses »Haha« von sich. Kurz darauf ist sie auch schon verschwunden. Ich geselle mich in der Zwischenzeit zu ein paar anderen Schülern, um mich ins Gespräch einzubauen. Auch Katja erzählt gerade etwas, doch sie stoppt, als sie mich sieht.

»Es tut mir leid, Finn. Ich weiß, dass du Elias gut gekannt hast.«

»Schon okay … danke, dass du daran denkst.«

»Ach, kein Problem. Ganz unter uns, diese Hasengeschichte ist schon ein bisschen lächerlich.«

Am liebsten hätte ich ihr ins Gesicht gespuckt.

»Katja? Jetzt im Moment befindet sich Fiona in der Gewalt dieses Hasen, der gestern jemanden umgebracht hat, und du nennst es lächerlich?«

»Nein, so meinte ich das doch nicht. Ich finde nur, dass sich manche Menschen da zu sehr reinsteigern. Vorher zum Beispiel habe ich einen Typen mit Hasenmaske in einem Auto vor der Schule warten sehen. Ich meine, wie krank muss man sein, dass man sich als Mörder verkleidet. Es ist doch noch nicht einmal Fasching.«

Mir läuft es eiskalt den Rücken hinunter.

»Und warum, verdammt noch einmal, willst du wissen, dass das nicht der wirkliche Täter war?«

Meine Stimme klingt aggressiv und ich muss mich zügeln, weil ich dieses Ungewisse kaum ertrage.

»Naja, ich habe die Maske am Tatort gesehen. Das war nicht dieselbe.«

Ich nehme Katja am Ärmel und ziehe sie von der Gruppe weg. Ganz nach hinten zu meinem Platz. Dann schnappe ich mir einen Stift und ein Blatt Papier.

»Katja, zeichne mir bitte die Maske auf, die du gesehen hast. Schnell!«

Meine Klassenkameradin sieht mich erst verunsichert an, beginnt dann aber zu zeichnen.

Ich weiß, dass sie das gut kann. Katja hat letztes Jahr den Malwettbewerb an unserer Schule gewonnen.

Angespannt schaue ich auf das leere Papier, auf dem sich langsam eine Maske zeigt. Ein Teil von mir glaubt zu wissen, was gleich zum Vorschein kommt. Der andere Teil hofft inständig, dass der erste sich irrt.

Doch er irrt sich nicht.

Es trifft mich wie ein Schlag ins Gesicht. Wie das erste Verschwinden meines Bruders und der Tod von Elias.

Gänsehaut breitet sich auf meinem Körper aus. Die bisher so lauten Stimmen meiner Kollegen werden zu einem nervigen Summen.

Die Maske, die gezeichnet vor mir liegt, ist dieselbe wie die unter Lennys Bett.

Der Mord, die Plakate, der Spruch darunter … die Durchsage. Claire.

Er ist hier.

Der kratzende Lautsprecher ertönt ein zweites Mal. Diesmal hört es jeder. Denn diese Worte vergisst niemand.

»Schließt sofort die Klassentüren.«

Keine nette Empfehlung mehr, ein Befehl.

»Ich wiederhole, schließt alles ab und wartet auf die Polizei. SOFORT.«

Einen kurzen Moment lang ist alles still.

Die Schüler.

Der Lautsprecher.

Ich.

Doch dann bricht eine regelrechte Panik aus. Die Schüler rennen wie wild von einem Punkt zum anderen. Holen ihre Handys raus. Eines der Mädchen fängt an zu weinen.

Und dabei wissen sie noch nicht einmal, was los ist.

»Er ist hier«, flüstere ich diesmal.

»Was? Wen zum Teufel meinst du?!«

CLAIRE!

Ich laufe in Richtung Tür. Ich muss zu ihr. Ein Junge aus meiner Klasse hält mich auf.

»Finn! Bleib hier, wir müssen zusperren. Hörst du?! Du kommst nicht mehr rein, wenn du jetzt verschwindest!«

Ich ignoriere ihn, reiße mich los und renne aus der Klasse. Hinter mir höre ich, wie die Tür zufällt und der Schlüssel umgedreht wird.

Er ist hier. Er muss hier sein.

Auf die Polizei kann man lange warten. Die nächste Polizeistation ist in einem anderen Ort. Ich bin für die nächsten Minuten auf mich alleine gestellt.

Völlig allein.

Im Gang herrscht komplette Stille. Alle Türen sind zu, wie der Direktor es angeordnet hat. Trotzdem rieche ich den Angstschweiß.

Was passiert als Nächstes?

Langsam gehe ich den Gang entlang. Versuche zu schleichen, doch meine Knie zittern zu stark. Ich schaue auf die Poster und sehe, dass manche zerkratzt und beschädigt wurden. Manchen Hasenköpfen wurden Brillen und Schnurrbärte gemalt.

Sie haben sich über ihn lustig gemacht, das war ihr Fehler.

Als ich knapp an den Klassen vorbeigehe, höre ich das Schluchzen von manchen Schülern. Sie wissen, dass es diesen Notruf nur zu einem Anlass gibt. Einem Anlass, den es an dieser Schule noch nie gegeben hat.

Einem Amoklauf.

Ich erschrecke fast zu Tode, als das Handy in meiner Tasche vibriert.

Eine Nachricht von Claire.

> Finn! Ich weiß nicht, was hier los ist, aber ich befinde mich momentan in der Bücherei. Ich bin sofort hingegangen, als ich die Durchsage gehört habe. Komm bitte, wenn du kannst, aber begib dich nicht in Gefahr.
> Wir sehen uns – Claire

Ich halte inne. Die Bücherei ist nicht weit entfernt. Einmal um die Ecke, den Flur entlang und dann rechts. Der wohl einzige Raum, den man nicht von innen verriegeln kann.

Ein Schuss.

Ich zucke zusammen.

NEIN. NICHT NOCH EIN TOTER.

Man hört Schreie. Spätestens jetzt ist allen klar, in welcher Gefahr wir uns befinden. Der Lautsprecher knarrt, als wollte jemand etwas sagen, doch anscheinend wurden die Kabel angeschnitten. Hinter der Ecke, die sich wenige Meter vor mir befindet, höre ich eine Tür knallen. Eine männliche Stimme ist zu vernehmen.

»Bitte. Bitte, lass mich einfach. Ich mache alles, was du willst, okay? Nur nimm diese verdammte Waffe von meinem Kopf weg.«

Die Stimme kommt mir bekannt vor.

Ein weiterer Schuss.

»Okay, okay! Ich bin ja schon still.«

Und dann fällt mir auf, woher ich sie kenne. Es ist die Stimme von Peta, dem Jungen, der meinen Bruder zusammengeschlagen hat. Mein Bruder. Ich könnte ihn anrufen, um Hilfe bitten. Er ist nur ein Stockwerk über mir, eingesperrt in seiner Klasse.

Nein! Ich muss mich meinen Ängsten alleine stellen, genau wie Elias es getan hat.

Das Wimmern von Peta holt mich wieder in die Gegenwart zurück und ich begebe mich weiter nach vorne. Ich muss durch den Gang, um zur Bibliothek zu kommen. Ich muss vorbei an …

Ich schlucke. Der Moment, auf den ich so lange gewartet habe. Der Hase. Immer bin ich ihm hinterhergelaufen, seinen Spuren gefolgt. Jetzt ist er nur einige Meter von mir entfernt. Ich presse meinen Rücken gegen die Wand, damit ich um die Ecke schauen kann.

Hier steht er also.

Ich kann mich nicht rühren, selbst wenn ich es wollte: Der Hase trägt Schuhe, die mehrmals mit Panzertape umrollt wurden, damit man ihre Ursprungsfarbe nicht sieht. Auch die engen Jeans und der Kapuzenpulli sind pechschwarz. Nur die weiße Hasenmaske sticht heraus. *Dieselbe wie unter Lennys Bett.*

Er richtet mit ausgestrecktem Arm eine Pistole auf eine Person, die sich am Boden zusammengekauert hat. Peta. Er blutet an der Stirn, doch ich erkenne keine Schusswunden. Die Schüsse müssen nur Warnung gewesen sein. Doch es handelt sich nur um eine Frage der Zeit, bis der erste trifft. Der Hase macht eine Armbewegung zur Seite.

Peta steht ohne einen Kommentar auf und humpelt den Gang entlang. Auf seinen Kopf ist noch immer die geladene Pistole gerichtet. Ein einziger Schuss und ein weiteres Leben ist vorbei …

Doch der Hase schießt nicht. Noch nicht. Stattdessen verschwinden beide hinter einer Glastür am Ende des Ganges. Mir wird schlecht, als ich erkenne, dass sie soeben in die Bibliothek gegangen sind.

Ich denke an Claire. An ihren Blick, wenn plötzlich ein Attentäter mit geladener Waffe und einer Geisel auf sie zukommt. Derselbe Attentäter, der auch das Mädchen in ihrer vorigen Schule entführt hat. Bianca. Ja, der Grund, weswegen sie umgezogen ist. Doch sie ist hier nicht sicher. Nicht mehr.

Was, wenn der Typ es auf sie abgesehen hat? Wenn er weiß, dass sie in der Bibliothek auf mich wartet? Ist es eine Falle?!

Egal. Ich muss zu ihr. Wenn ihr jetzt etwas zustoßen sollte, würde ich mir das nie verzeihen.

Ich folge der Blutspur am Boden, obwohl ich genau weiß, wohin sie führt. Und ich liege richtig. Nach wenigen Sekunden befinde ich mich vor der Tür zur Bibliothek.

Unsere Bibliothek ist ziemlich groß, hat mehrere Gänge, die, nach dem Alphabet geordnet, die verschiedensten Bücher beinhalten. Zwischen jeder dieser Reihen steht ein Holztisch mit einem Computer.

Wenn sich Claire irgendwo versteckt hat, dann dort.

Ich trete über die Türschwelle. Schaue mich um. Nichts. Nur ein leises Wimmern ist aus dem hinteren Teil der Bücherreihen zu hören.

Ich schleiche. Hoffe, dass mich der Hase nicht hört. Dass er nicht genau weiß, wo ich mich befinde.

Noch ein paar Schritte und ich bin in der Mitte des Raumes. Ich schaffe das.

Ich muss es schaffen.

Kurz vorm Ziel stoppe ich. Der Finn von vor zwei Wochen hätte das nicht gemacht. Wäre weggelaufen, schreiend oder weinend. Doch jetzt stehe ich hier, auch wenn ich weiß, dass ich gleich dem Tod entgegenblicken werde.

Nicht nachdenken. Gehen.

Ich atme tief ein und aus und mache den entscheidenden Schritt.

»FINN! Lauf weg, verflucht nochmal!«

Es ist Claire, die mir zuruft, doch es ist schon zu spät. Ich kann nicht mehr reagieren. Die Pistole ist direkt auf meinen Kopf gerichtet.

Der Hase.

Er steht neben mir. Nah genug, um sauber in meinen Kopf treffen zu können. Vor ihm liegt ein lebloser Körper. Peta. Etwas weiter rechts ist Claire. Sie kniet am Boden, die Hände hinter dem Kopf, als würde sie gleich hingerichtet werden.

»Ist er tot?«, frage ich langsam und schaue in Richtung Peta.

»Nein, er wurde bewusstlos geschlagen. Er hat sich gewehrt. Nur *wir* werden gleich tot sein, wenn du weiter solche Fragen stellst«, zischt mir Claire zu, ohne mich einmal anzusehen. Man merkt ihre Anspannung.

Ich lasse den Blick von der Pistole zum Hasen wandern. Schaue ihm direkt in die Augen. Zwei kleine Schlitze ermöglichen der Person hinter der Maske das Sehen.

Wer wird wohl zum Vorschein kommen, wenn ich sie herunterreiße?

Ich würde es erfahren. Höchstwahrscheinlich mit einem Loch im Bauch, doch ich würde es wissen.

Ist es einer meiner Klassenkameraden?

Kenne ich die Person überhaupt?

Der Hase deutet mit einer Geste nach unten. Ich soll mich hinknien.

Ist es Levis Berger, der Holzfäller, der aus dem Gefängnis ausgebrochen ist? Bordy? Frau Klingenbach, trotz ihres Alibis?

Ich halte den Atem an.

Mein Nachbar? Lenny Förster? Der etwas zu nette Mann von gegenüber?

Eines ist mir klar: Wenn ich mich jetzt hinknie, ist alles vorbei. Ich habe dann keine Chance mehr, mich zu wehren.

Wir werden beide sterben.

Der Hase wiederholt seine Geste, diesmal penetranter als zuvor. Er hat es eilig. Er hat es eilig, die Zeugen auszulöschen.

Die Polizei sollte gleich hier sein.

Noch einmal schaue ich nach links und rechts. Nichts, was mir helfen könnte. Dennoch habe ich mir geschworen, auf Claire aufzupassen, dass ihr nicht dasselbe passiert wie Elias. Ein letztes Mal hole ich Luft und tue etwas, was ich mir selbst niemals zugetraut hätte.

Ich schnelle nach vorne, packe die ausgestreckte Hand des Hasen und reiße sie zur Seite. Die Pistole fliegt aus der Hand des Attentäters und landet am Boden.

»LAUF, CLAIRE!«

Ich bücke mich, um die Pistole aufzuheben, doch ich bekomme einen Ellbogen in den Rücken gerammt. Ein fürchterlicher Schmerz. Ich schreie. Im Augenwinkel sehe ich, wie Claire noch immer wie angewurzelt dasteht.

»BITTE, LAUF DOCH«, keuche ich mit letzter Kraft. Sie reagiert. Schreit mir zu, dass sie Hilfe holt.

Ehe ich antworten kann, umschlingt eine Hand meinen Hals. Ich spüre den warmen Atem des Hasen an meinem Ohr. Sein pochendes Herz an meinem Rücken. Um mich schlagend versuche ich mich aus dieser Position zu befreien. Vergeblich. Ich bekomme keine Luft. *Ersticke ich?*

Als ich gerade die Hoffnung aufgeben will, wird der Griff lockerer. Der Hase schleudert mich von sich weg. Ich pralle gegen eine Holzwand und sacke zu Boden.

Luft!

Ich ringe nach Sauerstoff, versuche mich aufzurappeln.

Sirenen. Polizeisirenen!

Als ich hoffnungsvoll nach oben blicke, schaue ich in den Lauf der Pistole. Der Hase hat sie aufgehoben und steht direkt vor mir. Ich habe keine Kraft mehr, mich zu wehren. Keine Kraft mehr, um nach Gnade zu flehen. Ich liege einfach nur schlaff da und warte auf den entscheidenden Schuss.

Doch er kommt nicht.

Stattdessen sehe ich, wie die Pistole von mir abgewandt wird und sich der Hase ruckartig zu Peta begibt. Er hebt ihn mit einem gekonnten Griff auf seine Schultern und verschwindet mit schnellen Schritten aus der Bibliothek.

Mir werden zwei Dinge klar.

Erstens: Der gefürchtete Hase hat mich soeben verschont.

Zweitens: Peta wurde vor meinen Augen entführt und ich konnte nichts dagegen machen.

Bei einer Sache bin ich mir jedenfalls sicher:

Das nächste Mal wird er schießen.

Eine Minute später stürmen Polizisten die Bibliothek. Helfen mir hoch, bringen mir etwas zu trinken. Ein Mann in braunem Mantel kommt kurze Zeit später nah an mich heran, fragt mich etwas. Ich antworte nur knapp.

»Der Hinterhof. Er ist über den Hinterhof geflohen.«

Einer der Polizisten schreit etwas durch ein Megafon. Ein paar andere verschwinden. Ich bleibe still sitzen. Schaue auf den Boden.

Er war vor mir. Der Moment, auf den ich schon so lange gewartet habe. Und was ist passiert? Ich sitze mit blauen Flecken und Nasenbluten in der Bibliothek meiner Schule. Eins zu null für den Hasen. Nur was ist, wenn das nächste Mal nicht so gut ausgeht?

»Ich werde es herausfinden«, denke ich und stehe auf.

Er will ein Spiel spielen? Das kann er haben!

Auch wenn ich Fiona nicht gekannt und mich mit Peta nicht sonderlich verstanden habe, werde ich sie retten. Jetzt erst recht.

Als ich zu Hause ankomme, muss ich unbedingt mit meinem Bruder sprechen. Er erzählt, was sich im oberen Stockwerk abgespielt hat. Die anderen Schüler haben gar nicht so viel von der Massenpanik mitbekommen. Außer die Schüsse, die hat jeder gehört.

Am Abend treffe ich mich mit Claire. Sie hat keine weiteren Schäden davongetragen.

Zum Glück!

Mit einem Seufzer setzt sie sich neben mich. Wir befinden uns etwas abgelegen von unserem Ort auf einem Hügel. Die Sonne ist schon untergegangen und wir machen es uns auf einer kleinen Bank gemütlich. Und über uns, da sind die Sterne. Hunderte. Tausende.

»Na, wie fühlt man sich so als Lebensretter?«

Ich werde rot.

»Das hätte doch jeder geschafft.«

»Ein Selbstmordkommando zu starten? Ja. Das schon. Aber eines zu starten, ohne dabei zu sterben, nicht.«

»Ach, hast du auch nur einen Moment gedacht, wir könnten sterben?«

»Ja. Du nicht?«

Ja, habe ich.

»Nein!!! Ich hatte alles unter Kontrolle.«

Ich nehme Claires Hand. Sie schmunzelt.

»Was ist wichtiger, der zu sein, der man sein will, oder auf sein Herz zu hören?«

Ich schaue sie ratlos an. »Ich … schätze, auf sein Herz zu hören.«

»Und meinst du … man kann so sein, wie man sich selbst haben will?«

»Ja, wir können schon, aber ob wir es sollten, ist die andere Frage.«

Claire lässt meine Hand los, steht auf und dreht sich im Kreis. Danach lässt sie sich ins Gras fallen.

»Wow. Von hier unten sieht alles so groß aus. Komm, leg dich her.«

Etwas widerwillig lege ich mich neben sie.

Sie hat recht.

»Siehst du die Sternbilder? Da drüben zum Beispiel ist ein Panther. Und hier ein Hängebauchschwein! Ganz hinten ist …«

»Warte, was? Ein Hängebauchschwein?! Du meinst den kleinen Wagen.«

»Ach, Finn! Belebe deine Kreativität. Wir können alles sehen und alles sein, wenn wir es nur wollen.«

»Und wenn ich immer bei dir sein will?«

Claire schaut mich halb ironisch, halb ernst an. »Okay, okay. So abwegig darf es dann auch nicht sein.«

Sie lacht und schlingt die Arme um meinen Hals. »Das war ein Spaß, Idiot. Lass uns den Moment genießen. Wir zwei gegen den Rest der Welt. Uns kann nichts passieren.«

»Ja, uns kann nichts passieren«, sage ich und wünsche, dass ich es selbst glauben könnte. Doch das kann ich nicht. Jetzt wird es ernst. Der Hase wagt sich in die Öffentlichkeit. Schreckt nicht davor zurück, eine ganze Schule zu terrorisieren.

Er bereitet sich auf etwas vor.

Auf etwas Größeres.

Und ich bin mittendrin.

In den nächsten Tagen entscheidet sich alles.

In den nächsten Tagen entscheidet sich, wer am Leben bleibt und wer stirbt.

14 Gut oder böse

Warum nennt man sich »Der Hase«?

(Diese harmlosen Tiere können einem doch nichts tun. Außer, dass sie mit ihren Ohren aussehen wie eine behaarte Version von Dumbo, haben sie keine besonderen Merkmale.)

Ich würde mir erst dann einen Hasen zulegen, wenn mir eine unbekannte Verehrerin ein paar Kilo Karotten kaufen würde (weshalb auch immer). Das können diese Tiere nämlich gut. Fressen.

Wow. Vielleicht habe ich doch mehr Gemeinsamkeiten mit ihnen als ich dachte.

Der Täter will uns damit etwas sagen und ich glaube nicht, dass die Botschaft »Esst mehr Karotten« lautet.

Er benutzt ein solch harmloses Tier, um es in eine Horrorgestalt zu verwandeln.

Vielleicht bin ich es aber auch nicht gewohnt, dass mich jemand blutverschmiert mit einer Pistole bedroht und dabei eine Hasenmaske trägt.

Trotz des Attentats hat die Schule nicht geschlossen. Der Direktor will anscheinend weitermachen wie zuvor. Sein Plan geht jedoch nicht auf, denn nur rund die Hälfte der Schüler erscheint zum Unterricht. Ich verstehe die Eltern völlig, die ihre Kinder nach so einem Vorfall zu Hause lassen.

Ich erscheine. Vielleicht aber auch nur, um mich zu vergewissern, dass es Claire gut geht und ihr nichts passieren kann. Wer weiß, was passiert wäre, wenn ich nicht rechtzeitig reagiert hätte.

Schläfrig will ich gerade in das Klassenzimmer biegen, als mich Professor Summerspring aufhält.

»Hey, Finn. Komm mal kurz mit. Wir haben etwas zu erledigen.«

Verwirrt folge ich meinem Biologielehrer in den Gang mit den Hasenplakaten. Sie hängen noch immer dort. Ich stelle mich zu zwei anderen Jungs und schaue erwartungsvoll Herrn Summerspring an.

»Nun gut, wie ihr sehen könnt, hängen diese Teufelswerke noch immer hier. Ich will, dass ihr die Plakate abhängt. Jedes einzelne. Ihr werdet von mir in der ersten Stunde entschuldigt.«

Schweigen.

Ich bemerke Claire erst, als sie neben mir steht und zu reden beginnt.

»Ich glaube nicht, dass das so eine gute Idee ist, Professor.«

»Und warum glaubst du das, Claire?«

Seine Stimme klingt provokant. So, als hätte er schon damit gerechnet, auf Widerspruch zu stoßen.

»Sie wurden aus einem guten Grund aufgehängt. Wäre ich dieser Attentäter, würde ich dieses Vorhaben als Kampfansage interpretieren. Warten Sie einfach noch ein paar Tage, bis der Anschlag nicht mehr so präsent ist.«

Professor Summerspring wirkt höchst unbeeindruckt.

»Claire, ich muss keine Kampfansage starten, wenn der Kampf schon längst begonnen hat. Also hängt diese Plakate ab oder ich sage dem Direktor, dass er eure Eltern kontaktieren soll.«

Ein Befehl?! Darf Professor Summerspring das überhaupt?

Ich schaue zu Claire und schnaufe. »Es hat keinen Sinn, etwas dagegen zu sagen. Hängen wir die Plakate einfach ab, okay?«

Sie sieht mich fassungslos an, behält aber ihren Kommentar für sich. Wütend geht sie zum nächsten Hasenbild und reißt es mit nur einer Handbewegung von der Wand.

»Manche Schüler werden das nicht gutheißen. Es wird sich herumsprechen, wer den Auftrag gegeben hat. In der Pause weiß es jeder.«

Sie wirkt verletzt. Das Erlebnis von gestern hat sie mehr erschüttert, als sie es zuerst zugegeben hat. Aber sie hat begriffen, dass es in diesem Fall nichts nützt, Dingen nachzutrauern. Es muss gehandelt werden. Und so reiße auch ich ein Plakat nach dem anderen herunter.

Tue ich gerade das Richtige?

Vielleicht gibt es kein Richtig oder Falsch, sondern bloß Schicksal.

Aber wenn es bloß Schicksal gibt, warum ist Elias dann tot, warum sind Fiona und Peta entführt?

Ich muss den Grund herausfinden … ich muss.

In der Pause verschwinde ich auf den Raucherhof, um, pointiert gesagt, frische Luft zu schnappen. Ich rauche zwar nicht, aber ich halte es in diesem Gebäude keine Minute länger aus. Von hier aus kann ich gerade beobachten, wie die Müllabfuhr an unserer Schule anhält und die Hasenplakate mitnimmt. Jeden einzelnen Fetzen.

»Na? Bist du etwa zum Raucher geworden?«

Noah.

»Nein, ich brauche einfach ein bisschen Ruhe. Da die meisten hier damit beschäftigt sind, sich Rauch in ihre Lungen zu pumpen, habe ich sie auch.«

Dass wir das klarstellen, ich habe nichts gegen Raucher. Einer meiner Familienangehörigen ist sogar einer. Seinen Namen weiß ich nicht. Habe diese Person womöglich verdrängt. Das liegt aber weniger am Rauchen als vielmehr daran, dass diese Person, wenn ich mich recht erinnere, Gras im Kinderwagen anbaut. Ich meine, wie lächerlich kommt das denn rüber.

»Und warum bist du hier?«, frage ich meinen Bruder.

»Vermutlich aus dem gleichen Grund wie du.«

»Vermutlich?«

»Naja, Professor Summerspring ist völlig verrückt geworden. Der tut so, als wäre es seine Aufgabe, diesem Attentäter die Stirn zu bieten. Würde mich nicht wundern, wenn er als Nächstes entführt wird.«

Ich will gerade antworten, als ich Lenny Förster auf der Straßenseite gegenüber entdecke. Mein Herz beginnt schneller zu schlagen.

Lenny hat seinen Strohhut schützend über sein Gesicht gezogen und schaut Richtung Schule. In der rechten Hand hält er ein Fernglas.

»Noah. Siehst du den Mann dort drüben?«

»Ja. Das ist doch unser Nachbar. Was soll mit ihm sein?«

»Hm, findest du es nicht ein bisschen komisch, dass er sich hier herumtreibt?«

Noah lächelt. »Finden wir heraus, warum er es tut.«

Bevor ich etwas dagegen sagen kann, schreit mein Bruder auch schon über den gesamten Platz. »Hey Lenny! Was machen Sie denn hier?«

Lenny zuckt zusammen. Als er sieht, von wem die Frage gekommen ist, nimmt er den Strohhut vom Kopf.

»Ich bin wegen der Vögel hier! Wusstet ihr denn nicht, dass ich hobbymäßig das Verhalten von Vögeln studiere? Klingt vielleicht langweilig, aber wenn man sich damit näher beschäftigt, dann …«

»Ja, ja!« Mein Bruder würgt sein Gerede ab. »So genau wollte ich es auch gar nicht wissen.«

Vögel?

Ich muss lachen. So ein schlechtes Alibi habe ich noch nie gehört. Die einzigen Vögel, die es hier gibt, sind Tauben, und für die braucht man definitiv kein Fernglas. Man bemerkt spätestens dann eine, wenn einem Vogelkacke vom Kopf rinnt. Da würde es schon glaubhafter rüberkommen, wenn er sagen würde, dass er vorhat, mit einer selbstgebauten Rakete zum Mond zu fliegen. Das hätte wenigstens Stil.

Und so ganz nebenbei wäre ich ihn los.

»Komm, lass uns wieder reingehen. Die nächste Stunde beginnt gleich.«

Ich folge Noah. Davor drehe ich mich noch ein letztes Mal zu Lenny um. Er lächelt und winkt mir zum Abschied. Ich überdrehe nur meine Augen und schließe die Tür hinter mir. Sonderlich gut auf ihn zu sprechen bin ich immer noch nicht.

Alles was mit der Entführung zu tun hat, macht mich momentan einfach nur aggressiv. Vielleicht ist es aber gar keine Aggression, sondern eher Traurigkeit. Darüber, dass ich anscheinend nicht dazu in der Lage bin, meine Freunde zu beschützen.

»Und, Finn, welche Stunde hast du jetzt?«

»Geografie«, gebe ich als trockene Antwort. Mir wird schon schlecht, wenn ich nur an unseren Lehrer denke. Herrn Professor Summerspring. Auch wenn ich mich von Biologie abgemeldet habe, muss ich ihn noch immer in Geografie ertragen. Ich bezweifle, dass er überhaupt Professor ist. So wie ich es beurteilen kann, ist er eher Metzger. Herr Kotzbrocken Summerspring. Ein viel besserer Titel, wenn ihr mich fragt.

»Na dann. Viel Spaß.«

Mein Bruder verschwindet in das obere Stockwerk. Aus dem Augenwinkel kann ich gerade noch ein paar durchtrainierte Machos erkennen, die oben auf ihn warten. Vermutlich um ihm dumme Kommentare an den Kopf zu werfen. Ihn runterzumachen.

Wow.

Zwei Leute wurden auf brutalste Art und Weise entführt, ein anderer getötet, und diese Typen haben nichts Besseres zu tun, als weiter die Weiberhelden zu spielen.

Obwohl Weiberheld sicher der falsche Begriff ist. In manchen Hollywood-Filmen wird das leider so dargestellt. Ich kann mir trotzdem nicht vorstellen, dass irgendeine Frau jemals darauf stehen könnte. Wie würde denn sonst die Konversation aussehen? Wahrscheinlich so:

»Hallo Schatz! Heute habe ich drei Leute beleidigt, zwei davon geschlagen, eine Schnecke zertreten und vier Kinderspielzeuge zerstört. Das Beste – das eine Kind hatte auch noch Geburtstag!« – »Och, du bist so süß, Honey! Ich bin stolz auf dich. Lass uns miteinander schlafen, das hast du dir wirklich verdient!«

Ich werde etwas dagegen unternehmen. Ob ich zum Direktor gehen soll oder ob ich es auf eigene Faust mache, weiß ich noch nicht. Ich bin mir zumindest sicher, dass es so nicht weitergehen kann. Noah sollte nicht sein ganzes Leben lang gemobbt werden. Weder von seiner Familie noch von seinen Mitschülern und am allerwenigsten von diesem Hasen. Er hat ihm schon zu viele Freunde genommen.

Genau wie mir …

Wenn dieser Fall gelöst ist, werde ich alles in meiner Macht Stehende tun. Doch momentan bleibt mir nichts anderes übrig, als im Unterricht von Professor Summerspring zu sitzen und auf die leere Tafel zu starren. Es sitzen nur mehr vereinzelt Schüler an den Tischen vor mir. Die meisten sind zu Hause geblieben.

Summerspring betritt mit einem Türknallen das Zimmer. In der linken Hand hält er einen Kaffeebecher. Der Inhalt ist aber keineswegs Kaffee, sondern Wasser. Diesen Becher hat er schon seit Jahren und ich frage mich, ob Grün seine Ursprungsfarbe ist oder ob der Schimmel schon alles andere überdeckt. Jeden Tag in der Früh schickt er einen Schüler vom Unterricht weg, damit er ihm Wasser holt. Er stellt den Becher auf den Lehrertisch und wendet sich uns zu.

»Bei euch hat sich also auch die Hälfte verkrochen. Feiglinge!«

Niemand traut sich etwas zu sagen.

»Ihr braucht keine Angst mehr zu haben. In der Direktion sind zwei Polizisten, die die nächsten Tage hier Wache schieben.«

»Und Sie glauben ernsthaft, dass das diesen Geisteskranken aufhalten kann?«

Die Aussage kommt von Katja. Gestern hat sie noch anders gewirkt, so als würde sie den Hasen eher als lustig empfinden.

Die Zeiten haben sich geändert.

Professor Summerspring streift durch die Reihen und bleibt vor ihrem Platz stehen.

»Ja, das glaube ich«, zischt er ihr etwas leiser zu. Danach wird seine Stimme wieder lauter.

»Dieser Attentäter wird in ein paar Tagen geschnappt werden und ich versichere euch, er wird niemandem mehr Schaden zufügen.«

Ich schmunzle.

»Ich glaube, es hat auch niemand damit gerechnet, dass er in der Schule zuschlagen wird. Woher wollen Sie also wissen, was er als Nächstes vorhat, Professor?!«, sage ich und kneife meine Augen zusammen.

Summerspring nimmt einen kräftigen Schluck von seinem Wasser und wischt sich mit seinem Ärmel über den Mund.

»Ich war zum Zeitpunkt des Attentats zwar nicht in der Schule, aber …«

»Eben!« Diesmal redet Claire. »Sie wissen gar nichts von der Aufregung, die hier geherrscht hat.«

Er war nicht in der Schule? Was zur Hölle hat er getan?

Der Professor wird lauter. »Claire! Schon wieder muss ich so etwas von dir hören.«

Er kommt näher an die Schülertische.

»Ihr tut so, als wäre dieser Hase Gott. Als könnte er alles, wüsste er alles und als handelte er wie ein Meister seines Fachs. Doch das tut er nicht! Er wird schneller geschnappt sein, als …«

Professor Summerspring hört mitten im Satz auf zu reden.

Er wirkt blass.

»Als …«

Seine Worte verwandeln sich in ein Gurgeln. Er ringt nach Luft, hustet.

Warum hat er bloß die scheiß Plakate abhängen lassen?!

Mit seiner rechten Hand zeigt er auf einen Sessel vor ihm. Sie zittert.

Einer der Schüler eilt herbei, um ihn dem Lehrer zu bringen.

Zu spät.

Unser Lehrer bricht mitten in der Klasse zusammen. Zuckend und gurgelnd.

»MACHT DOCH IRGENDWAS!«

Claire springt von ihrem Sessel auf. »Katja! Lauf schnell zum Lehrerzimmer und hol Hilfe.«

Sie nickt.

Ja, sie nickt und aus dem Mund unseres Lehrers quillt weißer Schaum.

Seine Augen haben sich gerötet.

Das Wasser! Es war etwas im Wasser!

Ich renne zu ihm und hebe seine Beine, um den Kreislauf zu stabilisieren. Gut kenne ich mich nicht aus, doch etwas Besseres fällt mir nicht ein.

Er darf nicht sterben. Egal was er getan hat.

Panik bricht aus.

Sehen wir gerade unserem Lehrer beim Sterben zu?

In der nächsten Sekunde stürmen auch schon die Polizisten in den Raum. Ich gehe hastig weg.

»Bitte, alle mal raus!«

Die Stimme des Polizisten klingt hart.

»Lasst ihn nicht sterben«, flüstere ich, auch wenn ich weiß, dass es niemand gehört hat.

Lasst ihn nicht sterben.

Die Schüler wurden sofort nach dem Anschlag gebeten, nach Hause zu gehen, doch Claire und ich sind geblieben. Wir sitzen auf einer Bank im Raucherhof, als einer der Polizisten auf uns zukommt. Es ist ungefähr eine Stunde vergangen, seitdem Professor Summerspring zusammengebrochen ist.

»Ihr könnt beruhigt nach Hause gehen. Eurem Lehrer geht es gut.«

»Was war denn genau los?«, frage ich und stehe auf.

»Nichts Lebensgefährliches. Da wollte sich wohl einfach jemand einen dummen Scherz erlauben. Es war zwar nicht ungefährlich, aber er wird keine bleibenden Schäden davontragen.«

»Danke für die Info.«

»Kein Problem. Hast gute Hilfe geleistet, Junge.«

Ich nicke. Danach schnappe ich mir Claires Hand und ziehe sie von der Schule weg.

»Die Schule wird nicht mehr so schnell aufmachen.«

»Da hast du recht.« Claire wirkt nachdenklich.

»Fiona und Peta müssen wohl gerade durch die Hölle gehen. Das wünsche ich nicht einmal meinen schlimmsten Feinden.«

»Wie kann eine so wunderbare Person wie du Feinde haben?«

Ein kleines Lächeln spielt um ihren Mund, doch es hält nicht lange an.

»Der Hase hätte allen Grund, mir etwas anzutun, Finn. Deswegen habe ich ja solche Angst und bin umgezogen.«

Ich streiche ihr die Haare übers Ohr.

»Warum sollte er?«

»Warum er sollte? Naja, ich habe tatenlos zugesehen, wie er psychisch gebrochen wurde. Ich habe Nachrichten versendet, deren einziges Ziel es war, einen Menschen runterzumachen.«

Sie wirkt verletzt.

»Und das alles nur, weil ich dazugehören wollte … ich bin ein Monster.«

»Nein, bist du nicht. Du hast Fehler gemacht, so wie jeder. Aber das liegt in der Vergangenheit. Es geht darum, wie du jetzt handelst, und ich kann dir versichern, du hilfst mir gerade mehr als du glaubst. Du bist unglaublich, Claire.«

»Wehe dir. Noch ein Kompliment und …«

Ich küsse sie.

»Sehen wir uns später bei mir?«

Claire nickt. »Was hast du denn jetzt noch zu tun?«

Ich bleibe stehen, und meine Miene verfinstert sich.

»Ich gehe vermutlich zu der einzigen Person, die uns jetzt noch helfen kann.«

»Bordy?! Was genau machst du da?«

Verblüfft stehe ich vor Phils Trödlerladen. Die meisten Artikel wurden aus den Reihen geräumt und in große Kartons verpackt. Ein Geschlossen-Schild hängt an der Tür.

Ich hatte die Hoffnung, dass mir Bordy helfen kann. Abgesehen davon, dass er schon manche Dinge getan hat, die verdächtig wirkten, wüsste ich nicht, weshalb er der Hase sein sollte. Bei ihm wurde eingebrochen und auch er hat Elias gekannt. Sie haben sich doch verstanden …

Man kann von Bordy halten, was man will, aber er kann verdammt gut mit der neuen Technik umgehen. Er kann Fälle nachrecherchieren, Leute entlarven. Ich wäre alleine nie draufgekommen, was mit meinem Opa passiert ist.

Und jetzt … jetzt stehe ich vor einem verlassenen Laden.

»Wir ziehen um, Finn.«

»Bitte sag mir, dass das ein schlechter Scherz ist.«

»Erstens: Meine Scherze sind immer gut. Zweitens: Bitte verschwinde, ich muss meinem Vater helfen.«

Ich bleibe fassungslos stehen.

»Ernsthaft?! Nach allem, was bis jetzt passiert ist, willst du mich alleine lassen? Du willst dich einfach so aus dieser Sache raushalten?«

»Ja. Und das rate ich dir auch.«

Bordy tritt näher zu mir. Ich spüre seinen Atem.

»Dieser Hase ist gefährlich. Wirklich gefährlich. Erst dachte ich, er wäre harmlos, aber ich habe mich wohl geirrt. Versteh doch endlich, dass das eine Nummer zu groß für dich ist. Du wirst sterben, Finn. Tu das Richtige und halte dich von dem Fall fern.«

Als Antwort nehme ich einen Karton und hebe ihn in den Wagen.

»Was machst du da?«

»Ich tue das Richtige und helfe dir.«

Ich packe einen zweiten Karton an und halte kurz inne, als er verstaut ist.

»Bordy! Ja, jetzt im Moment ist es das Wichtigste, dir zu helfen. Einem Freund zu helfen. Ich vertraue dir, weil ich weiß, was du willst. Aber es ist auch gut, den Leuten zu helfen, die sich auf mich verlassen. Egal was passieren wird. Ich tue das, was sich gut anfühlt, und worauf ich am Ende des Tages stolz sein kann. Und wenn du darauf stolz bist, mit deiner Familie in eine andere Ortschaft zu ziehen und mich im Stich zu lassen, dann ist es ebenfalls das Richtige.«

Ein dritter Karton.

»Es tut mir leid, mehr kann ich nicht sagen. Ich habe Angst, Finn. Ich … ich beneide dich. Wirklich. Du kannst nach alledem noch so ruhig bleiben. Bist so mutig. Ich bin einfach ein Mensch, der lieber vor seinen Problemen davonrennt, als sich ihnen zu stellen.«

Bordys Augen werden glasig.

»Ich gebe es zu, Finn. Ich bin ein Feigling. Ein verdammter Feigling.«

Ich atme tief ein und aus, nehme Bordy in den Arm und klopfe ihm auf die Schulter.

»Ich werde dich besuchen kommen. Okay?«

»Nur mit einem Hasen in Handschnellen, wenn ich bitten darf.«

Ich grinse.

»Mach es gut, Bordy. Mach es gut.«

Ich will auf direktem Weg nach Hause. Will auf Claire warten. Und einfach meine Ruhe haben.

Wenigstens für ein paar Minuten.

Schon von Weitem erkenne ich jedoch Lenny, der vor unserem Haus steht und ungeduldig um sich schaut.

Als er mich sieht, geht er zügig auf mich zu.

Was will er von mir?

»Finn. Hey. Ich fasse mich kurz. Ich habe all die Aufregung um diesen Hasen mitbekommen und ich glaube, dass du mich verdächtigst.«

Ich sage nichts.

Wenn er wüsste!

»Du solltest dich in diese Sache nicht zu sehr reinsteigern. Im Endeffekt schadest du uns beiden, hast du gehört?«

Ich bleibe weiterhin wie angewurzelt stehen.

»Soll das eine Drohung sein?«

»NEIN! Ich meine … nein, soll es nicht. Nur ich verstehe nicht, warum du mich verdächtigst. So etwas Schreckliches würde ich nie tun.«

Ich will weitergehen, doch Lenny packt mich am Arm.

»Finn! Ich will, dass wir uns verstehen, okay?«

Ich schmunzle. »Jaja. Ich lasse dich schon in Ruhe deine Vögel beobachten.«

Danach reiße ich mich los und verschwinde hinter der Haustür.

Ich merke, dass mein Herzschlag rast. Nie hätte ich gedacht, dass Lenny mich so offensiv ansprechen wird.

Nur keine voreiligen Schlüsse ziehen, Finn!

Ich entscheide mich abzuwarten. Lenny im Auge zu behalten.

Was wollte er mir eigentlich damit sagen?

Vorsichtig spähe ich aus dem Fenster und kann gerade noch beobachten, wie mein Nachbar in sein Haus verschwindet.

»Hey, Finn.«

Ich zucke zusammen.

»Claire! Hey.«

»Sorry. Bin wohl etwas zu früh da. Ich kann auch wieder gehen, wenn …«

»Nein! Bitte bleib. Bleib einfach.«

Meine Stimme klingt ausgepowert und schwach.

»Was wollte Lenny von dir? Ich habe euch über das Fenster gesehen. Deine Mutter hat mich reingelassen.«

Ich gehe die Wendeltreppe nach oben.

Claire folgt mir.

»Er … egal. Ich brauche einfach ein bisschen Auszeit. Ohne jetzt komplett kitschig zu klingen, aber ich glaube, ich brauche momentan einfach nur dich.«

Wir legen uns nebeneinander ins Bett.

»Ich glaube, das war das Schönste, was du jemals zu mir gesagt hast, Finn Mai.«

»Und es werden noch viele dieser Worte folgen.«

Draußen geht gerade die Sonne unter und hüllt mein Zimmer in ein goldenes Licht. Als ich mich über Claire beuge, um sie zu küssen, durchströmt mich ein Gefühl der Geborgenheit. Wie lange habe ich das schon nicht mehr gespürt? Und als meine Hand ihren Oberkörper streichelt, merke ich, was ich versäume. Die kleinen Dinge im Leben. Die Gespräche. Das Gefühl, für jemanden da zu sein und jemanden zu haben. Morgen werde ich mit meiner Familie reden. Ihr sagen, was für einen unglaublichen Wert sie für mich hat. Ich werde mit Noah zum Rummelplatz gehen und mit meiner kleinen Schwester spielen. Ja, ich werde an die schöne Zeit mit meiner Oma Alicia und Elias denken, daran, was ich mit ihnen erleben durfte. Der Hase glaubt, er kann mich brechen, doch das kann er nicht. Wenn ich ihm gegenüberstehe, weiß ich, dass ich Menschen hinter mir habe, deren Wert man nie mit Geld messen kann. Dass ich Momente erlebt habe, die mir kein Mensch dieser Welt nehmen kann. Nicht einmal dieser Hase.

Und so vergrabe ich meine Hände in Claires Haare. Küsse sie. Lebe den Moment voll aus, als ich ihren Atem auf meiner Wange spüre. Ihren warmen Körper auf meinem. In dieser Nacht mache ich kein Auge zu, aber ich verspüre keine Müdigkeit. In dieser Nacht gebe ich meinem Körper die Erlaubnis, leben zu dürfen. Ja, in dieser Nacht gebe ich mich völlig hin.

Michel de Montaigne:
Es ist ungewiss, wo uns der Tod erwartet.
Erwarten wir ihn überall.

15 So schlimm kann Liebe sein

Die Hinweise und damit gleichzeitig die Fragen werden immer mehr. Nur die Antworten lassen auf sich warten. Vielleicht bin ich der Antwort aber auch näher als ich denke. Ja, vielleicht bin ich dem Hasen schon verdammt knapp auf den Fersen. Oder besser gesagt: Pfoten.

Jetzt mache ich noch schlechte Witze, aber es wird der Punkt kommen, an dem ich nicht mehr lachen werde. An dem es sich entscheidet, wie dieser Abschnitt meines Lebens zu Ende geht.

Bevor jedoch dieser Punkt erreicht ist, habe ich noch zwei Dinge zu erledigen. Als Erstes werde ich mit meinem Bruder zum Rummelplatz gehen. So wie ich es schon vor vielen Tagen vorhatte. Danach werde ich mit meinen Eltern reden. Ein ehrliches und offenes Gespräch. Ich weiß, dass dieser Hase, dieser Entführer, dieser Mörder da draußen ist. Ja, ich weiß auch, dass er nicht still auf seiner Couch sitzt und sich Kartoffelchips zum Film »Titanic« in den Mund schiebt. Er plant etwas. Vielleicht die nächste Entführung? Den nächsten Mord? Oder aber etwas viel Größeres. Ich werde es herausfinden! Nur diese zwei Dinge möchte ich noch erledigen, ohne dass er mich in einen Amoklauf verwickelt. Diese zwei Dinge – und ich stehe ihm gegenüber. Selbstsicherer und mutiger als ich es je war. Der Hase hat mir einen so guten Freund genommen, er kann mich nicht mehr schockieren. Er kann gar nichts Schlimmeres mehr anstellen.

Bitte. Bitte, lass mich recht haben. Nur dieses eine Mal.

Claire bleibt noch zum Frühstück. Auch wenn wir beide aussehen, als hätte uns ein Lastwagen überfahren, stopfen wir die Toastscheiben förmlich in uns hinein. Selbst Noah sitzt neben uns und kaut an einem Stück Brot.

»Na? Wie geht's euch allen?«, fragt meine Mutter fröhlich in die Gruppe und durchbricht damit die Stille.

Ich verstehe nicht, wie sie nicht sehen kann, dass es uns allen zum Kotzen geht. Wir waren Teil eines Attentats, Noah wird gemobbt und ich bekomme Drohbriefe.

Kann sie es nicht sehen oder will sie es nicht sehen?

»Gut«, antwortet mein Bruder trocken und will gerade aufstehen, als ich ihn stoppe.

»Noah. Ehm … ich habe mir gedacht, dass wir jetzt kurz zum Rummelplatz spazieren könnten.«

»Nur wir zwei?«

Sein Blick fällt auf Claire.

»Ja, nur wir zwei.«

Er überlegt einen kurzen Moment, nickt aber anschließend. »Gut, geh dir schon mal deine Jacke anziehen, ich komme gleich nach.«

Ich drehe mich zu Claire.

»Schaffst du es, alleine nach Hause zu gehen, oder soll ich dich begleiten.«

Sie fängt an zu husten.

»Finn. Ich bin ein sechzehnjähriges Mädchen und werde es schaffen, zwei Kilometer nach Hause zu gehen.«

»Und wenn der Hase …«

»Sollte ich ihn treffen, werde ich ihm liebe Grüße von dir ausrichten. Vielleicht geht er mit uns mal ins Kino.« Sie lächelt.

»Pass einfach auf dich auf.«

Rummelplatz darf man die kleine Grasfläche etwas außerhalb der Ortschaft eigentlich nicht nennen. Der Platz besteht aus zwei Wurfbuden, einem Getränkestand, einer Kinderachterbahn (die eigentlich nur im Kreis fährt und deswegen schon den einen oder anderen zum Kotzen gebracht hat), einem Klo und einem Gruselhaus. Meist treiben sich hier die coolen Jungs herum.

Damit will ich nicht sagen, dass ich nicht cool bin, aber mit denen kann ich mich trotzdem nicht identifizieren. Der Park war früher größer, doch irgendjemand mit viel Geld kam auf die grandiose Idee, ein Stück davon aufzukaufen und Bäume darauf zu pflanzen.

Was hat sich dieser Typ wohl dabei gedacht?

Sicher wollte er eine Invasion von Eichhörnchen hervorrufen. Diese Tiere gibt es bei uns jetzt schon wie Sand am Meer. Ich persönlich finde Eichhörnchen ja trotzdem süß. Das liegt vielleicht aber auch daran, dass ich ein Tierfreund bin. Das heißt, ich mag alle Tiere … alle außer Hasen.

»Warum hat Claire gestern eigentlich bei dir geschlafen?«

Mein Bruder reißt mich aus den Gedanken.

»Weil ich sie liebe, schätze ich.«

Was für eine Erklärung!

Wir biegen auf die Forststraße. Von hier aus kann man den Eingang des Parks schon erkennen.

»Ich glaube nicht, dass eure Liebe ewig hält.«

Ich bleibe stehen.

»Und warum glaubst du das?«

»Mir ist schon klar, was ihr gestern gemacht habt. Ich bin nicht dumm, Finn.«

»Oder wir haben einfach nur verdammt dünne Wände.«

Er zieht die Augenbrauen hoch.

»Und mir ist auch klar, was du im Moment für Claire empfindest, aber das Schicksal kann ganz schnell zu deinem Feind werden. Ich will einfach nur, dass du nicht darunter leidest.«

»Glaub mir, ich weiß, dass nicht immer alles so kommt, wie ich es haben will. Aber das macht doch den Reiz im Leben aus.«

Ich gehe weiter und wechsle gekonnt das Thema.

»Noah, ich bin kurz davor, diesen Hasen zu schnappen. Ich versuche gerade meine Gedanken zu ordnen und du musst mir eines versprechen.«

Mein Bruder schüttelt lächelnd den Kopf. »Du bist wirklich der verrückteste Bruder, den man sich vorstellen kann. Ich meine, du jagst einen Entführer!«

»Mittlerweile Mörder …«, füge ich etwas leiser hinzu.

»Naja, egal. Worum bittest du mich denn?«

Wir gehen durch den hölzernen Torbogen. »Clevers Freizeitpark« ist fett darauf geschrieben. Clever ist der Besitzer, auch wenn ich nicht weiß, ob man darauf stolz sein kann.

»Ich bitte dich darum, dass du mir blind vertraust, wenn es soweit ist. Dass du mir helfen wirst, wenn es darum geht, diesen verdammten Hasen zu schnappen.«

Noah schmunzelt. »Das werde ich, Finn. Auch wenn ich nicht weiß, ob ich mit deinem Mut mithalten kann.«

»Glaub mir, in gewissen Situationen sind Menschen zu Unglaublichem fähig.«

»Davon bin ich überzeugt«, gibt er als Antwort und sieht sich im Park um. Vereinzelt sitzen Leute auf Bänken und unterhalten sich oder schlürfen Limonade. Auch mein Bruder und ich holen uns einen Orangensaft und schlendern über den Platz.

»Warst du schon einmal in diesem Gruselhaus?«, fragt mich mein Bruder und schaut in Richtung Horrorattraktion. »Es soll mittlerweile wirklich angsteinflößend sein. Ich habe gehört, dort sind sogar echte verkleidete Schauspieler, die dich bei jeder Möglichkeit erschrecken.«

»Finden wir es heraus«, sage ich provokant.

Noch immer schmunzelnd folgt mir mein Bruder zum Kassahäuschen, in dem eine etwas dickliche Frau mit runder Brille sitzt. Laut ihrem Namenschild heißt sie Birgit. Wir werden von ihr genervt angesehen, als wir näherkommen. Birgits schwarzer Lippenstift und die ebenfalls schwarz lackierten Nägel machen einen schrägen Eindruck.

Die passt ja gut zu einer Horrorattraktion.

»Willkommen beim Gruselhaus. Erwachsene zehn Euro, Kinder fünf.«

Es klingt so, als hätte sie diese Sätze heute schon hundertmal sagen müssen.

Hat sie wahrscheinlich auch.

»Zwei Mal Erwachsenenkarte, bitte«, sage ich höflich und bezahle.

»Getränke müssen draußen bleiben.«

Ich lächle und stelle meine Limo auf eine Bank daneben. Irgendwie lässt mich das Gefühl nicht los, dass ich den Inhalt dieser Flasche nie mehr wiedersehen werde. Als sich Birgit mit der Zunge genüsslich über die Lippen fährt und die schwarze Farbe über ihre Lippen hinaus verteilt, bestätigt sich mein Gefühl nur noch. Etwas widerwillig händigt sie uns endlich die Karten aus.

»Gruselt euch schön.«

Wenn ich mich dort drinnen genauso grusle wie vor Ihnen, machen die Akteure einen echt guten Job.

Die Frau hält uns noch einen Moment auf. »Ach, fast vergessen. Wir haben im Haus echte Menschen. Sie werden euch nicht berühren und ihr sie bitte auch nicht.«

Noah und ich nicken.

»Worauf haben wir uns da nur eingelassen?«, flüstert mein Bruder leicht angsterfüllt, als wir durch die Eingangstür treten.

Auch in mir steigt ein unwohles Gefühl auf. Anfangs gehen wir durch einen langen Gang. Zumindest kommt er mir lang vor. Es ist stockdunkel und ich sehe nicht, wie weit wir schon gegangen sind. Das Einzige, was man hören kann, ist ein leises, aber penetrantes Lachen. Ich bekomme Gänsehaut.

Zügig betreten wir den nächsten Raum und sehen uns um.

Rechts und links von uns erstrecken sich Kerkerzellen. In einigen liegen Skelette, in einem anderen …

»HELFT MIR!«

Ein Mann direkt neben uns streckt seine Arme durch die Gitter, als wolle er uns erwürgen. Sein Gesicht ist übersät mit blutigen Wunden.

Mein Bruder zuckt zusammen. Der Typ tritt erneut gegen die Gefängnisgitter.

»Lass uns weitergehen, Noah«, sage ich und zupfe an seinem T-Shirt.

»Warte!«

Noah geht näher an den Unbekannten heran, dicht gefolgt von mir.

Immer wieder schaue ich mich hektisch um. Als wir beide nah genug sind, wird der Mann hinter der Zelle leiser und beginnt zu flüstern.

»Jetzt könnt ihr euch nur mehr selbst retten. Er ist hier.«

Zeitgleich drehen wir uns um.

Ein anderer Gefängnisinsasse steht mitten im Gang. Mit beiden Händen hält er eine …

»Finn, dieser Typ hat eine Kettensäge.«

Kaum spricht mein Bruder diese Worte aus, hören wir ein Brummen.

Sie wurde gestartet.

Der Mann mit der Kettensäge ist groß gebaut und hat eine Schweinemaske über sein Gesicht gestülpt. Mit langsamen Schritten kommt er näher.

Der Typ neben uns beginnt zu schreien.

»LAUFT, IHR NARREN! LAUFT.«

Mein Atem wird schneller.

Auch mein Bruder steht wie angewurzelt neben mir.

»Das ist alles nicht echt«, flüstere ich ihm zu. Ich klinge nicht überzeugend.

»Ist es das?«, fragt mich mein Bruder und starrt entsetzt die Kettensäge an.

Ich gehe voraus, möchte diesen Typen irgendwie umgehen. Gerade als ich loslaufen will, höre ich ein Lachen knapp hinter mir.

Als ich zurückschaue, blicke ich in eine blutverschmierte Hasenmaske.

Alles um mich herum dreht sich. Ich schnappe nach Luft, blende die anderen Personen aus. Bevor ich überhaupt nachdenken kann, schlage ich mit meiner Faust direkt in das Gesicht des Schauspielers.

Der Typ mit der Hasenmaske taumelt zurück. Er flucht.

»Finn? Was hast du getan?!«

Ich drehe mich zu meinem Bruder. »Ich … ich wollte nicht, dass …«

Noah lächelt.

Die anderen zwei Männer eilen zu ihrem Kollegen und reißen ihm die Maske vom Kopf.

Er hat Nasenbluten.

»Es … es tut mir so leid. Ich … ich …«

Die Person mit der Schweinemaske antwortet mir. Seine Stimme klingt ruhig: »Bitte, geht einfach den Weg zurück und wartet draußen auf die Polizei, okay?«

Die Polizei?!

Als wir durch die Eingangstür wieder nach draußen treten, blendet uns das Sonnenlicht. Die Frau hinter der Kassa schüttelt fassungslos den Kopf und deutet auf eine Bank.

Wir setzen uns. Als ich vor lauter Frust die Limonade nehme und einen Schluck trinken will, merke ich, dass sie leer ist.

Ein schneller, wütender Blick zu Birgit.

»Was ist denn dort drinnen in dich gefahren?«, fragt mich mein Bruder schmunzelnd. »Du bist ja gefährlich.«

»Ich habe keine Ahnung. Wirklich! Ich glaube, diese Hasenmaske … ich hatte überhaupt keine Kontrolle. Langsam werde ich wahnsinnig. Dieser Hase muss geschnappt werden. Er muss …«

Ich habe einen Mann geschlagen. Ich bin kein bisschen besser als dieser Hase.

Mein Bruder schaut mich verständnisvoll an.

»Finn. Jeder, und damit meine ich wirklich jeder, der das durchgemacht hätte, würde gar nicht so weitermachen können wie du. Wäre ich an deiner Stelle, hätte ich vermutlich genauso reagiert … wenn nicht schlimmer. Dieser Hase belastet dich, ich glaube, du solltest dein Wissen der Polizei weitergeben und dich raushalten.«

»Danke, Noah. Aber der Hase merkt es, wenn ich der Polizei alle bisherigen Hinweise liefere. Ich will nicht, dass noch jemand stirbt. Ich werde ihn mir schnappen. Ja, damit ich endlich wieder ein normales Leben führen kann. Gehst du bitte zu Mom und Dad und sagst ihnen, dass ich ein bisschen später komme?«

Er nickt und klopft mir auf die Schulter. »Wie ich schon sagte. Du bist der verrückteste Bruder, den man sich vorstellen kann.« Danach verschwindet er.

Auch wenn ich es ein bisschen übertrieben finde, dass die Polizei gerufen wurde, bleibe ich ruhig sitzen. Der Schauspieler mit der Hasenmaske kommt nach einiger Zeit nach draußen, und ich entschuldige mich erneut. Außer Nasenbluten ist nichts Schlimmeres passiert. Er erzählt mir, dass er schon die eine oder andere Ohrfeige in seinem Job abbekommen hat.

»Aber ein kleines Lob an dich. Dein Schlag war am festesten.«

Ich lache.

Die Minuten verstreichen und nach einer gefühlten Ewigkeit fährt ein Polizeiwagen auf den Platz. Ich kenne den Polizisten, denn er ist derselbe, der auch bei der Schule war.

»So. Ich muss dir einfach ein paar Fragen stellen, damit ich den Bericht schreiben kann. Danach kannst du wieder verschwinden.«

Ein paar Fragen entpuppen sich als ein endlos langes Gespräch. In ein paar Stunden geht schon die Sonne unter und ich wollte noch zu Claire.

Eine SMS reißt mich aus dem Gespräch.

»Könnten Sie einen kurzen Moment warten?«

»Jaja, eigentlich sind wir eh schon fast fertig.«

Ich entferne mich einige Meter und schaue auf das Display.

Eine neue Nachricht von Claire.

Augenblicklich wird mir warm ums Herz. Ich erinnere mich an letzte Nacht, als sie in meinen Armen eingeschlafen ist. An ihren Geruch, an ihre freche und dennoch beruhigende Stimme. Als ich jedoch die SMS öffne, werde ich eiskalt aus meinen perfekten Gedanken gerissen.

Finn! Meine Eltern sollten erst morgen wiederkommen und es ist jemand in meinem Haus. Bitte komm so schnell du kannst!

Ich zucke zusammen. »Entschuldigung, ich muss nun bitte wirklich gehen!«

»Ja. Einen kleinen Moment noch, du musst nur noch …«

Mein Klingelton ertönt. Ich werde angerufen.

Claire.

Mir stockt der Atem.

Die Nachmittagssonne verschwindet langsam hinter einem Berg und hüllt den Park in eine mystische Atmosphäre.

Mit zittrigen Händen hebe ich ab.

»Finn! Er ist hier. Ich glaube, ich weiß, wer der Hase ist.«

Ihre Stimme klingt leise, aber dennoch unruhig. Sie versteckt sich. Mein Herz bleibt stehen.

»Wer?! Bitte sag es mir!«

Ihr Atmen verwandelt sich in ein Keuchen.

Der Hase.

Ich höre einen Schrei am anderen Ende der Leitung. Den Schrei meiner Freundin.

»CLAIRE???!!!«

Aufgelegt.

Alles geht fürchterlich schnell.

Ich renne zu dem Polizisten, deute auf den Wagen und setze mich hinein, ohne auf eine Antwort zu warten.

»Bitte! Fahren Sie sofort los! Es geht um das Leben meiner Freundin. Hören Sie! ES GEHT UM LEBEN UND TOD!«

Meine Stimme klingt hektisch und verzweifelt. Die Gefühle, die ich nach Elias' Tod verspürte, kommen wieder in mir hoch. Ich habe Angst, auch Claire zu verlieren. Panische Angst.

Als der Polizeiwagen quietschend vor Claires Haus anhält, ist die Sonne schon fast zur Gänze untergegangen. Ich renne, dicht gefolgt vom Polizisten, in das Haus. Die Tür ist offen.

Das Schloss wurde gewaltsam aufgebrochen.

Außer Puste und den Tränen nahe reiße ich ihre Zimmertür auf.

Doch Claire …

Claire ist weg.

Der Polizist spricht etwas in sein Funkgerät. Ich jedoch breche mitten im Raum zusammen. Meine Gefühle spielen verrückt.

Ich kann die Tränen nicht mehr zurückhalten.

»*CLAIRE …*«

Ich rufe schluchzend ihren Namen. Auch wenn ich weiß, dass sie mich nicht hört.

Ich hasse ihn. Ich hasse diesen verdammten Hasen. Wie kann eine einzelne Person nur so viel von meinem Leben zerstören. WIE?!

Ich kann nicht schlafen. Auch nicht, nachdem mich meine Mutter in den Arm genommen hat. Ich schmecke Tränen. Die ganze Nacht verbringe ich damit, aus dem Fenster zu starren. Direkt zum Mond. Ich denke über die Dinge nach, die ich getan habe …und über jene, die ich nicht getan habe. Kurz bevor die Sonne aufgeht, schleppe ich mich ins Bad und schaue meinem Spiegelbild entgegen.

Was bin ich bloß für ein Versager.

Ich schlage mit voller Wucht gegen die Glasscheibe. Der Spiegel vor dem Medizinkasten zerspringt. Ich schneide mich an einem der Splitter. Medikamente fallen auf den Boden.

»Fuck.« Ich bücke mich, um sie aufzuheben.

Und dann … dann halte ich Schlaftabletten in der Hand.

Meine Mutter hat sie mir gegeben, als das erste Mal bei uns eingebrochen wurde. Ja, als dieser verfluchte Brief gestohlen wurde.

Wir hatten nie Schlaftabletten. Warum genau jetzt?

Ich kenne den Medizinkasten in- und auswendig. Meine Mutter ist auch nicht zur Apotheke gefahren. Das hätte ich gemerkt. Wir waren doch zusammen im Altersheim.

Ich stürme in das Schlafzimmer meiner Eltern und wecke meine Mom.

»Finn … was willst du denn so früh …«

»Mom, ich fasse mich kurz. Woher hattest du diese Schlaftabletten? Du weißt schon, nach dem Tod meiner Oma.«

Müde richtet sie sich auf.

»Warum willst du das denn jetzt wissen?«

»Bitte, bitte sag es mir einfach.«

Nach einem kurzen Zögern beantwortet sie meine Frage.

»Na … Lenny hat sie gebracht. Du weißt schon, unser Nachbar. Ein wirklich aufmerksamer Mann.«

Als meine Mutter diesen Namen ausspricht, verwandelt sich meine ganze Trauer in Hass.

»Danke, Mom.«

Meine Stimme klingt trocken. Schnell verlasse ich das Zimmer und gehe stattdessen zu Noah. Das war der entscheidende Beweis, der mir gefehlt hat. Plötzlich erscheint mir alles so logisch.

Lenny ist neu hergezogen, genau als die Entführungen begonnen haben. Er hat mir Schlaftabletten verabreicht, damit er mir den Brief stehlen kann.

Er hatte eine Hasenmaske unter seinem Bett und besitzt einen verschlossenen Keller. Einen Keller, in dem alle drei entführten Personen festgehalten werden.

Er ist in meine Schule gestürmt, aber hat mich verschont, weil es sonst zu offensichtlich gewesen wäre, dass er der Mörder ist. Ja, er hat gewusst, dass ich ihm auf den Fersen bin. Deswegen hat er mich darauf angesprochen und wollte mich von seiner Unschuld überzeugen.

Er hat mir Drohbriefe geschrieben, mir ein Holzfällerhemd geschickt.

Er hat Elias getötet und Claire entführt, weil er weiß, dass sie mir etwas bedeuten.

Lenny ist der Hase.

Lenny.

Ich rüttle meinen Bruder wach und schnappe mir seinen Baseballschläger. Die Polizei werde ich nicht verständigen, denn ich weiß, wohin das führen würde. Erst wenn Lenny gefesselt vor mir liegt, werde ich anrufen.

Danach bin ich der Held der Stadt.

Der Junge, der drei Leute gerettet hat.

Wie »Rise Against« es sagt:

We've all been sorry, we've all been hurt.

But how we survive, is what makes us who we are.

Als mich mein Bruder mit dem Baseballschläger sieht, ist er sofort hellwach.

»Was hast du vor?«

Ich schaue ihn entschlossen an.

»Im Park hast du gesagt, wenn es soweit ist, hilfst du mir. Noah, nun ist der Moment gekommen. Ich weiß, wer der Täter ist.«

Mein Bruder richtet sich auf.

»Und was machen wir jetzt?«

Ich lächle.

»Jetzt erledigen wir einen Hasen.«

16 Der Hase

Als ich die Tür aufreiße, weht mir eine kühle Brise entgegen. Die Sonne geht gerade auf und hüllt die Straße in ein oranges Licht. Ab und zu blitzt sie zwischen den Häusern hervor.

So beginnt also der Tag, an dem alles endet.

Draußen ist es ruhig. Das Gras ist noch nass und riecht frisch vom Morgentau. Ich gehe durch unseren Garten und starre gedankenverloren auf Lennys Haus.

»Und du bist dir ganz sicher, dass es unser Nachbar ist?«

Ich nicke.

»Er ist der einzig logische Täter.«

Mein Bruder stellt sich neben mich.

»Aber wenn er das alles getan hat, ist er gefährlich. Dann hat er eine Pistole und drei Geiseln in seinem Haus. Ich hoffe, du behältst das im Hinterkopf.«

Ich grinse und überquere die Straße. Überzeugt hebe ich den Baseballschläger in die Höhe.

»Dafür haben wir ja den hier.«

»Wie sollen wir denn überhaupt reinkommen? Hast du dir darüber schon Gedanken gemacht?«

Ich atme tief aus, bevor es in das bedrückende Haus meines Nachbarn geht.

»Das lass ruhig meine Sorge sein. Drinnen werde ich dir zum richtigen Zeitpunkt ein Zeichen geben, damit du ihn mit dem Baseballschläger überwältigen kannst.«

»Und was machst du währenddessen?«

Ich reiche meinem Bruder die Waffe.

»Ich lenke ihn ab.«

»Okay. Und welches Zeichen gibst du mir?«

»Das wirst du schon merken.«

Als ich vor der Tür stehe, betätige ich ohne zu zögern die Klingel. Ein schrillendes Geräusch ist zu hören, danach herrscht wieder komplette Stille.

»Er schläft doch sicher noch.«

»Jetzt nicht mehr«, sage ich und beiße ungeduldig auf meiner Unterlippe herum.

Tatsächlich öffnet sich nach ein paar Minuten die Haustür.

Lenny steht in einer Jogginghose und einem weißen T-Shirt vor uns und lächelt müde.

Er hat leichte Augenringe und auch sein Schnurrbart sieht selbst für seine Verhältnisse ziemlich ungepflegt aus.

Er wirkt gar nicht wie ein Killer.

»Na, was wollt ihr denn so früh bei mir?«

Er klingt nicht wütend, eher angespannt. So, als hätte er gewusst, dass wir kommen.

»Ach, wir wollten gleich mit ein paar Freunden Baseball spielen gehen. Drüben auf der Wiese. Ich habe nur gerade bemerkt, dass ich etwas bei dir vergessen habe. Womöglich, als ich dir den Hut vorbeibrachte.«

»Und da kommst du erst jetzt drauf?«

Seine Stimme klingt misstrauisch.

»Ja, ich habe eben erst nachgesehen«, lüge ich und spähe an Lenny vorbei ins Haus.

»Tut mir leid, ich habe leider nichts gefunden. Was genau hast du denn verloren?«

»Einen Anhänger. Er liegt mir wirklich ziemlich am Herzen und ich wäre dir sehr dankbar, wenn ich mich kurz umsehen könnte.«

Lenny wirkt unsicher.

»Ich glaube nicht, dass das jetzt so eine gute Idee ist.«

»Es dauert wirklich nicht lange. Du würdest mir damit einen riesigen Gefallen tun.«

Der Blick unseres Nachbarn geht zu Noah. Die zwei kennen sich ja auch noch nicht wirklich. Trotz seiner misstrauischen Haltung gibt er nach.

»Nun gut, aber bitte beeilt euch.«

Er öffnet die Tür.

Willkommen in der Höhle des Löwen.

»Wollt ihr irgendwas trinken, wenn ihr schon hier seid?«

»Ein Wasser, bitte«, gebe ich zur Antwort. Mein Bruder schüttelt bloß den Kopf.

Ich warte, bis Lenny mit zwei Gläsern wiederkommt und mir eines davon in die Hand drückt. Mit einer freundlichen Miene nimmt er den Wasserkrug vom Wohnzimmertisch und schenkt mir ein. Er selbst holt sich eine Flasche Wein aus der Küche.

»Alkohol in der Früh?«, frage ich provokant und trinke einen Schluck.

»Das ist doch das Schöne an Alkohol. Er faselt nicht so viel unnötiges Zeug, schmeckt zu jeder Tageszeit und … ganz wichtig … er lässt dich vergessen, dass es gerade in der Früh ist.«

»Ich schätze, du musst nicht nur die Tageszeit vergessen.«

Er verschluckt sich und beginnt zu husten.

Ich stehe starr auf meinem Platz. Mein Bruder lehnt hinter Lenny am Kühlschrank und beobachtet ruhig das Geschehen.

»Was willst du denn damit sagen, Finn?«

»Ich sage bloß, dass es manchmal wichtig ist, sich der Wahrheit zu stellen und sie nicht wegzutrinken.«

Lenny wischt sich mit seiner Hand über den Mund.

»Ich trinke nicht oft. Es ist nicht mehr als ein Zeitvertreib.«

Langsam stelle ich das halbvolle Glas auf den Tisch. Beobachte jede Bewegung meines Nachbarn, jeden Atemzug.

»Nur ein Zeitvertreib also …«

Lenny nickt. Es ist ihm anzumerken, dass er sich in dieser Situation unwohl fühlt.

»Ja. Ich mache es wirklich bloß, um die Zeit totzuschlagen. Ich habe nicht so viel zu tun, weißt du.«

Ich schaue ihm in die Augen. »Also ist es auch bloß Zeitvertreib für dich, Kinder zu entführen?«

Stille.

Lenny schenkt sich nach. Das Plätschern des Weines ist das Einzige, was man hört.

»Wolltest du nicht deinen Anhänger suchen, Finn?«

Seine Stimme klingt streng, ohne humorvollen Unterton.

»Ich hatte niemals vor, einen Anhänger zu suchen.«

Lenny starrt auf das Glas in seiner Hand. Er wirkt nachdenklich.

»Du solltest jetzt gehen.«

»Nein. Du hättest mich in der Schule nicht verschonen sollen.«

Sein Blick wandert zur Haustür. Er steht wenige Meter davon entfernt, doch ich versperre ihm den Weg.

»Wie du willst. Folge mir in den Keller, dann erkläre ich dir alles.«

»Erklären?! Elias ist tot. Du hast meinen besten Freund getötet und jetzt willst du mir erklären, was los ist?!«

Meine Stimme wird lauter.

»Ich weiß genau, was hier los ist! Und ich sehne mich nach nichts anderem, als dich hinter Gittern zu sehen.«

Mein Bruder ist aus der Küche gekommen. Er steht nun direkt hinter unserem Nachbarn.

»Tu nichts, was du später bereust, Finn. Noch kannst du verschwinden.«

Gefühlslos schaue ich in seine Richtung.

»Ja, ich kann noch verschwinden, aber du nicht mehr.«

Kaum habe ich das gesagt, rennt Lenny los.

»JETZT, NOAH!«

Im nächsten Moment ist ein Klirren zu hören. Lennys Weinglas zerspringt in tausend Stücke und der Wein ergießt sich über den Fußboden. Noah hat Lenny mit dem Baseballschläger direkt am Kopf getroffen. Bewusstlos schlägt sein Körper auf dem Boden auf. Der Wein wird von Lennys T-Shirt förmlich aufgesaugt.

Ich atme durch.

Wir haben soeben den berüchtigten Hasen ausgeschaltet. Den Entführer und Mörder, der mein Leben zerstört hat.

»Hilf mir mal kurz.« Ich packe Lenny an den Schultern, mein Bruder nimmt die Beine.

»Wohin mit ihm?«, fragt Noah und wirkt ungeduldig.

»Hinauf ins Schlafzimmer, ich war schon einmal dort. Hier unten könnte uns jemand durchs Fenster beobachten.«

Er nickt und gemeinsam tragen wir unseren bewusstlosen Nachbarn die Stiege hinauf. Oben angekommen, holen wir einen Stuhl aus einem Nebenraum. Wir setzen den schlaffen Körper darauf und sehen uns nach einer Schnur um.

»Kannst du unten suchen?«, frage ich meinen Bruder. »Ich glaube, er hat ein Seil auf das Regal im Wohnzimmer gelegt.«

Er antwortet nicht, sondern verschwindet bloß aus dem Zimmer. Ich höre noch, wie er die Treppen runterdonnert, danach bin ich allein. Allein mit Lenny.

Ich werde gleich die Polizei rufen, doch erst muss ich zu Claire. Schauen, ob es ihr gut geht.

Als ich jedoch zur Schlüsselwand schaue, stockt mir der Atem. Der Kellerschüssel fehlt.

Hastig durchsuche ich das Schlafzimmer. Räume Schubladen aus, bücke mich, um unter das Bett zu sehen, und werfe die Kopfkissen vom Bett. Weit und breit kein Schlüssel. Komisch.

Finn, denk nach!

Nach kurzem Überlegen greife ich in Lennys Hosentasche. Tatsächlich! Er hatte ihn eingesteckt.

Ich dachte, wir haben ihn aufgeweckt. Warum hatte er den Kellerschlüssel eingesteckt?

Irgendetwas ist hier faul.

Nichtsdestotrotz lasse ich den Schlüssel in meiner hinteren Hosentasche verschwinden. Kurz darauf kommt auch schon mein Bruder mit dem Seil. »Nun gut, was hast du jetzt vor?«

»Also, du fesselst ihn erst mal. Wer weiß, wann er wieder zu Bewusstsein kommt. Ich gehe währenddessen in den Keller.«

Mein Bruder schluckt. »Soll ich nicht besser mitkommen?«

Ich schüttle den Kopf.

Unten angekommen, schaue ich noch einmal auf den ausgeschütteten Wein am Boden. Überall Scherben. Es sieht aus wie auf einem Schlachtfeld. Wenn die Polizei kommt, werden wir sicher viele Fragen beantworten müssen, doch das nehme ich in Kauf.

Ich trete vor die Kellertür. Eiseskälte breitet sich in mir aus.

Wenn ich diese Tür aufschließe, habe ich das Rätsel um den Hasen gelöst. Ich kann endlich wieder ein normales Leben führen, natürlich nur »normal für meine Verhältnisse«. Halbnackte Ladenbesitzer, blutrünstige Lehrer, verrückte Eltern und das in meinen Augen schönste Mädchen der Welt – das alles ist wahrlich nicht normal.

Aber ich bin bereit.

Bereit, wieder der zu sein, der ich sein will. Der Hase hat mir Seiten von mir gezeigt, die ich vorher noch nicht einmal gekannt habe. Ich habe mich verändert – und das ist gut so.

Ein letzter Schritt Richtung Freiheit.

Ich drehe den Schlüssel um. Mit einem klickenden Geräusch springt das Schloss auf. Behutsam öffne ich die Tür. Es ist stockdunkel im Innenraum des Kellers. Eine alte Holzstiege führt nach unten, doch ich kann nicht genau erkennen, wohin. Langsam taste ich die Seitenwände hinter der Tür ab, um einen Lichtschalter zu finden. Vergeblich.

»Claire? Bist du hier?«, flüstere ich und steige auf die erste Stufe. Das Holz knarrt. »Claire? Ich bin es, Finn!«

Abermals keine Antwort.

Wurde ihr ein Tuch in den Mund gestopft, damit sie nicht schreien kann?

Ich will gar nicht darüber nachdenken und gehe einen weiteren Schritt nach vorn. Ich bekomme Gänsehaut. Immer weiter geht es ins Dunkle, ohne dass ich weiß, was mich erwartet. Was werde ich dort unten vorfinden? Ist Claire schon …

Meine Kehle ist wie zugeschnürt. Schweißperlen bilden sich auf meiner Stirn.

»Claire? Fiona? Peta? Ist irgendjemand hier?«

Nichts.

»Bitte, sagt doch was!«

Meine Stimme klingt verzweifelt.

Als ich erneut die Wände rechts und links von mir abtaste, stoße ich auf etwas Hartes. Ein Lichtschalter! Ich warte einen Moment, bevor ich ihn betätige. Wappne mich vor dem, was ich gleich sehen werde. Versuche es zumindest. Angsterfüllt beginne ich zu zählen.

Drei.

Bitte lass mich recht haben und die Entführten befinden sich vor mir.

Zwei.

Aber warum haben sie noch nichts gesagt?

Eins.

Was zur Hölle ist hier unten?!

Null.

Ohne weiter nachzudenken, betätige ich den Lichtschalter. Eine kleine Glühbirne beginnt zu flackern und erhellt den Raum langsam mit Licht. Ich halte den Atem an. Rechts im Raum ist ein vollgefülltes Regal. Waffen. Dutzende Pistolen, Messer und andere Werkzeuge.

Links befindet sich ein Tisch mit einer Schreibmaschine. *Eine Erklärung für die Drohbriefe!* Am anderen Ende des Raumes ist eine Pinnwand. Jede Menge Fotos hängen darauf. Fotos von Menschen, heimlich aufgenommen.

Ich kann jedoch noch nicht wirklich erkennen, um wen es sich auf den Fotos handelt.

Die Entführten jedoch sind nicht hier.

»Mist!«

Ich gehe zu dem Tisch und schaue mich um. Irgendwo muss ich doch einen Hinweis finden, wo Claire steckt.

Behutsam nehme ich den Zettel, der sich auf dem Tisch befindet, und beginne zu lesen. Es sieht aus wie ein Brief.

Tag 13:

Ich bin so kurz davor, eine Entscheidung zu treffen. Auch wenn dieser Nachbarsjunge Finn öfters Probleme macht, bin ich der Lösung auf der Spur. Die Situation spitzt sich hier zu. Alle sind angespannt. Meine Tarnung ist noch nicht aufgeflogen, doch es handelt sich bloß um eine Frage der Zeit. Ich hoffe, dir und den Kindern geht es gut. Ich halte dich auf jeden Fall auf dem Laufenden.

In Liebe,

Ben

Ben?

Deswegen hat Bordys Computer Lenny nicht gefunden. Lenny Förster ist nur ein Deckname. Eine Tarnung. Sein wirklicher Name ist Ben.

Aber warum sollte er irgendwem auf der Spur sein?

Erst jetzt erkenne ich die Dienstmarke, die versteckt hinter der Schreibmaschine lehnt. Wieder sind die Buchstaben U.C.D. abgebildet.

Warum hat Ben eine Art Polizei-Dienstmarke?

Ich drehe sie um.

»Undercover Detectives« steht in kleiner Schrift auf der Rückseite.

Mir wird schwindelig. *Verdeckte Ermittler?!*

Schockiert wird mir bewusst, wofür U.C.D. eigentlich steht.

Ben ist nicht der Hase! Ben ist derjenige, der den Hasen jagt!

Mir wird schlecht. Meine Hände beginnen zu zittern.

Aber wer … wer ist dann der Hase?!

Zügig gehe ich zur Pinnwand und schaue mir die Fotos genauer an.

Ben muss Leute beschattet haben. Laut seinem Brief hat er einen Verdacht. Als ich die fotografierte Person auf den Bildern erkenne, kann ich mich nicht von der Stelle bewegen.

NEIN!

Meine kleine Welt beginnt sich zu drehen. Ich werde blass.

NEINNNN!!

Ich kenne die Person auf den Fotos. Mein Herz rast und ich bekomme mich nicht unter Kontrolle. Ich ringe nach Luft.

Wie konnte ich nur so falsch liegen?!

Tausend Fragen schießen mir durch den Kopf.

WARUM?!

Meine Hand beginnt zu zittern, als ich über ein Foto streiche. Nun weiß ich, wer der Hase ist. Doch jetzt, da ich es weiß, will ich es schleunigst wieder vergessen. Meine Beine fühlen sich schwer an. So, als würde ich durch flüssigen Beton waten. Tränen der Verzweiflung steigen mir in die Augen.

ICH MUSS HIER RAUS!

Als ich mich umdrehe, schaue ich jedoch in den Lauf einer Pistole.

Ich bin dem Hasen in die Falle gegangen.

Einen kurzen Moment lang ist es komplett still. Die Person hinter der Waffe hat sich die Hasenmaske auf das Gesicht geschnallt.

Ich weiß, wer sich darunter befindet.

»Es tut mir leid, dass es soweit kommen musste«, sagt der Hase und zieht sich die Maske vom Kopf.

Nun sehen wir uns in die Augen und ich traue mich nicht zu atmen.

»Warum du?!«

»Das wirst du noch früh genug erfahren«, flüstert Noah und lächelt kalt.

17 Letzte Worte

Ich versuche vergeblich aufzustehen. Noah hat einen weiteren Sessel in das Schlafzimmer gezerrt und meine Hände mit Kabelbinder hinter der Lehne zusammengebunden. Außerdem hat er eine Pistole. Ich muss es über mich ergehen lassen und kann keinen Angriff wie damals in der Schule starten. Es ist sinnlos, mit der Faust gegen eine Pistole zu kämpfen. Vielleicht liegt es auch daran, dass ich jetzt weiß, dass es mein eigener Bruder ist. Nie wäre ich auf den Gedanken gekommen, Noah zu verdächtigen.

Mein Bruder sitzt mit gesenktem Kopf auf dem Bett. Die Waffe hängt lose in seiner Hand. Auch Ben ist mittlerweile aufgewacht und schaut mich mit einem vorwurfsvollen Blick an.

»Ich wusste es. Meine Vermutung hat gestimmt«, flüstert er und wendet seinen Blick von mir ab. Noah richtet sich auf.

»Ich … ich wollte nie, dass es so weit kommt. Es ist alles aus dem Ruder gelaufen.«

Er erhebt sich und zieht die Vorhänge zu. Trotzdem ist der Raum gut durchleuchtet. Noah will wohl, dass uns keiner von draußen sieht.

Was hat er vor?

»Ja, es ist wirklich aus dem Ruder gelaufen«, meine Stimme klingt traurig und gleichzeitig wütend. Ich kann noch immer nicht realisieren, was gerade passiert ist. Vor zwanzig Minuten dachte ich noch, es wäre alles vorbei.

Wie naiv!

»Ich finde, du bist mir eine Erklärung schuldig.«

»Uns«, bessert mich mein Nachbar aus.

»Du brauchst gar nicht so unschuldig zu tun, Ben. Ich wurde von dir von Anfang an belogen.«

»Zu deinem eigenen Schutz.«

»Hat ja super geklappt.«

Als Antwort grummelt er irgendetwas, was ich nicht verstehe.

Ich widme mich wieder meinem Bruder, der wie erstarrt am Fenster steht.

»Also, Noah. Erzähl mir endlich, was hier los ist.«

Ich sollte meine Worte weiser wählen, doch in diesem Moment ist mir das egal. Ich fühle mich einfach verarscht.

Nach einer kurzen Schweigeminute gibt Noah nach.

»Du willst wissen, wie das alles wirklich abgelaufen ist? Bitte, dann hör zu.«

Er lässt seinen Blick durch das Zimmer schweifen.

»Es fing alles noch relativ harmlos an. Vor ungefähr einem Jahr habe ich begonnen, mit einem Jungen zu schreiben. Es war über eine Plattform im Internet und ich kannte ihn nicht. Wir haben uns auch nie unsere echten Namen verraten, sondern uns bloß mit Kosenamen angesprochen. Ich nannte ihn *Krümel* und er mich *Hase*. Vielleicht etwas kitschig, aber irgendwie gefiel es mir. Er schrieb über sein Haus an einem See und über seinen putzigen Golden Retriever. Ich habe mich ihm ebenfalls anvertraut. Ja, mit ihm über Dinge geredet, über die ich sonst mit niemandem sprechen konnte.«

»Auch, dass du schwul bist?«, frage ich und versuche, mich in den Noah von vor einem Jahr hineinzuversetzen. In seine Probleme und in seine Unwissenheit.

»Nicht nur das. Ich begann Gefühle für ihn zu empfinden. Auch wenn wir nur geschrieben haben. Ich erzählte Krümel meine intimsten Geheimnisse und er mir seine.

Das glaubte ich zumindest. Es war wichtig, dass ich endlich jemanden zum Reden hatte. Irgendwann wollte ich mich dann mit ihm treffen.«

Ben wird ungeduldig. »Das ist ja alles schön und gut, aber was hat das mit den Entführungen zu tun?«

Noah ignoriert Bens Kommentar und fährt fort. »Bevor es jedoch dazu kam, enthüllte er sein wahres Gesicht.«

Ich muss schlucken.

»Es war kein ›er‹, es war eine ›sie‹. Bianca. Sie hat mich ein Jahr lang verarscht. Sie und ihre Clique hielten das für einen Scherz, machten sich in wöchentlichen Treffen über mich lustig. Dann veröffentlichte Bianca die Chats im Internet. Zwar wusste niemand, wie ich hieß, doch meine Daten im Internet reichten ihnen. Es war der Shitstorm meines Lebens. Ich bekam Nachrichten, die ich nicht einmal meinem schlimmsten Feind wünschen würde. Durch die Veröffentlichung hat sie aber einen entscheidenden Fehler gemacht. Sie hat die Chats über ihren privaten Account im Internet verbreitet. Ihr Benutzername war dort ›Bianca123‹. Ich speicherte meinen vorherigen harmlosen Usernamen in ›Crazy_Bunny‹ um und schrieb sie an. Nachdem ich mehr recherchiert hatte, kam ich von ihrem privaten Account ganz schnell auf all ihre Daten. Weißt du, heutzutage gibt man viel zu viel von sich im Internet preis. Ich wusste alles …«

Noah macht eine kleine Pause. Er starrt auf die Pistole in seiner Hand. Ich atme tief ein, bevor ich das Wort ergreife. »Und dann hast du sie …«

»Ja, ja, habe ich. Sie hat mich ein Jahr lang verarscht. Mich gedemütigt. Mich degradiert. Geheimnisse preisgegeben, die mich ewig verfolgen sollten. Ich war am Boden zerstört und wusste nicht, was ich machen sollte. Ich wollte verstehen, warum sie das alles gemacht hat. Ihre Beweggründe wissen. Mehr wollte ich nicht.«

Ben wirkt nachdenklich. Es ist ihm anzumerken, wie er versucht, die Informationen zu ordnen. Nach einer kurzen Stille beginnt mein Nachbar zu reden.

»Also hast du dir eine Hasenmaske aufgesetzt, dich in ihr Zimmer geschlichen und sie entführt. Danach hast du die Informationen auf ihrem Laptop gelöscht und die veröffentlichten Posts heruntergenommen. Du hast dir einen verlassenen Keller gesucht und sie festgehalten, um, wie du es bezeichnen würdest, die Wahrheit herauszufinden.«

Mein Bruder nickt.

»Bist wohl ein ganz schlauer Detektiv. Ich habe sie weder verletzt noch verhungern lassen. Ich wollte bloß verhindern, dass sie diese Schiene noch öfters fährt. Dass sie noch mehr Unschuldige verarscht. Nach ein paar Tagen habe ich sie wieder freigelassen. Die Medien haben mal wieder übertrieben. Sie war kerngesund.«

Ich schaue zu Boden, möchte die Tat von Noah verstehen können. Ben durchbricht die Stille erneut.

»Zu deinem Pech konnte ich den Chatverlauf zurückverfolgen. Ich bin zu dem Schluss gekommen, dass der Täter irgendwo in eurer Straße sein musste. Zu meinem Glück war noch ein Haus unbewohnt und ich konnte mit falscher Identität einziehen.«

Ich schaue meinen Nachbarn fragend an.

»Ich habe aber unter deinem Bett eine Hasenmaske gefunden, irgendetwas musstest du damit zu tun haben!«

Mein Nachbar lächelt.

»Kannst du dich noch erinnern, als ich beim Abendessen in deinem Haus bei Noah herumgeschnüffelt habe?«

Er wartet nicht auf eine Antwort.

»Dort habe ich diese Hasenmaske in Noahs Zimmer gefunden und sie als Beweisstück mitgenommen. Seitdem war Noah mein Hauptverdächtiger.«

Ich schaue ihn verblüfft an.

»Deswegen habe ich geglaubt, du bist der Hase, weil ich die geklaute Maske unter deinem Bett gefunden habe.«

»Korrekt«, bemerkt Ben trocken und starrt auf die Pistole in Noahs Hand.

Mein Bruder hat seine Finger noch immer am Abzug. Ich schaue, dass ich schnell wieder in ein Gespräch mit ihm komme.

»Was hatte eigentlich dieser Brief von meiner Oma mit dieser Sache zu tun?«

Ben lacht lautlos, als würde er sich selbst für genial halten.

»Der Brief war nicht von deiner Oma, sondern von mir. Ich bin mit meiner Dienstmarke zur Rezeptionistin gegangen und habe ihr den Brief gegeben. Sie sollte ihn Noah geben, wenn er vorbeikommt.«

Ich zähle eins und eins zusammen.

»Aber zu deinem Pech kam nicht mein Bruder, sondern nur ich. Die Frau dachte, dass ich Noah sei, und gab mir den Brief.«

Ben nickt.

»Deswegen musste ich bei dir einbrechen und ihn stehlen. Du durftest ihn nicht lesen, sonst wäre meine Tarnung aufgeflogen. Es war eine Warnung an deinen Bruder, dass er unter Verdacht steht.«

»Und wie landete er dann im Papiermüll meines Vaters?«

Diesmal antwortet wieder Noah. Er wirkt angespannt.

»Naja, Ben wollte mir den Brief trotzdem noch überbringen. Er beauftragte Elias, der nichts von der Sache wusste, und der gab ihn anschließend mir. Ich schmiss ihn bei uns weg. Ich war unvorsichtig, ich weiß.«

Mir raucht der Kopf, doch es sind noch viele Fragen unbeantwortet. Ich muss alles herausfinden. *Alles!*

»Der Vorfall mit Bianca ist ja schon länger her. Warum hast du jetzt wieder angefangen, Leute zu entführen und Straftaten zu begehen? Fiona war die Erste und du hattest keinen Grund, sie brutal aus ihrem Haus zu zerren!«

Noah zuckt zusammen, als er ihren Namen hört.

»Wegen Fiona fing die ganze Scheiße doch wieder von vorne an!«

Mein Bruder sieht meinen verwirrten Blick und redet weiter.

»Du weißt doch, dass Fiona eine meiner wenigen Freundinnen war?«

»Ja …«

»Ich habe mich vor zwei Leuten geoutet. Vor dir … und vor Fiona. Ich musste es loswerden, mit Leuten darüber sprechen, denen ich vertraut habe. Fiona hat das Wissen missbraucht. Sie hat es einer Schulgang verraten, und du weißt ja, wohin das geführt hat. Ich wurde zusammengeschlagen, angespuckt, gemobbt. Schließlich wusste es die ganze Schule.«

Ich starre in die Luft.

»Das waren die Typen, die ich damals in der hinteren Gasse vertrieben habe, oder?«

»Ja … und sie haben es nicht nur zu diesem Zeitpunkt gemacht. Ich war nie wirklich beliebt, aber als Fiona mein Geheimnis verraten hat, wurde ich zur Zielscheibe. Die ganze Geschichte ging von vorne los, aber diesmal nicht im Internet, sondern im realen Leben.«

Ben mischt sich wieder in das Gespräch ein. »Und weil du Angst hattest, die Sache könnte eskalieren, hast du Fiona entführt.«

Noah nickt. »Niemand von euch weiß, wie es ist, jeden Abend mit der Angst einzuschlafen, dass man morgen wieder aufwacht und alles so ist, wie es war. Ich will doch einfach nur ein normales Leben führen, es wenigstens versuchen!«

Ben knirscht mit den Zähnen.

»Das hättest du dir vorher überlegen müssen.«

Mein Bruder hebt seine Pistole. Sie zeigt nun direkt auf Bens Kopf. Ich reagiere schnell.

»Noah! Ich weiß, du willst das alles nicht. Mach es nicht noch schlimmer.«

Noahs Augen werden glasig.

»Wie könnte es denn jetzt noch schlimmer werden?!«

Ben ist die Panik förmlich ins Gesicht geschrieben.

Ich beginne ein anderes Thema, um die Situation wieder unter Kontrolle zu bekommen.

»Einmal war doch die Polizei bei dir, Ben. Ich dachte, sie hätten dich geschnappt.«

Er lacht leicht.

»Ich war nicht der Täter, ich war das Opfer. Bei mir wurde eingebrochen. Ich habe erst die Kollegen gerufen, dann habe ich gemerkt, was fehlt. Die Hasenmaske. Dein Bruder ist bei mir eingebrochen und hat sich die Maske zurückgeholt. Das muss gewesen sein, noch bevor er Fiona entführt hat.«

Noah zieht einen Vorhang einen Spalt weit auf und späht durch das Fenster. Seine Hand zittert leicht.

Wohin schaut er die ganze Zeit?

Mein Blick wandert zu Ben. »Und was hast du mit dem Logo U.C.D. zu tun?«

Mein Nachbar überlegt kurz. »Ich weiß nicht, ob es klug ist, euch das zu erzählen. Immerhin bin ich hier gerade gefesselt, in meinem eigenen Haus.«

Mein Bruder setzt sich wieder aufs Bett. »Würde eine Pistole an deinem Kopf die Entscheidung erleichtern?«

Ben schnauft. »Nun gut. U.C.D. ist eine Organisation. Die Abkürzung steht für ›Undercover Detectives‹. Früher waren wir viele und weit verbreitet. Wir hatten sogar ein Gebäude in der Nähe von hier.«

»Du meinst das Betriebsgelände im Wald?«, frage ich und versuche mich zu erinnern.

»Ja, genau. Leider wurde dieser Hauptsitz wegen einer zu niedrigen Aufklärungsrate in den meisten Fällen geschlossen. Jetzt gibt es nur mehr vereinzelt verdeckte Ermittler. Wir sind aber fast auf der ganzen Welt verteilt.«

Noah starrt auf sein Handy. Ungeduldig tippt er auf den Bildschirm. Nach einiger Zeit wendet er sich wieder uns zu.

»Eines will ich aber noch wissen«, sage ich mit scharfem Unterton.

»Ja?«

»Was hatte dieser Holzfäller Levis Berger damit zu tun? Er hat mir doch ein rotkariertes Holzfällerhemd mit einem Drohbrief vor die Haustür gestellt.«

Noah schmunzelt.

»Dieser kranke alte Mann war nur Mittel zum Zweck, aber er gehörte sowieso hinter Gitter. Das mit dem Päckchen war ich.«

»Aber wie wusstest du davon?«

Er macht eine kleine Pause.

Seine nächsten Worte klingen bedacht, fast schon traurig.

»Elias hat es mir erzählt.«

Ich bekomme Gänsehaut, als ich den Namen höre.

Elias …

Ich sehe den toten Körper vor meinem geistigen Auge liegen. Den toten Körper von Elias. Ich schmecke die salzigen Tränen, die ich vergossen habe. Höre die Schreie von Claire. Spüre das Blut, das meine Hose getränkt hat.

Ich werde leise, verliere die Kontrolle über meinen Körper.

»Du hast Elias getötet, Noah.«

Keine Antwort.

»DU HAST ELIAS GETÖTET.«

Meine Stimme zittert. Es fällt mir schwer, den Namen auszusprechen.

»Wie konntest du …«

Noah unterbricht mich.

Als ich in sein Gesicht schaue, merke ich, dass eine Träne von seiner Wange tropft.

»Ich habe ihn nicht getötet, ich habe ihn geliebt.«

Stille.

Ben und ich halten den Atem an.

Mein Bruder steht wieder auf und legt seine Hand aufs Fenster.

Er sieht mit einem sehnsüchtigen Blick in die Ferne.

»Du hast …«

»Ich habe ihn geliebt, ja.«

Mein Herzschlag wird schneller.

Noah wischt sich eine Träne von der Wange.

»Er war das Beste, was ich je kennenlernen durfte«, flüstert Noah. »Und jetzt ist er tot. Für immer weg.« Man hört die Verletzlichkeit in seiner Stimme.

»Ich habe ihn kennengelernt, als es mir wirklich dreckig ging. Es war knapp nach der Entführung von Bianca. Wie und wo wir uns das erste Mal getroffen haben, ist eine schöne, aber andere Geschichte.«

Er lächelt, doch die Traurigkeit in seiner Stimme bleibt.

»Er hat nicht gewusst, was mich belastet, und blieb dennoch bei mir. Ja, er war ein richtiger Sturkopf, wenn es um Gefühle ging. *Ich umarme dich, wenn du weinst, und küsse dich, wenn du lachst* – das hat er mir immer zugeflüstert. Ja, er hat mich getröstet, wenn ich vor lauter Verzweiflung und Selbstzweifel nicht einschlafen konnte.«

»Ihr habt euch die ganze Zeit gekannt …«

»Ja … bei ihm habe ich gemerkt, wie sinnlos es ist, jemandem nachzurennen, den ich nur über das Internet kannte. Elias war real. Elias hat mich geliebt. Weißt du, eines Tages hat er mich zu sich nach Hause mitgenommen. Erst tat ich mir wirklich schwer, ihm zu vertrauen. Ich war gebrochen … Aber er hat nie verlangt, ihm etwas zu sagen, wenn ich es nicht wollte. In den Tagen, wo ich bei ihm war, habe ich niemandem gesagt, wo ich bin. Unsere Eltern hätten es nicht verstanden. Sie bemerken ja nicht einmal, wie es mir geht …«

Ich schaue ihm einen kurzen Moment in die Augen, lasse dann aber wieder ab.

»Deswegen warst du ein paar Tage nicht da … ich verstehe aber nicht, warum du ein blaues Auge hattest, obwohl du nur bei ihm warst?«

Noah atmet tief ein. Er greift sich an die Stelle, an der der blaue Fleck war.

»Von seinem Vater. Er ist ins Zimmer gestürmt, als wir uns gerade geküsst haben. Seine Eltern haben das nicht gut aufgenommen und sein Dad hat begonnen, Sachen nach ihm und mir zu werfen.«

Noah zuckt zusammen. So, als würde er den Tag ein weiteres Mal durchleben. Er stützt sich an der Wand ab.

»Ich habe ihm alles über mich erzählt. Wir waren uns beide sicher, wir mussten abhauen.«

Ich schaue ihn verwirrt an. »Abhauen?!«

»Ja, Finn! Wir wollten weg, gemeinsam. Irgendwo ein neues Leben aufbauen. Alles wäre besser gewesen, als hier zu Tode geschlagen zu werden. Ich will nicht in einem Ort sterben, in dem mich alle hassen.«

»Du bist siebzehn, Noah! Ihr wärt doch nicht weit gekommen.«

Sein Atmen ist laut und unregelmäßig.

»Ich weiß nicht, ob es geklappt hätte!«

Seine Stimme wird lauter.

»Vielleicht hätten wir es geschafft, vielleicht aber auch nicht. Wer weiß. Aber ich hatte Hoffnung, Finn. Ich hatte Träume. Elias war der Einzige, der mir wirklich helfen wollte und der mich wirklich verstanden hat. Das war sein Fehler …«

Noahs Gesicht zieht sich zusammen. Er kämpft gegen seine Tränen an, doch es klappt nicht.

»Was meinst du damit?«, frage ich leise. Ich starre meinen Bruder fassungslos an.

»Er hat mitbekommen, dass ich geschlagen werde. Von diesen verdammten Typen in der Schule. Er wollte ihnen klarmachen, dass sie das nicht machen dürfen. Er wollte wohl einfach den Helden spielen. Eines Tages kam er mit mir mit. Wie immer kamen diese Machos und er hat sich zwischen mich und sie gestellt. Peta war derjenige, der das Messer gezogen hat.«

Ein Schauder läuft mir über den Rücken. Ich glaube zu wissen, wie es weitergeht.

»Es gab eine Rangelei und Elias … Elias wurde geschubst. Er ist mit voller Wucht in das Messer gefallen. Es war schrecklich. Alle sind weggelaufen. Sie haben mir gedroht, sie würden mich umbringen, wenn ich etwas davon erzähle. Nicht nur mich, sondern jeden, den ich kenne. Dann haben sie aber Wind vom Hasen bekommen und eine falsche Maske zum Tatort gelegt. Ich hätte Elias nie etwas tun können … nie. Und jetzt …«

Er schafft es nicht weiterzureden.

»Hast du ihm auch erzählt, dass du der Hase bist, oder nur, dass du geschlagen wirst?«

»Ich wollte ihn so wenig wie möglich in das alles mit reinziehen, doch anscheinend hat es nichts gebracht. Er ist so unglücklich in Petas Messer gefallen und so schnell verblutet, dass ich ihm nicht helfen konnte.«

Ich beiße nervös auf meiner Unterlippe herum.

»Du hast Peta entführt, weil du ihm die Schuld an Elias' Tod gibst, stimmt's?«

Noah nickt. Langsam öffnet er das Fenster. Frische Luft strömt in den Raum.

»Schreit nicht«, sagt er mit verweinter und dennoch strenger Stimme. Gedankenverloren starrt mein Bruder in die Nachbarschaft. Nach einem kurzen Moment des Schweigens redet er weiter.

»Du und Claire, ihr seid ein so perfektes Paar. Ich finde es unfair, dass du das perfekte Leben hast und ein Mädchen an deiner Seite, wegen der die ganze Kacke überhaupt erst begonnen hat. Du weißt, sie war in der Gang von dieser Bianca.«

Ich nicke. »Aber sie war nicht damit einverstanden.«

»Warum hat sie dann nichts getan, hm?«

»Weil sie Angst hatte, Noah.«

»Genau wie ich!«

Darauf finde ich keine Antwort.

Irgendwie hat Noah recht. Ja, irgendwie haben wir alle Schuld an dem, was passiert ist. Nicht nur Noah.

Ben sitzt seit längerer Zeit einfach nur still da.

Ich rieche Rauch, der von etwas weiter weg bis zum Fenster gekommen sein muss.

Alle Fragen, die ich hatte, sind beantwortet.

Ich starre in die Luft.

Eigentlich sollte alles gut sein, doch das ist es nicht.

Ich mache mir Vorwürfe. Oft habe ich mich über Sachen lustig gemacht, die meinen Bruder betreffen. Ich habe die ganze Zeit nicht bemerkt, was in ihm vorgeht. Ich konnte es zwar erahnen, aber ich habe ihn nie darauf angesprochen.

Ist alles meine Schuld?

Der Geruch von verbranntem Holz wird stärker. Als Noah es bemerkt, rennt er zum Fenster und steckt seinen Kopf hinaus. Irgendetwas muss er sehen, denn seine Stimmung verändert sich schlagartig. Die Trauer ist zur Gänze weg.

»NEIN!«, entfährt es ihm.

»Was ist denn los?«

Ich bekomme keine Antwort.

Noah hält uns stattdessen die Pistole ans Gesicht. Seine Stimme bibbert.

»Hört mir jetzt genau zu. Ich werde euch losbinden und ihr dürft euch nicht wehren.«

Was ist plötzlich in ihn gefahren?

»Kannst du bitte sagen, was los ist?«

Diesmal kommt die Frage von Ben. Noah geht hinter uns, holt ein Messer aus der Hosentasche und schneidet uns frei.

»Ich habe einen Fehler gemacht, aber ich wollte nie, dass irgendjemand verletzt wird. Die drei Entführten sind in dem verlassenen Holzhaus in unserer Straße.«

»Sie waren die ganze Zeit so nah?«

»Ja, irgendwie musste ich ihnen Essen und Getränke bringen. Sie sind in einem Keller und sind gleich tot, wenn wir uns nicht beeilen.«

Langsam verstehe ich, was er damit sagen will.

»Der Rauch …«

»Ja. Das Haus brennt. Keine Ahnung, wie das passiert ist, vielleicht sind die Kerzen umgefallen. Ich weiß nur eines …«

Noah steckt die Hasenmaske und die Pistole in einen Rucksack, der in Bens Schlafzimmer steht.

»Wenn wir nicht sofort reagieren, sind alle drei tot.«

18 Feuer im Herzen

Das alte Holzhaus in unserer Straße steht schon seit ich denken kann leer. Es sollte schon öfters abgerissen werden, weil im Sommer oder an trockenen Tagen hohe Brandgefahr herrscht. Außerdem sticht es neben den neuen Häusern ziemlich heraus. Es ist sozusagen der Schandfleck unserer Ortschaft. Früher war ich als Kind einmal wegen einer Art Mutprobe dort. Soweit ich mich erinnern kann, gibt es eine verschlossene Tür unter der Treppe. Sie führt, wie bei Bens Haus, in einen unterirdischen Keller. Am Ende dieses Kellers versperrt eine weitere Tür ein größeres Gewölbe, das früher als Lagerraum diente. Die Jugendlichen damals haben es schön hergerichtet und sich an heißen Tagen dort verkrochen. Sie haben gekühltes Bier getrunken und über ein altes Radio Musik gehört. Als ich noch sehr klein war, durfte ich sogar bei einem der Treffen dabei sein. Ich fand es cool, mit den älteren Jungs abzuhängen. Es gab sogar Matratzen und eine Couch, auf der sie in manchen Nächten geschlafen haben. Die Gruppe von Teenies ist aber schon seit längerer Zeit nicht mehr unten, sie sind erwachsen geworden und haben sich aus den Augen verloren.

Jedenfalls ist es jetzt nicht mehr so leer, wie es noch vor Kurzem war. Noah muss die drei Entführten dort unten festhalten. Es sind Räume, in denen man durchaus leben könnte. Wenn man die erste Tür aufschließt, gibt es im Keller sogar eine Art Toilette. Ob sie noch funktioniert, weiß ich nicht. Es ist auf jeden Fall relativ einfach, in den ersten Bereich zu kommen. Die Türen sind wahrscheinlich morsch, aber Noah kann ihnen nicht verbieten, aufs Klo zu gehen. Von dort aus trennt nur mehr die hölzerne Kellertür den unteren Bereich von der Außenwelt. Wenn man bei der Tür einen Brand verursachen würde, könnte das restliche Haus auch in Flammen aufgehen. Es hat ja seit Tagen nicht mehr geregnet, und fast alles besteht aus Holz. Dann säße man zwar in der Falle, aber man würde genug Aufmerksamkeit erregen.

Aber wollen sie das?

Wollen sie es in Kauf nehmen, im schlimmsten Fall am Rauch zu ersticken oder zu verbrennen? Vielleicht ist der Brand aber auch anders entstanden, doch das ist in diesem Moment egal. Diese Frage kann man sich noch immer stellen, wenn drei Menschenleben in Sicherheit gebracht worden sind. Unter ihnen Claire …

Zu dritt rennen wir die Stiege von Bens Haus hinunter. Als wir unten ankommen, läuft Ben noch einmal in seinen Keller. *Was um alles in der Welt braucht er?*

Ohne mich weiter damit zu beschäftigen, reiße ich die Haustür auf und stürme ins Freie. Dicht gefolgt von Noah, aber auch Ben kommt einen kurzen Augenblick später. Von draußen kann man das Holzhaus schon sehen. Es ist ungefähr hundert Meter von unserem jetzigen Standort entfernt. Ich spüre die Hitze bis hierher. Eine riesige Rauchwolke steigt über dem Gebäude auf und es riecht penetrant nach brennendem Holz. *Verdammt.*

Einige Nachbarn stehen vor ihren Häusern, schauen wie erstarrt auf das Haus und rufen wild durcheinander.

Die Feuerwehr ist sicher schon verständigt worden.

Panik macht sich in mir breit.

Schaffen sie es herauszukommen, bevor das Haus zusammenbricht?

Ich renne los.

Vorbei an den verblüfften und schockierten Gesichtern der Fußgänger. Ja, vorbei an meinem Haus und meiner Mutter, die am Türrahmen steht und uns etwas zuruft. Ich verstehe es nicht. Das Einzige, was ich höre, ist das Knistern und Krachen des Hauses.

Claire …

Fünfzig Meter.

»So, und jetzt bleibst du verdammt noch einmal stehen.«

Ich reiße meinen Kopf zurück.

Ben richtet eine Pistole auf Noah.

Er hat eine Waffe aus dem Keller geholt!

Mein Bruder schaut ihn fassungslos an.

»Bist du verrückt geworden?! Hier geht es gerade um Menschenleben, du Idiot.«

Es ist mein Bruder, der diese provokante Antwort gibt und seine Hand zu einer Faust ballt.

Währenddessen breitet sich die Hitze immer weiter aus. Ich traue mich keinen Schritt mehr zu machen.

»Du verdrückst dich doch bei der ersten Gelegenheit. Das Risiko gehe ich nicht ein!«

Ben hebt seine Waffe und schießt zweimal in die Luft.

Ich zucke zusammen.

»Ich hätte dich erst gar nicht losbinden sollen«, knurrt Noah in seine Richtung.

Einige Nachbarn haben sich aus Angst wieder in die Häuser verkrochen, einer der Fußgänger telefoniert hektisch.

Er ruft die Polizei.

»Meine Kollegen werden gleich hier sein. Du rührst dich nicht von der Stelle, verstanden?!«

Entschlossen stelle ich mich zwischen die Waffe und meinen Bruder.

»Entweder du erschießt mich oder du erkennst, dass wir hier gerade größere Probleme haben.« Meine Stimme klingt wütend.

»Mein Bruder hat einen Fehler gemacht und er wird dafür bezahlen.«

Keine Reaktion.

»Aber verdammt noch mal, nicht jetzt! Wir haben hier drei Leute in diesem Haus, die lebendig verbrennen werden, wenn du Dummkopf nicht die Waffe fallen lässt.«

Ben blickt zum brennenden Gebäude.

»Wiege einfach ab, was für dich persönlich wichtiger ist. Dein Stolz oder das Leben von drei Jugendlichen.«

Mein Nachbar schnauft.

»Verflucht!«

Er steckt die Pistole in seinen Gürtel.

»Das wird alles ein Nachspiel haben.«

Ich ignoriere ihn und nicke stattdessen meinem Bruder zu.

»Beeilen wir uns!«

Unsere Schritte werden schneller und je näher wir kommen, desto wärmer wird es. Schweißperlen tropfen mir von der Stirn. Zehn Meter.

Wir kommen knapp vor dem brennenden Haus zum Stehen. Keine Feuerwehr weit und breit. *Warum brauchen sie so lange?* Ein Krachen.

»Das Haus wird einstürzen, wenn uns nicht sofort etwas einfällt!«

Mein hilfloser Blick wandert zu meinem Bruder.

Aus seinem Gesicht ist jegliche Emotion gewichen. Er dreht sich zu mir.

»Eins – drei – eins – null«, seine Stimme klingt ausdruckslos.

»Was?!«

»Unter meinem Bett befindet sich ein Safe. Der Code lautet eins – drei – eins – null.«

Ich schaue ihn verwirrt an. Mein Blut beginnt vor lauter Hitze fast zu kochen.

»Warum sagst du mir das, Noah?! Wenn das vorbei ist, kannst du mir noch immer zeigen, was sich darin befindet. Konzentrieren wir uns jetzt einfach auf …«

»Eins – drei – eins – null, merk es dir einfach, okay?«

Sein Blick wandert zum Haus. Die Flammen erstrecken sich mehrere Meter nach oben.

»Ich bin der Einzige, der weiß, wo der Schlüssel ist und wie man die drei lebendig rausbekommt.«

Er atmet tief ein und aus.

Ich erkenne keine Traurigkeit in seinem Gesicht.

»Was zur Hölle hast du vor?!«

Keine Antwort. Noah sieht mich ein letztes Mal an. Ich schaue in seine dunkelbraunen Augen, mustere seine markanten Wangenknochen und seine trockenen Lippen.

»Ich versuche meine Fehler auszubessern.«

Er holt die Hasenmaske aus dem Rucksack.

»So hat es begonnen, so wird es enden.«

Ich verliere den Boden unter den Füßen. Vergeblich suche ich nach den passenden Worten.

»Wir warten auf die Feuerwehr, okay?! Niemand wusste, was wirklich in dir vorgeht! Wir finden eine …«

»Du bist der beste Bruder, den man sich vorstellen kann, Finn. Ich wollte wirklich ein cooler großer Bruder für dich sein, jemand, auf den du stolz sein kannst. Nun sieh mich an. Ich bin ein Loser, also lass mich einmal in meinem Leben etwas Mutiges machen. Dann kannst du stolz auf mich sein. Nur dieses eine Mal.«

Eine Träne kullert von meiner Wange.

»Noah …«

Doch mein Bruder hört mich nicht mehr. Er setzt sich die Hasenmaske auf und rennt in das brennende Haus.

»NOAH!«

Ich will ihm nachlaufen, doch Ben packt mich am Arm.

»Du stirbst, wenn du jetzt reingehst, Finn!«

Ich keuche, möchte mich aus seinem Griff befreien. Mittlerweile haben sich mehrere Leute vor dem Haus versammelt und starren in die Flammen.

Von Weitem hört man Sirenen.

»DIE FEUERWEHR!«

Meine Stimme klingt verzweifelt. Immer mehr Tränen kommen in mir hoch und vertrocknen, sobald sie meine Augen verlassen. Meine Wangen fühlen sich klebrig an.

»Ich muss ihm sagen, dass Hilfe kommt. Noah …«

Ben hält mich immer noch fest.

»Finn! Sei nicht dumm! Du kannst ihm nicht mehr helfen.«

Ich drehe mich zu ihm um.

»Aber es kommen doch alle lebendig raus, oder?«

Ich klinge verweint und hilflos.

Er schweigt.

Mittlerweile sind zwei Feuerwehrautos auf den Platz gefahren. Voll ausgerüstete Männer laufen von einem Punkt zum anderen und rufen wild durcheinander. Einer von ihnen brüllt Befehle durch ein Megafon.

Ich kann mich nicht mehr auf den Beinen halten und falle auf die Knie. Rot. Ich sehe nur noch rot. Das Knistern droht mein Trommelfell zu zerplatzen. So fühlt es sich also an, gleichzeitig Angst und Trauer zu verspüren. So, und noch viel schlimmer.

Die Tür des Hauses wird aufgerissen und eine Gestalt kommt durch den Rauch.

Ich erkenne sie.

»Claire!«

»Finn!«

Sie rennt mir mit voller Wucht in die Arme. Ihre Kleidung ist an einigen Stellen zerrissen und sie riecht nach verbranntem Fleisch. Ihre Stimme zittert.

»Ich liebe dich, Finn.«

Ich breche abermals in Tränen aus.

»Ich dich auch. Ich dich auch, Claire.«

Ihr Herzschlag ist unglaublich schnell und ich streiche ich ihr über den Rücken. Danach vergrabe ich meinen Kopf in ihrer Schulter. Riesige Wassermengen schießen über uns hinweg und treffen auf das brennende Gebäude. Im Augenwinkel sehe ich, wie auch Peta und Fiona aus dem Haus stolpern.

»Finn.«

Claire versucht sich zusammenzureißen.

»Dein Bruder … er hat uns gerettet, er …«

Sie sieht nach hinten. Noah ist noch nicht zu sehen.

Ich löse mich aus der Umarmung, renne zum nächsten Feuerwehrmann und packe ihn an seiner Uniform. Mit letzter Kraft schreie ich so laut, dass ich die Hintergrundgeräusche übertöne.

»MEIN BRUDER IST NOCH IM HAUS! Bitte … holt ihn …«

Der Mann spricht etwas in sein Funkgerät. Ich verstehe es nicht. Ich verstehe gar nichts mehr. Ein Summen legt sich über mein Ohr. Mein Blick schweift zu Peta und Fiona, die gerade von Ärzten in einen Krankenwagen verfrachtet werden.

Noah hat alle drei gerettet.

Kraftlos schaue ich zum Haus.

»Ich bin stolz auf dich …«, flüstere ich, während mein Blick mit den Flammen verschmilzt.

»Ich bin stolz darauf, dich Bruder nennen zu dürfen«, sage ich und sehe, wie das gesamte Haus zusammenbricht.

In diesem Moment nicht nur das Haus, sondern auch meine Welt.

»Noah …«, meine Stimme ist fast nicht mehr zu hören.

Eine gespenstische Leere breitet sich in meinem Körper aus. Ich erkenne Ben, der neben mich tritt. Auch er schaut bestürzt in die Flammen.

»Noah ist tot, Finn.«

Damals, an einem der heißesten Sommertage der letzten Jahre, war ich mit meinem Bruder schwimmen. Da das öffentliche Bad bis zur Gänze mit Menschen gefüllt war, sind wir zu einem Bach im Wald gewandert. Im Gepäck einen Picknickkorb. Wir hatten zwei Limos, ein paar Brote, eine Decke und – womit mich Noah später überrascht hat – sogar eine gekühlte und bis zum Rand gefüllte Eisschachtel. Es waren Sorten dabei, die ich bis zu diesem Zeitpunkt noch nicht einmal gekannt habe. Butterkeks, Karamell, Schoko-Kirsch, Blaubeer-Joghurt und noch viele andere. Von jedem eine Kugel. Wahrlich, es gibt an einem heißen Sommertag nichts Schöneres als ein Eis, das prickelnd auf der Zunge zergeht.

Wir saßen am Rand dieses Baches und haben unsere Beine baumeln lassen, damit das Wasser gegen sie schwappen konnte. Es war herrlich frisch und kühlte unsere aufgewärmten Füße.

»Warum können wir diesen Moment nicht einfrieren und für immer hierbleiben?«, habe ich ihn gefragt. Er hat gelacht, mich gepackt und sich mit mir in den Fluss geschmissen. Ich bin

abgetaucht, genoss die Abkühlung und die Ruhe unter Wasser. Tropfnass bin ich nach ein paar Minuten ans Ufer gekrochen, hab mich auf die Decke gelegt und an meinem Eis gelöffelt.

»Weil das Leben immer weitergehen muss«, hat er nach einiger Zeit gesagt. »Das Leben hat etwas mit uns vor. Wir wissen nicht was, doch das ist unwichtig. Wichtig ist, dass wir nicht beeinflussen können, wann wir lieben, lachen oder weinen. Wir können uns dagegen wehren, aber ändern können wir daran nichts.«

Ich habe ihn ungläubig angeschaut.

»Aber … wenn alles vorbestimmt ist, warum nimmt uns das Leben dann manchmal so hart her?«

Noah hat geschmunzelt.

»Jetzt hast du dein Eis und du bist glücklich, oder?«

Ich habe genickt.

»Wenn ich dir dein Eis wegnehmen würde, dann würde ich deine Glückseligkeit zerstören, hab ich recht?«

Etwas verblüfft habe ich ihn angesehen, doch ich nickte ein zweites Mal.

»Also würde es dir in diesem Moment schlecht gehen, weil du aus einer perfekten Situation gerissen wirst. Aber du vergisst, dass du dich noch immer in dieser perfekten Situation befindest. Du hast nur einen Vorhang darübergelegt, den du jederzeit öffnen kannst. Ja, du befindest dich an einem wundervollen Ort, deine Familie liebt dich auf ihre eigene verrückte Art und Weise, du hast noch reichlich Brote und kannst dir später wieder ein Eis kaufen. Tada! Soeben habe ich dir den Vorhang geöffnet …«

»Auf was willst du hinaus?«

Mein Bruder hat seine Augen zugemacht und sich neben mich gelegt.

»Du kannst diesen scheinbar harten Moment aufs Schicksal schieben und dich darüber aufregen, oder du betrachtest die

Dinge nicht, wie sie sind, sondern wie sie sein können. Also, was hast du jetzt daraus gelernt?«

Ich glaube, ich habe »Na, du solltest mir nie mein Eis wegnehmen« geantwortet und Noah hat gelacht.

»Du wirst Momente der Verzweiflung haben, Momente, in denen du nicht weiterweißt, doch du darfst dich nie mit diesem Gefühl zufriedengeben, sondern immer nach deiner eigenen Zufriedenheit suchen. Glaub mir, manchmal sind die schlimmen Augenblicke nur so schlimm, wie sie scheinen, weil du sie so scheinen lässt.«

Ich habe gekichert und mein Eis aufgegessen.

Claire und Ben stehen neben mir. Mir ist kalt, trotz des Feuers, das noch einige letzte Flammen hervorbringt. Doch im nächsten Moment werden auch diese vom Wasser gelöscht. Ich fühle, wie jeder am Platz für einen kurzen Moment den Atem anhält. Der Geruch von verbranntem Holz steigt mir in die Nase.

Noah hätte jetzt wohl »Alles kommt, wie es kommen muss, Finn« gesagt. »Ich musste in dieses Haus rennen, um die Leute zu retten. Eines Tages wirst du es verstehen.«

Ich schließe meine Augen, knie mich hin und fahre mit der Hand durchs Gras. »Ich werde versuchen, es zu verstehen«, flüstere ich und für einen kurzen Moment hätte man glauben können, es wäre nichts passiert.

19 Das was bleibt

-Eine Woche später-

»Eins – drei – eins – null«, flüstere ich und schaue auf den kleinen Safe vor mir. Ich habe ihn unter dem Bett meines Bruders hervorgeholt.

Nach seinem Tod hat noch niemand sein Zimmer betreten. Zu Hause ist es fast zu einem Tabuthema geworden.

»Finn, kommst du bitte, wir müssen los.«

Meine Mom klingt weder wütend noch ungeduldig, so, als wäre es ihr egal, ob ich komme oder nicht. Heute ist die Beerdigung meines Bruders.

Die Zeitungen haben sich auf die Story gestürzt. 17-Jähriger wird zum Verbrecher, lautet die Schlagzeile. Sie kennen nicht die ganze Wahrheit. Sie wissen nicht das, was ich weiß. Ich und Ben haben uns geschworen, nie ein Wort darüber zu verlieren. Zumindest was die unglückliche Liebe der zwei Teenager angeht. *Von Noah und Elias.* Meine Eltern hätten sich noch mehr Vorwürfe gemacht. Sie befinden sich momentan in ärztlicher Behandlung, reden mit einem Therapeuten über ihre Probleme. Doch es sind nicht ihre Probleme, die mich immer noch beschäftigen. Es sind die von Noah. Meine Eltern sind keinesfalls schlechte Menschen und sie haben meinen Bruder geliebt. Sie lieben ihn immer noch.

Manchmal sieht man die Dinge nicht, auch wenn sie genau vor einem stehen.

Vielleicht hätte man alles verhindern können, vielleicht hätten meine Eltern oder ich es früher erkennen können. Im Nachhinein ist es jedoch leicht, über etwas zu urteilen, wenn man nicht dabei gewesen ist. Ich war dabei.

»Ich komme gleich, Mom!«

Behutsam streiche ich über das Zahlenfeld des Safes.

Eins – drei – eins – null. Es ist ein Datum. Dreizehnter Zehnter.

Der Tag, an dem sie weglaufen wollten. Um die Gegenwart für die Zukunft zu opfern?

Ich tippe den Code ein und mit einem klickenden Geräusch öffnet sich der Safe. Zum Vorschein kommen ein Kuvert, ein Anhänger, ein wenig Geld und ein Pass. Ich schaue mir den Anhänger genauer an. Am Ende der goldglänzenden Kette hängt ein halber Mond.

Noah war immer so begeistert von den Sternen. Er ist oft stundenlang im Garten gelegen und hat einfach nur in den Nachthimmel gesehen.

Ein komisches Gefühl, wenn ich daran denke.

Als ich das Kuvert aus dem Safe nehme, bemerke ich, dass sich ein Brief darin befindet.

»Finn. Ich sagte doch, du sollst …«

»Fahrt schon los. Ich habe noch etwas zu erledigen und komme nach.«

Keine Antwort.

Nach ein paar Minuten höre ich, dass die Tür geöffnet und im nächsten Moment zugeknallt wird.

Ich bin allein.

Hastig stecke ich mir den Brief in die Hosentasche und gehe die Treppe hinunter. Ich schnappe mir meine Jacke und verlasse das Haus. Zielsicher mache ich mich auf den Weg.

Wenn ich mit Noah abschließen will, muss ich noch ein letztes Mal zum verbrannten Haus.

Auf der Beerdigung werden alle schwarz gekleidet auf mich warten, doch ich mache mir keinen Stress. Ich habe gehört, dass viele kommen wollen. Meine Eltern, Ben, Claire, Bordy, ein paar Professoren und andere Bewohner aus unserer Ortschaft, die eigentlich nicht viel mit meinem Bruder zu tun hatten. Angeblich wollen sogar Peta, Fiona und Bianca kommen. Die eigentlichen Opfer.

Aber waren sie wirklich die Opfer, oder etwa auch …

Ich krieche unter dem Absperrband durch und gehe über den verbrannten Platz. Als ich in der Mitte ankomme, hole ich den Brief hervor und öffne ihn.

Liebe Familie,
Wenn ihr das hier lest, bin ich wahrscheinlich schon in einem anderen Land. Wer weiß, vielleicht schaffe ich es auch nur ein paar Ortschaften weiter. Es wäre hier überflüssig, die Frage Warum? zu beantworten, deswegen fasse ich mich kurz.
In unserem Leben haben wir Entscheidungen zu treffen. Wir müssen wählen, wie wir uns behandeln lassen und wie wir leben wollen. Ja, wir können so leben, wie es sich andere wünschen. Das lernen, was uns vorgegeben wird, diejenigen lieben, die wir präsentiert bekommen, und uns so formen lassen, wie uns andere haben wollen. Oder aber wir erkennen, dass wir dann das Einzige verloren haben, was wir ein Leben lang besitzen. Uns selbst. Ich weiß, dass ich Dinge getan habe, die viele als verrückt bezeichnen würden. Dinge, die falsch klingen und in unserer Welt als nicht richtig eingestuft werden. Jeder von uns stellt sich seine eigene perfekte Welt vor. Die größte Erkenntnis dabei ist nicht die, dass wir eine solche haben, sondern die, dass sich andere perfekte Welten von unserer unterscheiden. Und wenn zwei solche Welten zusammenkrachen, entsteht ein Hase. Ein Tier, das niemandem etwas zuleide tut. Trotzdem wird

es gejagt, von Menschen, oder aber von seinen natürlichen Feinden. Wir denken uns nichts dabei. Sagen, dass das der Kreislauf der Natur ist. Ein solcher Hase hat ja auch keine Krallen und ist nicht erschaffen worden, um sich zu wehren. Doch was ist, wenn er es doch tut? Was ist, wenn ein Hase sich gegen einen Fuchs wehrt? Ja, dann haben alle Angst vorm Hasen. Sie sind schockiert, warum ein solch harmloses Tier zurückschlagen kann. Sie fürchten sich plötzlich vor dem Hasen, aber haben dabei den Fuchs vergessen, wegen dem der Hase erst so geworden ist.
Sucht mich nicht! Ich weiß, was ich tue.

In Liebe
Noah

Sorgfältig falte ich den Brief wieder zusammen.

Noah …

Ich denke über seine Worte nach und bücke mich, um über die Asche zu streichen. Nach einiger Zeit stoße ich auf etwas Hartes. Als ich die Hasenmaske aus dem Staub ziehe, bekomme ich Gänsehaut. Wie hat dieses Ding den Brand überlebt? Hat Noah sie vorher in Sicherheit gebracht, damit sie jemand findet?

Ich streiche vorsichtig darüber.

Sie fürchten sich plötzlich vor dem Hasen, aber haben dabei den Fuchs vergessen, wegen dem der Hase erst so geworden ist.

Immer wieder geht mir dieser Satz durch den Kopf. Noah hat mir etwas ganz Wichtiges gezeigt:

Verbringe die Zeit, die du mit einer bestimmten Person hast, weise. Irgendwann geht sie vorbei. Jeder Augenblick ist etwas ganz Besonderes, weil es ihn auf dieser Welt nur ein einziges Mal gibt. Nur ein einziges Mal zu dieser Zeit, an diesem Ort, mit diesem Menschen.

Ich schmunzle.

Man merkt wirklich erst dann, wieviel man ändern hätte können, wenn es schon zu spät ist. Ja, man merkt, wie vergänglich alles ist. Vielleicht bin ich morgen tot, wer weiß das schon. Deswegen ist es wohl am wichtigsten, das Beste aus der jetzigen Situation zu machen. Jetzt lebe ich. Jetzt habe ich die Chance, etwas zu verändern.

Genauso wie Noah.

Ich knie mich in die Asche. Meine Hose wird schmutzig, doch ich bin mit den Gedanken woanders.

Der Hase ist keine Person. Der Hase war und ist viel mehr als das.

Er ist eine Lebenseinstellung, die besagt: Tu das, was sich richtig anfühlt, auch wenn es in unserer Gesellschaft als falsch angesehen wird. Liebe, wen du willst, weine, wann du willst, und lache nur dann, wenn du etwas wirklich witzig findest, und nicht nur aus Höflichkeit.

Ich atme tief aus.

Hinterm Hasen lauert er, weil er sich getraut hat, sein Leben so zu gestalten, wie es für ihn am besten ist.

»Ich verstehe dich jetzt«, flüstere ich und setze mir die Hasenmaske auf.

ENDE

Nachwort

Ich begrüße alle Leserinnen und Leser, die es geschafft haben, »Hinterm Hasen lauert er« fertig zu lesen, und auch jene, die alles übersprungen haben, um einzig und allein dieses Nachwort zu lesen. Manche hat die Geschichte um Finn vielleicht völlig kaltgelassen, und andere haben jede Sekunde mit dem pubertierenden Jungen aus der Nachbarschaft mitgefiebert und mitgelitten. Ehrlich gesagt: Um genau das geht es mir! Wir sind alle so einzigartig, dass man ein Buch über uns schreiben könnte. Über jeden Einzelnen. Und manche dieser Bücher, dieser Geschichten werden uns gefallen. Andere finden wir skurril, lustig, abstoßend oder überhaupt nicht nachvollziehbar. Ich glaube, es geht nicht darum, dass wir jede dieser Geschichten toll finden, sondern bloß darum, dass wir akzeptieren, dass jede von ihnen einen Platz hat. Wir sollten aufhören, so viel zu urteilen und schlechtzureden, sondern uns mit den Dingen beschäftigen, die uns Spaß machen.

Ich kann mit diesem Buch zwar nicht die Welt verändern, aber den einen oder anderen vielleicht dazu bewegen, auch mal eine andere Perspektive einzunehmen.

Wenn du willst, das Finns Geschichte nicht bloß eine unbedeutende unter vielen ist, dann zeig dieses Buch deiner Familie, deinen Freunden oder Bekannten. Sollte der unglaubliche Fall eintreffen, dass dir dieses Buch zugesagt hat und du dir denkst: *Geil! Ich will mehr von diesem verrückten Autor lesen!,* dann like einfach meine **Autoren-Facebookseite Colin Hadler** oder folge mir auf **Instagram @ colinhadler** (*ja, meine Benutzernamen sind unfassbar kreativ*!). Solltest du noch eine Frage offen haben oder willst du mir zum Buch unbedingt etwas mitteilen, dann schreib mir einfach via Mail: **colin.hadler@gmail.com**

Danksagung

Ohne die Leute, die ich gleich aufzählen werde, wäre dieses Buch nie so geworden, wie es heute ist. Ich bedanke mich für alle kritischen Kommentare genauso wie für die positiven und aufbauenden.

Als Erstes will ich *die* Frau erwähnen, die mich vom ersten Tag an begleitet und immer gute Ratschläge parat hat. Von ihr wurden die ersten groben Fehler ausgebessert und Lücken in der Geschichte gefüllt. Liebe Gertrude Schneider: Danke! (*Werde ich höchstwahrscheinlich noch öfter sagen!)* Ein Manuskript entwickelt sich leider nicht viel, wenn es nur verstaubt in einem Zimmer rumliegt.

Helga Plautz hat mir bei der Verlagssuche geholfen und ich bin ihr sehr dankbar für ihre Unterstützung.

Weil wir schon beim Thema Verlag sind, möchte ich einen großen Dank an die edition keiper aussprechen, die mir überhaupt die Möglichkeit gibt, mich zu präsentieren. Vielen Dank, dass ihr an dieses Buchprojekt glaubt! Besonders herausheben will ich Maria Ankowitsch, die Lektorin dieses Buches. Sie ist motiviert an dieses Projekt herangegangen, und ich danke ihr, dass sie nicht nur zielstrebig ihren Job gemacht hat, sondern konsequent und produktiv mit mir zusammenarbeitete.

Ein Riesenlob an meinen Vater Florian Kreis und meine Mutter Melanie Hadler. Ich glaube, ich habe sie so sehr mit Informationen und Ängsten über das Buch vollgenörgelt, dass sie normalerweise bald verrückt sein sollten. Aber nein! Sie schaffen es trotzdem, mir aufmerksam zuzuhören, wenn ich sie um 23 Uhr frage, ob denn das Wort auf Seite 55, Absatz 2, Zeile 4 noch immer passt. Nochmals danke ich meiner Mutter, die besonders in der Endphase des Buches fast jede kritische Stelle im Buch mit mir durchgegangen ist.

Elisabeth Fussi hat zwar nicht viel vom Inhalt des Buches verändert, aber ich konnte sie wegen jedem – und damit meine ich wirklich *jedem* – Problem anrufen, sie hat mir in scheinbar aussichtslosen Lagen so unfassbar weise und hilfreiche Ratschläge gegeben. Das bedeutet mir mehr, als du denken kannst!

Natürlich danke ich meiner ganzen kleinen, aber feinen Familie – von Österreich bis Deutschland.

Nun möchte ich jene Personen aufzählen, die oft nur einen kleinen Teil zum Gesamtprodukt beigetragen haben, aber ohne diese Teile gäbe es kein Gesamtprodukt.

Meine wunderbaren kritischen Testleser: Petra Schwarz, Dieter Kreis und Gerald Köberl.

Auch danke ich Jennifer Linda Vom Stein, Katharina Klammler, Julia Heuer, Jonathan Felber, Hannah Miriam Wittmann, Melina Moroni, Christa König, Sarah Steinhäusler, Tina Mussbacher, Sydney Dully und Karin Kreis. Durch eure Tipps, eure Freundschaft und Lebensart habt ihr unglaublich viel zu diesem Buch beigetragen.

Danke, dass ihr einen Teil eurer Lebenszeit geopfert habt, um euch mit »Hinterm Hasen lauert er« zu beschäftigen.

Wahrlich viele Leute, doch auch Finn hätte sein Abenteuer nie ohne Freunde durchgestanden. Natürlich gibt es noch viel, viel, viel mehr Leute, zu denen ich einmal Danke sagen will, doch würde ich das tun, säße ich morgen noch hier.

Das letzte Danke: an alle jene, die Momente und Erlebnisse mit mir erlebt haben, die ich nie mehr vergessen werde und deretwegen ich dieses Buch überhaupt schreiben konnte.

Jetzt gibt es nur mehr eines zu sagen:

Was lernt man aus der Geschicht': Kratz dich an der Nase nicht.

Colin Hadler

Inhalt

Autorenfoto: Florian Kreis

Colin Hadler, geb. am 15.10.2001 in Graz. Lebt in Weiz und Graz und besucht das BORG Dreierschützengasse. Gewann im April 2017 den steirischen Landes-Redewettbewerb im Bereich „Neues Sprachrohr". Spielt seit acht Jahren erfolgreich Theater und wirkte schon in Produktionen im Next Liberty und der Grazer Oper mit, unter anderem im Stück Krieg, stell dir vor er wäre hier. Schreibt Gedichte, Texte, Lieder und Drehbücher. Sein erster Kurzspielfilm Mitternachtsblau, bei dem er das Drehbuch geschrieben hat, feierte im November 2018 seine Kinopremiere. Hinterm Hasen lauert er ist sein Romandebüt.

Autoren-Facebookseite Colin Hadler
Instagram @colinhadler
Mail: colin.hadler@gmail.com